tredition®

www.tredition.de

AF185390

Volker Klick

Abkehr!

Aus der Spur

www.tredition.de

© 2019 Volker Klick

Verlag und Druck:
tredition GmbH, Halenreie 40–44, 22359 Hamburg

Titelblattzeichnung: Augustin Noffke

ISBN
Paperback: 978-3-7482-5936-7
Hardcover: 978-3-7482-5937-4
E-Book: 978-3-7482-5938-1

Bibliografische Information der Deutschen Nationalbiblio-thek: Die Deutsche Nationalbibliothek verzeichnet diese Pub-likation in der Deutschen Nationalbibliografie; detaillierte bibliografische Daten sind im Internet über http://dnb.de ab-rufbar

Für meine Ehefrau Binchen und unsere Tochter Birte

Bis zur Pensionierung hat der Autor am Gymnasium Kaltenkirchen die Fächer Geschichte, Wirtschaft/Politik und Erdkunde unterrichtet. Er ist seit 1971 verheiratet und hat mit seiner Frau eine Tochter. Seit 1981 lebt er in Bad Bramstedt.

Veröffentlicht vom Autor ist das Kinderbuch „Knorrchens neue Heimat" mit Zeichnungen von Michaela Frech, erschienen im Klecks-Verlag 2017.

1. Kapitel: Falstaff

„Und ein Programm!" Lars zählt der Garderobenfrau das Geld in die Hand. Noch eine halbe Stunde Zeit bis zum Beginn der Aufführung. Er geht ans Buffet, die Bedienung schenkt ihm ein Glas Sekt ein. An die Säule gelehnt, trinkt er einen Schluck und liest die Inhaltsangabe zu Verdis ‚Falstaff'. Zwischendurch lässt Lars, der, wie er kurz durchgerechnet hat, seit 35 Jahren regelmäßiger Besucher im Kieler Opernhaus ist, seinen Blick schweifen, um die anderen Theatergäste zu studieren. Das macht für ihn an solchen Abenden einen besonderen Reiz aus, die Haltung der Menschen, ihre Kleidung, ihre Gesichtsausdrücke zu betrachten, wobei er sich selbstkritisch eingesteht, dass ‚Mustern' das passendere Wort wäre.

Ein Rentner - schütterer Haarkranz und drei lange Strähnen über der Glatze - bestellt für sich und seine attraktive Begleiterin - Lars schätzt sie auf Ende Dreißig - Wein und Tomatensaft. Auch andere Besucher blicken wie zufällig auf das ungleiche Paar, das in der Nähe von Lars an dem kleinen runden Tisch Platz nimmt. Verstohlen schaut er in dessen Richtung, empfindet Neid gegenüber diesem Mann in Gegenwart der blonden Frau mit ihrer schlanken Figur in dem schwarzen knielangen Kleid, das im Sitzen eine Handbreit auf den festen Oberschenkeln hochrutscht.

Lars zwingt sich, seine Augen von ihr abzuwenden, versucht, sich auf die Informationen im Programmheft zu konzentrieren, vergeblich. Obwohl sie sein Interesse spüren müsste, schenkt sie ihm nicht die Spur von Aufmerksamkeit, widmet sich ausschließlich dem Gespräch mit ihrem Gegenüber.

Das erste Klingeln ertönt. Die Gänge leeren sich. Lars eilt in den I. Rang. Im Parkett nehmen die beiden ihre Sitze ein. Auch sie applaudieren, als der Dirigent den Orchestergraben betritt und sich zum Publikum verneigt, und lauschen den ersten Klängen der Instrumente, die Lars nicht wie gewohnt in ihren Bann ziehen.

Seine Gedanken gleiten zu der grazilen Gestalt ab. Er registriert, wenn sie ihrem Nachbarn etwas zuflüstert und dessen Schulter mit dem langen Haar berührt. Heute fühlt er sich nicht getragen von der musikalischen Energie, kein Wohlbehagen durchflutet seinen Körper. Keine Emotionen drängen übermächtig sein Denken zurück, die Spannungsbögen innerer Erregung resultieren dieses Mal nicht aus der Musik.

In der ersten Pause passt er den Moment ab, als der ältere Herr zur Toilette geht, und will sich seiner Begleitung nähern. Doch sie sucht die Damentoilette auf. Als der Rentner das WC verlässt und neben Lars stehen bleibt, will Lars ihn ansprechen, um ihn nach seinem Eindruck von der Inszenierung zu fragen, doch die junge Frau kehrt bereits zurück. Nebeneinander, allerdings nicht Hand in Hand, begeben sie sich beim ersten Klingelzeichen auf ihre Plätze.

Lars wartet ungeduldig auf den letzten Ton des Orchesters, klatscht ohne Euphorie und drängt sich nach dem ersten Vorhang in Richtung Ausgang. Schnell holt er sich seinen Mantel. Er eilt die mit blauem Teppichboden ausgelegte Treppe hinunter, postiert sich an der Abendkasse und beobachtet den Gang zum Parkett, in dem die beiden nach zehn Minuten erscheinen.

Als sie das Opernhaus verlassen, folgt er ihnen unauffällig über den Vorplatz. Der Mann ruft ein Taxi herbei, öffnet der

Blonden die Tür, gibt ihr die Hand und verbeugt sich. Lars schaut dem Taxi nach.

Bis zu Lars' VW-Golf sind es nur wenige Meter. Er startet ihn und wirft einen Blick auf den Rentner, der in seinen Volvo einsteigt, den er überholt. Er fährt auf die A215. Sein Fahrzeug zeigt 3° Grad Außentemperatur an, die Straßen sind trocken.

Nach einigen Kilometern stellt er sich in einer lang gezogenen Kurve vor, wie die Theaterbesucherin den Kopf an seine rechte Schulter legt. Er schließt die Augen und hört den Gesang vom selbstverliebten und liebestollen Falstaff, wie er seinen Körper und seine Haltung in höchsten Tönen lobt und wie er sich einredet, Alice Fords Liebster sei er, Sir John Falstaff. Er sieht die spätere Szene vor Augen, als Alice auf der Laute ein paar Akkorde spielt und Falstaff beseelt ist von dem Gedanken, sie, die ,Rose rot', zu pflücken und er sie singend umarmt:

"Ihr Götter, lasst mich sterben! Was kann ich wohl erleben nach dieser trauten Schäferstunde noch?"

In dem Augenblick verliert er die Kontrolle über das Fahrzeug.

Es prallt gegen die rechte Leitplanke, schleudert auf die linke Fahrspur, fast in den ihn überholenden Volvo hinein. Schnell lenkt er den Wagen auf die Standspur, bremst und hält an. Er umklammert fest das Lenkrad, legt den Kopf zurück an die Kopfstütze. Tief atmet er durch. Langsam beruhigt er sich. Er spürt, wie sich der Pulsschlag normalisiert. Aus dem Handschuhfach nimmt er die Pfeifentasche und steckt sich die Pfeife in den Mund. Er öffnet den Deckel der Tabakdose und stopft sich die Pfeife, zündet sie sich jedoch nicht an.

Er beobachtet, wie ungefähr 200 Meter vor ihm der Volvo, der dem Unfall knapp entkam, weil der Fahrer auf die schmale Bankette an der Mittelplanke ausgewichen ist, auf dem Seitenstreifen zum Stehen kommt.

Lars wundert sich, dass der Rentner nicht weiter fährt, und fragt sich, ob dieser ihn zur Rede stellen wolle. Er starrt durch die Windschutzscheibe, die feuchten Hände wischt er mehrmals an der Hose ab. Dringend wünscht er sich, dass der andere die Fahrt fortsetzen möge. Aber da nichts geschieht, rechnet er jeden Augenblick damit, dass sich die Fahrertür öffnet und der Fahrer aussteigt. Doch es geschieht nichts.

Inzwischen sind bereits mehrere Fahrzeuge vorbei gefahren, ohne die Geschwindigkeit zu verringern. Gerade als er das Streichholz aus der Schachtel, die griffbereit auf der Mittelkonsole liegt, anzünden will, sieht er im Rückspiegel, wie ein Mercedes langsamer wird und sich auf der Höhe von Lars' Fahrzeug das Seitenfenster öffnet.

„Brauchen Sie Hilfe?", ruft die Beifahrerin.

Schnell zeigt Lars auf seine Pfeife und das brennende Streichholz. Sie nickt kurz und schüttelt dann den Kopf.

„Scheiße!" Hastig pustet Lars das Streichholz aus und reibt seine Finger. Die gestopfte Pfeife legt er in die Pfeifentasche auf dem Beifahrersitz und löst den Gurt. Nach dem Blick in den Außenspiegel öffnet er die Wagentür und steigt aus. Nichts regt sich beim Volvo.

Als Lars den Volvo erreicht, sieht er, dass der Körper des Fahrers zur linken Seite gerutscht ist. Der Kopf berührt das Seitenfenster. Er öffnet vorsichtig die Beifahrertür, kniet sich auf den Sitz und berührt vorsichtig die Schulter. Keine Reaktion! Lars fasst an die Halsschlagader. Kein Pulsschlag zu spüren. Nervös greift er in die Jackettasche nach seinem Mobiltelefon, vergeblich. Es liegt im Wagen. Er rennt zurück, nimmt es heraus und wählt die 112. Er schildert kurz die Situation und muss sich zusammenreißen, nicht auszurasten, als die Mitarbeiterin in der Zentrale, nachdem er ihr seine Personalien und die Telefonnummer durchgegeben hat, nach der Kilometerangabe des Standorts fragt.

„Das weiß ich nicht, Ausfahrt Blumenthal in Richtung Neumünster reicht als Angabe. Machen Sie endlich was."

Die letzten Worte brüllt er.

„Beruhigen Sie sich, und bleiben Sie am Fahrzeug des Verunglückten."

Nach kurzer Überlegung startet Lars seinen VW-Golf und parkt ihn vor dem anderen Pkw. Da er dem Rentner nicht helfen kann, zündet er die Pfeife an, zieht mehrmals an ihr und inhaliert das Nikotin tief, während er nachdenklich aus der Windschutzscheibe blickt. Schließlich öffnet er die Wagentür und dreht sich aus dem Sitz. Den glühenden Tabak, den er am Holm aus seinem Pfeifenkopf klopft, tritt er mit seinen schwarzen Theaterschuhen aus. Die wenigen Schritte hin zum Volvo fallen ihm noch schwerer als vorhin. Sein Blutdruck ist spürbar erhöht, trotz der Tabletten, die er vor dem Theaterbesuch eingenommen hat. Aber er hat ja immer das Nitrolingual Akutspray und das Blutdruckmessgerät in seiner Umhängetasche dabei.

Als er über seine Vorsichtsmaßnahmen mit seinen Eltern vor ein paar Wochen sprach, als sie ihn zum Abendbrot eingeladen hatten, machte sich sein Vater über ihn lustig und nannte ihn ein Sensibelchen, Mutters Sensibelchen. Gerlinde fand die

Bemerkung unmöglich. Als sie gerade ansetzen wollte, etwas dazu zu sagen, winkte er grob ab.

„Hör auf. Versuch gar nicht erst, deinem verhätschelten Sohn beizustehen und ihn in Schutz zu nehmen."

Sie schaute zu Lars, der ihr mit leichtem Kopfschütteln zu verstehen gab, nicht darauf zu reagieren. Diese Bemerkung und ähnliche andere prallten inzwischen von ihm ab. Er wollte das Abendessen genießen, für das sein Vater aus einer Räucherei in Gaarden eine Makrele und Forelle, einen Bückling und halben Aal sowie zwei Stücke Heilbutt gekauft und in der Küche filetiert hatte.

So verkehrt lag sein Vater gar nicht mit seiner Provokation. Lars gesteht sich selbstkritisch ein, dass dieser mit Krankheiten besser umgeht, das heißt sich weniger Gedanken darüber machte, wenn er sich früher im Beruf als Heizungsmonteur oder bei der Gartenarbeit verletzte oder es ihm nicht gut geht. Lars dramatisiert oft seine eigenen Diagnosen.

Das Blaulicht nähert sich rasant. Der Rettungswagen hält, dicht dahinter das Fahrzeug des Notarztes. Drei Männer steigen aus, greifen nach ihren Geräten und stellen sie am Volvo ab. Lars wird aufgefordert, zurück zu gehen. In einigen Metern Entfernung verfolgt er, wie der Mediziner sich in den Wagen setzt und nach der Untersuchung den Toten von den Sanitätern auf die Trage legen lässt. Er informiert die inzwischen eingetroffene Polizeibeamtin und ihren älteren Kollegen, dass für den Tod keine äußere Gewalteinwirkung ursächlich sei, sondern wohl plötzliches Herzversagen. Er werde den Totenschein ausfüllen, und sie könnten ein Bestattungsunternehmen beauftragen, den Leichnam abzutransportieren.

Während die Polizistin nickt und die Dienststelle verständigt, damit alles Weitere eingeleitet wird, spricht der Kollege, der sich als Polizeiobermeister Gerlach vorstellt, Lars an, der mit wachsendem Unbehagen die Szenerie beobachtet und nervös seinen beschleunigten Herzschlag und das Stolpern der Herzschläge registriert.

„Kennen Sie die Person, den Verstorbenen?"

„Nein, ich kenne den Herrn nicht. Auf dem Weg nach Neumünster bemerkte ich den Volvo am Seitenrand. Als ich langsam vorbeifuhr und den Fahrer am Steuer sah, dessen Körperhaltung nichts Gutes verhieß, hielt ich an und ging zu ihm. Als er keine Reaktionen zeigte, rief ich die Notfallzentrale an."

„Sie haben alles richtig gemacht", sagt der Polizist. „Wenn wir Ihre Personalien aufgenommen haben, benötigen wir Sie nicht mehr."

Mit zittriger Hand entnimmt Lars seinem Portemonnaie den Ausweis, reicht ihn dem Beamten, der die Angaben in ein Notizbuch trägt.

„Falls zusätzlicher Klärungsbedarf besteht, wird die zuständige Dienststelle mit Ihnen Kontakt aufnehmen. Gute Fahrt für Sie."

„Danke!" Erst jetzt schaut Lars ihn an.

Gerade als er zu seinem Wagen will, ruft ihm die Polizeikollegin zu, bitte zu bleiben. Sie habe eine Frage. Auf der Bankette seien schlängelnde Reifenspuren eingedrückt. Der Verstorbene müsste auf der linken Spur gefahren sein.

„Haben Sie beobachtet, ob er einem plötzlichen Hindernis ausweichen musste oder die Kontrolle bei einem Überholvorgang verlor?"

„Nein! Als ich auf diesem Teil der Strecke unterwegs war, habe ich keine Rücklichter von fahrenden Fahrzeugen auf der rechten oder linken Spur gesehen, nur eben den Volvo auf dem Seitenstreifen."

Er überlegt kurz, dann fügt er hinzu: „Ich habe spontan meinen Wagen vor dem Volvo geparkt, um vielleicht helfen zu können."

Verunsichert knetet Lars seine Hände, tut so, als müsste er sie wärmen. Die Beamtin nervt. Sie will zudem wissen, woher er gekommen sei und wohin er habe fahren wollen. Nachdem er ihr geantwortet hat, lässt sie ihn endlich zufrieden.

Lars dreht sich erleichtert um. Er zwingt sich, bewusst aufrecht und nicht hastig zu gehen. Er ist froh darüber, nicht konkreter befragt worden zu sein. Er bereut es im Nachhinein, dieses Mal nicht wie sonst auf den Bundes- und Landesstraßen herumkutschiert zu sein. Er ist sauer auf sich. Was hat ihn bloß geritten anzuhalten? Zu retten wäre nichts mehr gewesen. Er setzt sich in den Wagen, startet und fährt bis zur Ausfahrt Neumünster-Nord, um auf der B4 zurück nach Kiel zu kommen.

Als er in der Schweffelstraße eintrifft und glücklicherweise gerade ein Parkplatz vor dem Haus Nummer 5 frei wird, ist es bereits halb Eins. Dennoch geht er nicht in seine Wohnung, sondern in das Guinness Pub „East of Dublin" am Gutenbergkreisel, fußläufig fünf Minuten entfernt. Schlafen hätte er jetzt nicht können.

James und er umarmen sich, denn Lars ist hier seit Jahren Stammkunde, und ihn verbindet mit dem Iren ein freundschaftliches Verhältnis über den normalen Umgang zwischen Wirt und Gast hinaus. Während er ein Guinness bestellt, zeigt James auf Wolfram, der in seiner Lieblingsecke sitzt. Lars gesellt sich zu seinem Freund und Kollegen. Wolfram, vier Jahre älter als er, trägt wie immer in der Öffentlichkeit ein Jackett, auch jeden Tag im Bertha-von-Suttner-Gymnasium, wo beide unterrichten, er Deutsch und Geschichte, Lars Englisch und Geschichte. Mit dem Jackett im Schulalltag ist Wolfram die große Ausnahme neben der Schulleiterin, die ihre Position kleidungsmäßig mit wochenweise wechselnden Hosenanzügen unterstreicht.

„Vor Beginn der Arbeitswoche irische Mutmacher?"

„Du sagst es. Die Geschichtsklausur meiner elften Klasse habe ich heute Abend zu Ende korrigiert, und vor der Rückgabe brauche ich mein Guinness, denn sie ist bescheiden ausgefallen."

James stellt den Pint auf den Bierdeckel, und die beiden Kollegen stoßen miteinander an. Lars berichtet vom Theaterabend und dem Geschehen im Anschluss, ohne seine Rolle zu schildern, die den Tod des Rentners vermutlich ausgelöst hat. Dazu ist er noch nicht fähig. Später sicherlich, weil er seinem Freund sehr private Dinge anvertrauen kann, so wie dieser ihm gegenüber, wenn er offen mit Lars über die Probleme seiner Ehefrau spricht.

Ein zweites Guinness möchte Lars nicht mehr, Wolfram nicht ein drittes. Zum einen wollen sie nicht James' Arbeitszeit unnötig in die Länge ziehen, zum anderen müssen beide in der ersten Stunde anfangen, Wolfram mit der Rückgabe der Klausur, Lars mit Englisch in der achten Klasse.

Sie verabschieden sich gegenseitig und von James, der für Wolfram ein Taxi bestellt hat, das ihn nach Hasseldieksdamm bringen soll.

Ein Streifenwagen fährt an Lars vorbei und hält an der Kreuzung zum Westring. Der Schreck fährt Lars in die Glieder. Sofort schießt ihm durch den Kopf, dass die beiden Polizisten zu ihm wollen. Vielleicht hat die Beamtin etwas entdeckt, was den Tod des Rentners mit ihm in Verbindung bringt. Skeptisch genug wirkte sie. Sie schien sorgfältiger zu ermitteln als ihr Kollege. Seine Anschrift haben sie. Sie könnten auf dem Weg zu ihm sein. Er verlangsamt seinen Schritt, hockt sich zu den Schuhen, als wolle er die Schnürsenkel binden. Aus den Augenwinkeln sieht er, wie die Ampel auf Grün wechselt und der Wagen nach rechts abbiegt, nicht geradeaus. Erleichtert steht er auf und geht schnell weiter über den Westring.

Endlich in der Wohnung! Sofort wird er abgelenkt von seinem Kater. Kleiner wirft sich auf den Rücken, rollt sich hin und her und streckt den Körper und die Pfoten lang aus. Lars beugt sich zu ihm hinunter und streichelt dessen Bauch. Bis Lars den leeren Futternapf aufgefüllt hat, weicht Kleiner ihm nicht von der Seite.

Ein zusätzlicher Nachttrunk wäre jetzt nicht schlecht. So könnte er besser einschlafen. Auf einmal fühlt sich Lars in der Küche von einem kalten Scheinwerferlicht geblendet und verliert die Orientierung. Ein Strudel aus Szenen im Zuschauerraum, im Foyer, auf der Autobahn und im Volvo wirbelt ihn herum. Er reißt den Kühlschrank auf und trinkt einen kräftigen Schluck Korn direkt aus der Flasche. Der scharfe Alkoholgeschmack bringt ihn zurück in die Gegenwart. Er verzichtet aufs Zähneputzen. Seine Kleidung schmeißt er auf den Schreibtischstuhl, und nur in Unterwäsche legt er sich ins Bett, den Schlafanzug am Fußende schiebt er raus. Sofort springt Kleiner auf die Bettdecke und legt sich auf Lars' Brust. Doch dieses Mal drückt das Gewicht des Katers zu sehr auf ihm. Etwas grob schiebt er ihn beiseite. Kleiner faucht und verschwindet aus dem Schlaf- beziehungsweise Arbeitszimmer.

Trotz Guinness und Korn wird Lars nicht schläfrig. Unruhig wälzt er sich im Bett. In der Biographie über Verdi weiter zu lesen, hat keinen Sinn; ebenso wenig wird ihn eine Sinfonie von Beethoven entspannen. Die Erinnerungen an den Abend kreisen in seinem Gehirn. Übelkeit steigt in ihm hervor. Er muss würgen. Er fühlt sich erbärmlich, weil er für den Tod eines Menschen verantwortlich ist. Sein Versagen kriecht schlagartig aus allen Poren, ihm bricht der Schweiß aus, während gleichzeitig seine Gedanken umher schwirren wie Splitter in einer Explosion. Er richtet sich auf und stopft sich das Kissen in den Rücken.

Eigentlich müsste er an den Rechner, um zu recherchieren, ob man ihn wegen Fahrlässigkeit oder grober Fahrlässigkeit belangen könnte. Aber warum sollte er? Wo kein Kläger, da kein Beklagter. Zeugen gibt es nicht. Da fällt ihm die Beifahrerin ein, die ihn gefragt hat, ob er Hilfe brauche? Könnte sie hundertprozentig aussagen, dass sein Golf erst hinter und nicht vor dem Volvo stand? Hat die Polizei nach seiner Abfahrt den rechten Seitenstreifen, wo er zuerst anhielt, auf Reifenspuren oder andere Indizien untersucht? Zuzutrauen wäre es der ehrgeizigen Polizeimeisterin.

Wem könnte er sich anvertrauen? Keinem! Derjenige, dem er es erklären würde, bräuchte sich nur zu verplappern. Und wer weiß, auf welchen verschlungenen Wegen die Wahrheit in einer Polizeidienststelle landen würde. Gibt es bei Fahrlässigkeit oder grober Fahrlässigkeit eine Verjährungsfrist?

Er hat Durst. Sein Mund ist wie ausgetrocknet. Korn nicht mehr. Bier auch nicht. Am besten ein Glas Tomatensaft mit möglichst viel Tabasco, um sich seine Selbstvorwürfe heraus zu brennen. Er leert das Glas sofort in der Küche. Kleiner meldet sich nicht. Eingerollt liegt er auf dem Sofakissen und schläft fest. Ihn plagen keine Gewissensbisse.

Der Volvo fährt rückwärts auf den Golf zu. Lars legt hastig den Rückwärtsgang ein und fährt nach hinten, zu langsam. Sein Wagen wird voll gerammt, der Airbag wird ausgelöst, von dem sein Kopf abgefedert wird. Durch die Scheibe starrt ihn jemand an und bewegt die Lippen. „Warum?", liest Lars von ihnen ab.

Lars zieht sich die Bettdecke vom Gesicht. Also ist er doch noch eingeschlafen. Aber er fühlt sich völlig gerädert. Die Muskeln schmerzen. Der Rücken kommt ihm wie ein steifes Waschbrett vor. Kleiner sitzt auf dem Schreibtisch und beobachtet ihn, wie er aufsteht und als erstes ihm das Fressen gibt. Lars wankt ins Badezimmer. Er muss sich beeilen, sonst kommt er zu spät in die Schule. Vor dem Spiegel sieht er die violett unterlaufenen Augenränder. Er könnte sich krank melden. Allerdings wäre er in der Schule abgelenkt vom gestrigen Abend. Also wäscht er sich, zieht sich an und trinkt zwei Becher Kaffee. Appetit auf Toast und Marmelade hat er nicht. Bevor er, von der Nacht ausgelaugt, mit seiner Aktentasche die Wohnung verlässt, schafft er es immerhin, Kleiner hochzuheben und dessen Köpfchen an seine Wange zu legen.

Gerade noch rechtzeitig mit dem Klingeln betritt Lars das Schulgebäude und geht sofort in die achte Klasse. Auf dem Weg dorthin wühlt er in seiner Tasche herum, damit keiner von den wenigen Lehrkräften in den Gängen auf die Idee käme, ihn anzusprechen.

Mitten in der ersten Stunde wird ihm mulmig. Er muss auf die Toilette, Wasser trinken. Seine Flasche Mineralwasser hat er vergessen. Auch in den folgenden Klassen läuft es nicht wie sonst. Mehrmals muss er bei Antworten nachfragen und verschreibt sich an der Tafel. Eine ältere Schülerin will wissen, warum er so zerfahren sei. Er redet sich heraus, dass er gestern Magen- und Darmprobleme hatte, die gängige Erklärung von Lehrer- und Schülerschaft bei Abwesenheit. Am liebsten hätte er die Frage zum Anlass genommen, einen Stuhlkreis bilden zu lassen und zu beichten. Die Klasse als Auditorium von Psychologen, die sein Bekenntnis diskursiv beleuchten und ihm die Absolution erteilen würden, mit einem von jedem unterschriebenen Schlusskommuniqué.

In den Pausen geht er gar nicht erst in das Lehrerzimmer. Wolfram, der in der zweiten großen Pause Aufsicht hat, kann er leider nicht ausweichen. Ihn wundert es, dass Lars wie ausgekotzt aussehe, ob er den Rest der Nacht irgendwo anders versumpft sei oder sich zu Hause weitere Getränke reingezogen habe.

„Schlecht geschlafen, mehrmals auf Toilette." Mehr sagt Lars nicht und lässt Wolfram stehen.

Er sitzt vor dem Computer und sucht die Meldungen auf kn-online durch und entdeckt einen Hinweis auf den Tod eines Autofahrers auf der A215 und das vom Arzt diagnostizierte

Herzversagen. Von weitergehenden Verdachtsmomenten und Ermittlungen sowie von ungeklärten Fragen steht nichts geschrieben; auch nicht auf der Homepage des Holsteinischen Couriers. Erleichtert geht Lars in die Küche und brät sich zwei Spiegeleier mit Zwiebeln, kippt sich Ketchup rüber und isst sie mit zwei Scheiben Landbrot. Dazu genehmigt er sich ein Dithmarscher Pils.

Bevor er sich hinlegen will, informiert er sich im Internet über fahrlässige Tötung, obwohl die Polizei nichts gegen ihn in der Hand hat. Vorsatz kann man ihm sowieso nicht vorwerfen. Wäre der Aspekt von Mangel an Umsicht und Sorgfalt auf seine Unaufmerksamkeit anzuwenden? Er hat nicht mit dem Handy telefoniert oder eine Nachricht verfasst oder gelesen. Den Grund für seinen plötzlichen Richtungswechsel würde ihm allerdings keiner abnehmen. Vermutlich würde der das Protokoll aufnehmende Beamte an Lars' Verstand zweifeln. Bei ihm wäre sicherlich eine Geldstrafe das Strafmaß und nicht ein Freiheitsentzug bis zu fünf Jahren. Vielleicht ein Urteil mit Bewährung? Disziplinarrechtlich könnte er wegen außerdienstlichen Fehlverhaltens belangt werden. Das alles wegen einer Sekunde.

Am liebsten würde er die nächsten Wochen im Zeitraffer vorspulen, um die Ängste und das schlechtes Gewissen schneller loszuwerden. Am besten ist es, er schläft erst einmal, trinkt danach Tee, tobt mit Kleiner herum, setzt sich an den Schreibtisch und hört sich am Abend die Zauberflöte auf CD an. Damit kann er sich auf die Oper einstimmen, die er mit seiner Mutter demnächst ansieht.

2. Kapitel: Zauberflöte

Die zerknüllte Serviette wirft Kurt Bach schwungvoll auf den tiefen Teller. „Lecker hat sie geschmeckt." Seine Frau strahlt. Sie weiß, dass sie ihrem Mann mit der Erbsensuppe, auf Rinderknochen und Speckschwarte gekocht, einen deftigen Genuss geboten hat, durch den sie in die seltene Lage kommt, in die Arme genommen und geküsst zu werden, was ihr ein erstes Lächeln an diesem Sonntag entlockt. Auf dem Weg in die Küche ruft sie Kurt zu, er brauche nicht die Teller und Löffel hinauszutragen, er könne sich ruhig auf das Sofa legen und sein Nickerchen machen. Den leicht angebrannten Rest der Suppe wolle er wohl nicht auskratzen. Sie würde ihn in die Toilette leeren.

Die letzten Worte hat Kurt nicht mehr gehört. Gerlinde hört ihn stoßweise schnarchen. Sie füllt den Geschirrspüler, in dem bereits das Geschirr vom Vorabend und Morgen eingeordnet ist. Nachdem sie ihn angestellt hat, nimmt sie den schweren Topf vom Wohnzimmertisch und trägt ihn in das Badezimmer. Trotz ihrer ständigen Ermahnungen hat ihr Mann wieder den Deckel oben gelassen. Sie schüttet den sämigen braun-grünen Bodensatz in das Wasser und spült ihn weg. Den Topf reinigt sie in der Küche per Hand im Ausguss, platziert ihn neben die anderen Töpfe im Schrank, legt die Schürze ab und geht ins Badezimmer, um die Hände zu waschen.

Es sind nicht Kurts Schlafgeräusche, die sie hört, als sie sich abtrocknet, es sind Laute aus der Nähe. Sie horcht und blickt in die Richtung, aus der sie zu kommen scheinen, aus dem Klo. Vorsichtig hebt sie den Deckel und lässt ihn sofort fallen, starrt ihn aber weiter an. Sie rührt sich nicht von der Stelle, kreidebleich im Gesicht, den Mund zu einem Schrei geöffnet, der mit Verzögerung schrill die Wohnung zerschneidet.

Ihr herbeilaufender Mann, den Mittagsschlaf aus den Augen reibend, schimpft gereizt. „Verflucht noch mal, hast du mich erschreckt." Verängstigt ergreift Gerlinde seinen Arm.

„Ratte", flüstert sie, „Eine Ratte in der Toilette."

Ungläubig sieht er sie an, stockt kurz, um sie dann, „solch ein Blödsinn" vor sich hinmurmelnd, beiseite zu schieben. Er reißt den Deckel hoch.

„Na bitte", er zeigt hinein. „Nichts. Keine Ratte, keine Maus, kein Getier. Nicht einmal Barthaare."

So wie er sie jetzt anschaut, nicht mehr verschlafen, sondern spöttisch, fühlt sie sich lächerlich. Verunsichert berichtet sie von den Geräuschen und dem blitzschnellen Wegtauchen einer Ratte. Überheblich legt er die kräftigen Hände auf ihre Schultern und drückt sie an sich. Sie spürt genau, wie er vor sich hin grinst.

„Komm' in die Stube, Gerlinde."

Sie sitzen sich in den beiden Sesseln gegenüber. Er beugt sich vor und redet eindringlich auf sie ein, dass es nicht angehen könne, sie wohnten in der dritten Etage des vierstöckigen Wohnhauses, das solle erst einmal eine schaffen, gegen den Abwasserstrom im Rohr senkrecht hinaufzuklettern. Die Ratten hätten genug zu fressen um die Häuser herum, in den Kellern, zwischen den Abfalltonnen. Da wüssten sie sich einfacher zu ernähren, als den Weg stromaufwärts auf sich zu nehmen.

Gerlinde hört nicht mehr zu, rückt innerlich von den herablassenden Worten ab. Sie dreht sich um und geht in die Küche, um Kaffee zu machen.

„Seit undenklichen Zeiten im Flurschrank", antwortet er, als sie ihn laut nach dem Gift fragt, das als Überrest aus ihrem ehemaligen Garten nicht entsorgt worden ist. Kurt hatte es für die Mäuse ausgelegt hat, welche die Wolldecken auf den Liegen in ihrem Holzhaus angeknabbert hatten.

„Du machst dich völlig verrückt!", schreit Kurt aus dem Wohnzimmer. Er zündet sich eine Zigarette an, als sie mit dem kleinen Tablett erscheint und ihm den Becher reicht.

"Gezuckert ist er schon."

Er nimmt einen kräftigen Schluck, speit aber sofort aus, läuft würgend, hervorgerufen durch die vielen Löffel Salz, in das Badezimmer. Gerlinde steht ruhig an der Tür, schaut kalt lächelnd zu ihm, wie er vor dem Klobecken kniet, und dreht den Schlüssel um. So sollte ihn sein einstiges Gartenflittchen sehen, wie er kotzend den Klodeckel umarmt. In ihr steigt die Erinnerung an den für sie beschämenden Abend wie Galle hoch, an dem Kurt sie zum ersten Mal bloßgestellt hat, und angewidert beginnt sie zu erzählen, und er muss zuhören, kann sie nicht körperlich bedrängen.

Sie hielt die Geldbörse bereit, als der Fahrer bremste und ihr den auf dem Taxameter angezeigten Preis ‚3,90' DM für die Fahrt vom Ostuferhotel am Brook zu ihrem und Kurts Zuhause am Vinetaplatz nannte. Sie reichte ihm einen Zehn-Mark-Schein und ließ sich fünf Mark zurückgegeben. Ein Danke kam ihm nicht über die Lippen, und er machte keine Anstalten, auszusteigen und ihr die Wagentür zu öffnen.

Sie hatte zwanzig Minuten auf das Taxi warten müssen und das bei eisiger Kälte von minus zehn Grad. Der Mantel hatte ihr nicht viel genutzt. Darunter trug sie lediglich ein dünnes Minikleid mit weit ausgeschnittenem Rückenteil. Auf das Unterhemd und den BH, die sie gewöhnlicher Weise alltags trug, hatte sie verzichtet. Auf dem Faschingsfest des Schrebergartenvereins tummelten sich weder die Frauen noch die Männer in zugeknöpfter warmer Kleidung. Dieses Fest war neben dem Sommervergnügen Mitte August der zweite Höhepunkt des Vereinslebens.

Sie schaute zu den Fenstern ihrer Wohnung. Im Wohnzimmer brannte Licht. Kurt war bereits zu Hause, hatte sie einfach alleine auf der Feier gelassen. Er hatte es nicht für notwendig befunden, sie mitzunehmen.

Klar, sie hatten vor Beginn der Veranstaltung, wie in den Jahren zuvor, vereinbart, nicht den ganzen Abend aneinander zu kleben, sondern auch mit anderen Tanzpartnern oder Tanzpartnerinnen zu schwofen und ein paar Gläschen Wein und Sekt zu trinken. Ein daraus sich ergebender lockerer Umgang mit Umarmung oder Küssen war ein tolerierter Bestandteil auf dem Karnevalsfest. Aber bisher hatten sich beide an die Regel gehalten, es gemeinsam zu beenden.

Der Schwips hatte sich bereits ein wenig verflüchtigt, sodass sie auf dem Bürgersteig kaum schwankte. Sie kramte in ihrer Umhängetasche nach dem Schlüsselbund und nahm den Haustürschlüssel in die Hand. Verwundert sah sie zum Taxi, das keine Anstalten machte loszufahren.

In dem Moment, als sie die Haustür aufschloss, ging das Treppenhauslicht an. Sie trat in den an den Wänden gefliesten Gang in der Parterre. Sofort nahm sie die Stimme ihres

Mannes im zweiten Stock wahr, der aufgekratzt mit einer Frau Sprüche klopfte, deren Stöckelschuhe auf dem Terrazzoboden klackten. Auf der letzten Treppe stoppten die beiden wie auf Kommando, als sie Gerlinde erblickten. Neben Kurt stand die widerliche Kuh vom Nachbargarten, deren Mann vor einem halben Jahr gestorben war; die drei Jahre älter als sie war, kaum Brüste hatte und einen flachen Arsch. Angewidert drehte sie sich schnurstracks um, kehrte zum Taxi zurück, riss die Tür auf und wollte einsteigen.

„So geht's nicht, meine Dame. Das Taxi ist bereits bestellt."

„Mit ‚Ihrer Dame' können Sie mich ‚mal kreuzweise", schrie sie ins Wageninnere und trat lediglich ein paar Schritte zurück. Sie wartete auf die Witwe, die sich von Kurt verabschiedete und ihr entgegenkam.

„Zum Schluss gar kein Küsschen?", rief ihr Gerlinde zu. An Gerlinde vorbeigehend antwortete sie: "Für heute reicht's!" und verpasste ihr mit der Schulter einen Stoß, sodass Gerlinde hinfiel. Bevor sie sich aufrappeln konnte, startete das Taxi.

„Was willst du?", fauchte sie ihren Mann an, als er ihr gegenüber den Besorgten spielte und ihr hochhelfen wollte.

„Fass mich nicht an!"

„Fällt es dir wieder ein, Kurt? Es war solch ein erniedrigender Augenblick, das Schlimmste, was du mir angetan hast, der nicht zu überbietende Höhepunkt in deinen vielen Eskapaden."

„Wozu erzählst du mir das? Es interessiert mich nicht mehr. Lass mich verdammt noch mal raus."

Gerlinde hat ihn trotz der scheibenlosen Badezimmertür vor Augen: hochrot das Gesicht mit geschwollenen Adern an den Schläfen.

„Brüll nicht so rum. Auch später hast du mich gedemütigt, wenn ich in unserem Garten unverhofft erschien und dich nicht antraf, weil du in ihrem Gartenhäuschen mit ihr rumgehurt hast. Und das, obwohl du nach dem Faschingsfest hoch und heilig beteuert hattest, das Verhältnis zu beenden. Im Grünen habt ihr euch dann nicht mehr getroffen, sondern bei ihr zu Hause. Seitdem frage ich mich, wieso ich mit dir weiterhin schlafen konnte in den zehn Jahren, in denen deine Konkubine noch gelebt hatte, bis der Brustkrebs sie endlich dahinraffte. Zum Schluss wurden deine Besuche bei ihr am Kranken- und Sterbebett ja immer weniger, das Fleisch hatte seine Schuldigkeit getan, die Akte wurde geschlossen, der Vorgang war erledigt und abgehakt. Ich hoffe, sie hat das schmerzlichst empfunden, verdient hat sie es."

„Trotz allem fandst du mich anziehend, und vielleicht hat dich der Gedanke an mein festes Verhältnis sogar stimuliert", geht Kurt, mit Genugtuung in der Stimme, auf Gerlindes Vorhaltungen ein, schon nicht mehr so wutschnaubend wie zuvor. „Wozu kramst du diese ollen Kamellen hervor. Du hattest Zeit genug, sie zu kauen, hinunterzuschlucken und zu verdauen."

„Übrigens, heute Abend werde ich nicht Kamellen kauen, sondern Hustenbonbons lutschen während Mozarts ‚Zauberflöte'. Dabei werde ich vergnügt an dich denken, wie du in der Toilette rumhängen musst. Und daran, wie dein aufwallender Jähzorn dich zerwühlt."

„Mach endlich die verfluchte Tür auf, sonst kann ich für nichts mehr garantieren, wenn du mich länger hier festhältst."

„Bei deinen unkontrollierten Ausbrüchen ziehe ich es vor, das Gespräch durch die geschlossene Tür zu führen. Ich möchte nicht mit geschwollenem Gesicht im Opernhaus auftauchen und mich von den Besuchern anstarren lassen. Lars wäre entsetzt, wenn er mich so sähe. In einer Stunde holt er mich ab. Heute ist wieder eine Vorstellung aus unserem Abo."

„Du willst mich etwa den ganzen Abend hier im Badezimmer lassen? Soll ich so lange gegen die Tür schlagen, bis die Nachbarn die Polizei rufen und die Wohnungstür aufgebrochen wird?"

„Mir egal, was du tust. Du bist der Blamierte, nicht ich. Ich würde mir ja gerne einen Stuhl in den Flur holen, um mich weiter mit dir auszutauschen, aber leider muss ich mich chic machen für unseren Sohn und fürs Theater."

Kurt tobt und brüllt und hämmert gegen die Badezimmertür. Nach fünf Minuten hört es auf.

Heute zieht sie ihren Lieblingsrock an, den knielangen grauweißen Tweedrock mit der zehn Zentimeter großen graublauen Spitzenapplikation, einer rosa-violett-farbigen Distelblüte. Gekauft hatte sie ihn in einem kleinen Woll-Shop in Aberdeen. Ihn trug sie bei besonderen Anlässen, auch in der Fritz-Reuter-Grundschule in Elmschenhagen, wenn dort der jährliche Tag der Offenen Tür oder der Elternsprechtag stattfanden.

Bis auf Lars' Freund Wolfram kannte keiner derjenigen, die sich lobend zu dem Rock äußerten, die Bedeutung dieses schottischen Symbols. Obwohl er kein Englischlehrer ist, kannte er die Legende, nach der die Distel schottische Soldaten gegen tödliche Angriffe von Feinden schützte. Er hatte es während des dritten Aufenthalts in Inverness erfahren.

Aufgrund seiner Erzählungen entschieden sich Kurt und sie für einen zweiwöchigen Aufenthalt in Edinburgh, um seinen Rentenbeginn mit 65 zu feiern. Sie wollten von Hamburg über Frankfurt in die schottische Hauptstadt fliegen, und mit dem vorbestellten Mietwagen die Rundreise beginnen. Am längsten wollten sie im Cairngorms Nationalpark verweilen.

Ein Bandscheibenvorfall drei Wochen vor Urlaubsantritt hatte ihnen einen Strich durch die Rechnung gemacht. Bei dem Abbau eines alten gusseisernen Heizkörpers hatte er eine falsche Bewegung gemacht. Nach den zwei Wochen im Städtischen Krankenhaus, in denen er, vollgepumpt mit Tabletten, nach und nach schmerzfreier kleine Entfernungen bewältigte, schloss sich die dreiwöchige medizinische Rehabilitation in Bad Schwartau an. Er bestand darauf, dass Gerlinde die Reise nach Schottland mit Lars machen sollte. Besuche seiner Frau und seines Sohnes brauche er nicht zur Genesung, wie er zu verstehen gab. Das Ende der Behandlungen sei einen Tag nach ihrer Rückkehr, sodass sie ihn abholen könnten; was sie selbstverständlich taten.

Als sie mit Kurt wieder in ihrer Wohnung war, berichtete sie nur das Wesentliche. Ausführliche Erläuterungen langweilten ihn. Diese Erfahrung hatte sie oft gemacht, wenn sie über Themen zur Heimat- und Sachkunde, ihrem zweiten Fach neben Deutsch, sprachen. Sie bedankte sich dafür, dass sie hatte fahren können, und bedauerte, dass sie nicht gemeinsam die vierzehn Tage erlebt hatten.

In Wirklichkeit war sie nicht unglücklich darüber, weil der Schottland-Trip an der Seite ihres Sohnes bedeutend interessanter war, als er mit ihrem Mann gewesen wäre. Mit Lars konnte sie von morgens bis abends durch die Parks streifen, durch die hügelige Landschaft wandern, an den Binnenseen die Vögel beobachten und Burgen besichtigen, ohne dass es einem von ihnen langweilig wurde.

Kurt hätte nach einem halben Tag ein mürrisches Gesicht gemacht, weil er nicht die Geduld von Lars gehabt hätte, der sich für die neuen Eindrücke begeistern konnte. Zudem war es für sie und ihren Sohn als Englischlehrer selbstverständlich einfacher, sich mit den Leuten zu verständigen. Kurt konnte kein Wort Englisch. Abends hätte sie neben ihm wohl nicht die Live-Auftritte von Musikern in den whiskyschwangeren Pubs genossen und hätte nicht mitgesungen, so wie sie und ihr Sohn es mit den trinkfesten Gästen taten. Kurt wäre mit ihr in dem Leihwagen herumkutschiert, hätte das Pflichtprogramm für Touristen abgespult, ohne großes Interesse an Land und Leuten zu zeigen. Abends hätte er, ohne viel zu reden, drei Bier getrunken, die ihm nicht gefallen hätten, weil es nicht sein deutsches Pils gewesen wäre.

Zum Rock wählt sie die weiße Oxfordbluse ohne Muster, sodass die Applikation eine bessere Wirkung erzielt. Um den Hals legt sie sich den dunkelblauen Schlauchschal aus weicher Viskose. Sie zieht wegen ihrer beiden Krampfadern die blickdichte Strumpfhose in Burgunderfarbe an und die dunkelbraunen Chelsea-Stiefeletten mit dem breiten 3 cm hohen Absatz. Höher muss er nicht sein, so klein ist sie mit ihren 1,68 cm Größe nicht, auch nicht neben Lars mit seinen 1,78 cm. Den Trenchcoat will sie mitnehmen. Es ihr zu kalt ohne Mantel. Bei der Umhängetasche braucht sie nicht groß zu überlegen, da sie nur die kleine Marco-Polo-Ledertasche fürs Theater besitzt.

Vor dem Anziehen hat sie den farblosen Nagellack auf die kurz geschnittenen Fingernägel aufgetragen und dabei gedacht, wie gut es sei, dass sie die große Schminktasche im Schlafzimmerschrank und nicht im Badezimmer aufbewahrt.

Sie schaut in den Spiegel, legt ihr Rouge dezent auf, und mit dem Classical-Nude-Stift zieht sie die Lippen nach. Die gestern am Samstag von der Friseurin gelegte Wasserwelle für ihr mittellanges Haar, das sie früher dunkelblond färben ließ und das seit der Pensionierung dem Grau gewichen ist - mit dem Zugeständnis an einige kastanienbraun kolorierte Strähnen -, kämmt sie leicht in Form. Dem Grau der Haare entsprechend verteilt sie smokey grey auf die Lider. Zuletzt sprüht sie sich einen leichten Hauch Eau de Toilette von Betty Barclay hinter die beiden Ohren, an die beiden Handgelenke und auf den Schlauchschal.

Wegen ihrer Befürchtung, sie könnte in der trockenen Luft des Opernhauses Hustenanfälle bekommen, packt sie in ihre Tasche Hustenbonbons, ohne die sie nicht ihre Außenplätze im Parkett einnimmt.

„Es sind keine ollen Kamellen, Kurt!", murmelt sie vor sich hin, während sie zur Wohnungstür geht und dabei am Badezimmer vorbei muss. Als sie ihm Tschüss sagt, hört sie einen Knall an der Badezimmerwand, als hätte er einen Gegenstand, vermutlich die Seifenschale, dagegen geschmissen.

„Er hat sich doch nicht abreagiert. Er sollte sich lieber das warme Wasser in die Wanne einlaufen lassen, um sich zu entspannen", denkt sie und verlässt die Wohnung.

Als Lars sie unten vor der Haustür umarmt, strahlt sie. Sein Golf steht direkt vor dem Haus. Lars öffnet ihr die Beifahrertür, wartet, bis sie ihre Kleidung gerichtet hat, und drückt die Tür zu. Ihren Trenchcoat legt er auf den Rücksitz.

Kurt hat sich auf den Badewannenrand gesetzt, nicht gerade sehr bequem. Er schaut zu den Scherben, die sich in alle Richtungen verteilt haben. Zeugnisse seiner in die Brüche gegangenen Ehe. Auch wenn er jeden kleinsten Splitter mit den Scherben zusammenkleben könnte, wären die Risse unübersehbar, die Ehe nicht mehr zu kitten.

Seine Schwiegermutter Liselotte hat von Anfang an das Scheitern der Ehe erwartet. Den späten Triumph kann sie in ihrem Grab nicht mehr feiern. Sie war von Anfang an skeptisch gewesen, was Gerlindes Partnerwahl betraf; im Gegensatz zu Gerlindes Vater Bernhard. Er akzeptierte ihn von vornherein, wohl auch dem Beruf und der politischen Richtung geschuldet. Er war Handwerker wie Kurt, Schlosser auf der Howaldt-Werft, und wählte wie er die SPD. Er hielt sogar zur Partei, als Willy Brandt die Ostverträge von Egon Bahr aushandeln ließ. Den Rücktritt von Brandt erlebte er nicht mehr. Ein halbes Jahr zuvor war er die Kellertreppe hinuntergestürzt und hatte sich das Genick gebrochen.

Als er sich daran erinnert, treten ihm Tränen in die Augen. Er fühlt sich unverstanden. Immer das Gerede von Gerlinde und Lars, selbstkritisch zu sein. Er weiß sich im Recht. Warum nötigen ihn die anderen und werfen ihm alles Mögliche vor? Sollen sich gefälligst um ihre Sachen kümmern und ihn nicht ständig zum Buhmann machen. Er hält die Fäuste vor dem Oberkörper und ballt sie so sehr, dass die Knöchel wie zwei gekalkte Schlagringe wirken.

„Sonst grüßt Vater vom Fenster, wenn ich dich abhole. Ist er nicht zu Hause?", wendet sich Lars an Gerlinde.

„Doch! Er wurschtelt in der Küche herum. Er will die übrig gebliebenen Kartoffeln braten", antwortet sie und fügt hastig hinzu: „Freust du dich auf die Zauberflöte?"

„Klar freue ich mich. Hoffentlich gefällt mir die Inszenierung so wie ‚Falstaff‘ vor zwei Wochen."

„Und hast du danach was unternommen?" Er wirkt auf einmal ernst. Schließlich sagt er leise:

„Ja, im East of Dublin habe ich Wolfram getroffen, mit ihm ein Guinness getrunken und über das leidige Thema ‚Schule‘ gemosert."

Seine Mutter lässt diese Bemerkung unerwidert. Auch ihr Sohn äußert sich nicht weiter. Angespannt schaut sie auf die Straße und hofft, dass er keine Fragen mehr zu Kurt stellt.

Sie sitzen bereits seit zehn Minuten auf ihren Plätzen, lediglich zwei in der Mitte sind frei. Sie greift in ihrer Theatertasche nach dem Taschentuch. Bestickt ist es mit der Jahreszahl 2005 in einer Ecke und in der Mitte mit den Buchstaben F-R-S, umrahmt von einem Herz; ein persönliches Geschenk zur Pensionierung von ihrer am meisten geschätzten Kollegin, die Musik, Kunst und Werken unterrichtete und ein Jahr später in den Ruhestand trat.

Es war eine rührende und vergnügliche Verabschiedung an ihrer Fritz-Reuter-Schule, zu der ihre letzte vierte Klasse einen Sketch aufführte und die Flötengruppe drei Volkslieder vortrug. Der Schulleiter, der einzige Mann im Kollegium, hielt eine humorvolle Rede, in der ihre Art und ihr Engagement gewürdigt wurden.

Sie wickelt drei Hustenbonbons aus dem Papier aus und legt sie wie stets vor Beginn jeder Vorstellung in das Taschentuch hinein. Das Ritual besteht, seit Gerlinde zu ihrer Entlassung von Lars das Opernabonnement für die Spielzeit 2005/2006 geschenkt bekam, das er in jedem Jahr verlängerte. Gleich am ersten Abend ihres Abos im letzten Akt von Bizets ‚Carmen' spürte sie den Hustenreiz und musste zwei Bonbons aus dem Papier pulen. Das Knistern war ihr äußerst unangenehm. Dazu trugen einige verärgerte Pssst bei. Das soll nicht noch einmal passieren.

Gerade als sie es erledigt hat, werden die beiden letzten Besucher in ihrer Reihe von der Platzanweiserin in den Saal gelassen, bevor sie die Tür für die Reihen zehn bis vierzehn schließt. Die Frauen und Männer erheben sich nach und nach, sodass die beiden, eine Frau um die Vierzig und ein jüngerer Mann um die Dreißig, sich mit dem Rücken an den Aufgestandenen vorbei zu ihren Plätzen zwängen, sie vorneweg, er hinterher, mit dem Rucksack vor der Brust. Bevor sie sich hinsetzen, zieht sie hastig ihren Jackenmantel aus. Darunter trägt sie ein knielanges schwarzes Kleid. Er entledigt sich seiner Joppe und verstaut den Rucksack unter seinem Sitz. Die beiden Kleidungstücke legen sie über die Oberschenkel.

Langsam kehrt Ruhe ein. Gerlinde schüttelt den Kopf und fühlt sich durch den genervten Augenaufschlag ihres Sitznachbarn bestätigt. Auf eine Reaktion von Lars wartet sie vergeblich, da er damit beschäftigt war, das Programmheft so zu falten, dass es neben die Medikamente in seine Umhängetasche passt. Jedoch als der Dirigent mit zügigem Schritt an das Pult geht und er und die Musiker mit freundlichem Beifall bedacht werden, schaut er an seiner Mutter vorbei nach rechts. Er lehnt sich etwas vor, um besser sehen zu können. Auf einmal wirkt er irritiert. Zweimal räuspert er sich kräftig, als hätte sich plötzlich ein Kloß in seinem Hals gebildet.

„Lars, ist alles in Ordnung?"

„Ja, ja, lass mich."

Schnell bringt das Philharmonische Orchester unter der Leitung des 1. Kapellmeisters mit der beschwingten Ouvertüre, mit der gleichzeitig der Vorhang aufgeht, das Publikum in die märchenhafte Stimmung des Singspiels, dem das farbenprächtige Bühnenbild des stilisierten Waldes gerecht wird. Die grünen, gelben und orangefarbenen Kostüme sind phantasievoll geschneidert, mit verschieden langen Fransen und weiten Ärmeln. Die übergroßen Köpfe der Waldtiere haben kugelige Augen und weit abstehende Ohren und sind in die hinreißend gestalteten Orte der Handlung stilgerecht eingebunden. Die Lichteffekte unterstreichen diese, vor allen bei denen der Prüfungen, in denen sich Tamino und Papageno beweisen müssen, dass sie ihre Liebe zu Pamina und Papagena verdient haben.

„Was nützt das im Vorfeld, wenn später das Eheleben scheitert und seelische Verletzungen die Folgen sind?" Gerlindes Gedanken gleiten ab. Die auf der Bühne produzierten Illusionen dringen heute nicht zu ihr durch. Dazu war ihr Ausbruch am frühen Abend zu heftig. Sie wundert sich im Nachhinein über sich, wie ohne Vorwarnung eruptionsartig das über Jahre in ihrem Innern brodelnde und aus falscher

Geduld, falscher Zurückhaltung und falscher Rücksichtnahme unterdrückte Unbehagen wie Magma den Vulkan durchbrach. Und sie ist sich sicher, dass die 56 Ehejahre in der feurigen Lava verglühen und zu einer Schlacke emotionaler Entfremdung erkalten.

Als sie den Ablauf der Ereignisse Revue passieren lässt, beginnend mit dem Mittagessen, geht ihr durch den Kopf, dass die Erbsensuppe im Prinzip das Fass zum Überlaufen gebracht hat und der Auslöser für die darauf folgenden Reaktionen war, nämlich für seine wiederholte Arroganz und Ignoranz ihr gegenüber. Sie macht sich keine Vorwürfe. Ihre Handlung war ein überfälliger Akt. Sie empfindet Erleichterung und fühlt sich gestärkt in ihrem Selbstbewusstsein, das oft genug in Kurts Gegenwart angeknackst war; im Unterschied zu ihrer nie von den Schülern und den Kolleginnen infrage gestellten Autorität. Wenn sie ehrlich ist, hat sie es genossen, wie er angesichts der verschlossenen Tür und ihres Rundumschlags tobte. Sie wirft sich nicht vor, dass er die ganze Zeit über warten muss, bis sie zurückkommt. Es erfüllt sie mit Genugtuung, nicht schwach geworden zu sein. Mitleid hat er nicht verdient. Dafür erlebt sie zu häufig seine kleinen Giftpfeile, wenn ihr der Teller herunter fällt oder die Soße zum Gulasch entweder zu fade oder überpfeffert ist oder sie das Glas Marmelade beim Einkauf vergisst.

Sie hätte gerne oftmals in ihrem Leben die Zauberflöte eingesetzt wie Tamino nun im Bühnenwald der fünften Szene. Die Zaubertöne ziehen die wilden Tiere in ihren Bann und domestizieren sie. Und auch das Glockenspiel Papagenos hätte sie gerne gehabt, von dessen lieblicher Melodie Monostatos im nächsten Auftritt zu einem Tanz verführt und von seinen bösen Absichten abgelenkt wird, worauf sich der Vorhang senkt.

So hätte sie ihren Mann mit dem Flötenspiel verzaubern und ihn handzahm machen können bei seinen aggressiven Anwandlungen. Dafür ist es nun zu spät.

Das Publikum ist bereits nach dem ersten Akt hellauf begeistert. Lars strahlt, und er klatscht begeistert wie die anderen Zuschauer, viele davon Kinder und Jugendliche. Zwischendurch schaut er die Reihe entlang. Gerlinde stößt ihn an, es drängt sie zur Toilette. Lars ist darüber ein wenig überrascht, weil er das von seiner Mutter während eines Opernabends nicht kennt.

„Wir hatten heute Erbsensuppe mit Speck, Kochwurst und Zwiebeln", informiert sie ihn und zeigt auf ihren Bauch.

„Und wieso hat er sich Bratkartoffeln von der Erbsensuppe gemacht?"

„Dann sind es eben die Kartoffeln von gestern gewesen", antwortet Gerlinde verärgert und lässt Lars stehen.

Als sie zurückkehrt, wirkt Lars nervös. Mit beiden Händen streicht er über den Nacken und mit den Fingern von den Schläfen bis hinter die Ohren, als müsse er Verspannungen abbauen. Dabei starrt er dem als letztes eingetroffenen Paar hinterher, das auf dem Weg zu seinen Plätzen ist.

„Geht's dir nicht gut?", fragt sie.

„Alles ist in Ordnung, ich musste gerade an den Falstaff-Abend denken", antwortet er.

„War denn an dem Abend was vorgefallen?", will sie wissen.

Ohne eine Antwort von ihm kehren sie ins Parkett zurück, da das Läuten zum Ende der Pause bereits das zweite Mal ertönt. Lars bleibt stehen und richtet seine Aufmerksamkeit auf die Frau im schwarzen Kleid. Gerlinde sitzt bereits und zupft an seinem Jackett.

„Setz dich endlich", zischelt sie.

Im zweiten Aufzug ist Gerlinde nicht abgelenkt, sie nimmt bewusst die Handlung auf und verliert sich in Mozarts Arien, wahren Ohrwürmern. Zwei Zeilen holen sie in der dritten Szene in die Wirklichkeit ihres Tagesablaufs zurück; die ersten beiden Zeilen aus der Arie der Königin der Nacht: *„Der Hölle Rache kocht in meinem Herzen, Tod und Verzweiflung flammet um mich her!"*

Kurt horcht auf. Er meint, Schritte im Treppenhaus zu hören. Vielleicht diejenigen seiner Frau, wie er vorsichtig zu hoffen wagt. Doch sie enden in der zweiten Etage. Das ist das dritte Mal seit 22 Uhr, dass er es vergeblich herbeigewünscht hat. Und wieder steigt die Wut in ihm auf. Er könnte laut losschreien und mit den Füßen den Boden durchstoßen und mit bloßen Händen die Fliesen von den Wänden reißen. Er will vom Toilettendeckel aufstehen. Ein akuter Schmerz im Hinterkopf lässt ihn zurückfallen. Die Augäpfel zucken. Schwindel überkommt ihn, er sieht schemenhaft zwei Spiegel. Er verliert das Gleichgewicht und sackt zur linken Seite zwischen Kloschüssel und Wand. Die linke Körperhälfte spürt er nicht mehr, der Mund hängt ihm schief im Gesicht. Speichel sammelt sich im Mundwinkel und tropft auf die Schulter.

Sie schreckt hoch. Ein plötzlicher Hustenreiz erfasst sie so heftig, dass auch einer der Hustenbonbons keine Abhilfe schaffen könnte. Lars schaut sie besorgt an und steht auf.

Gerlinde zeigt zum Eingang. Vor lauter Prusten kriegt sie kein Wort heraus und eilt ihrem Sohn hinterher, der nach dem zweiten Versuch endlich die Tür auf bekommt, während die Sopranistin in dem dramatischen Koloraturgesang den Vergeltungswahn der Königin der Nacht offenbart. Hustend geht Gerlinde zur Toilette. Nach fünf Minuten ist sie zurück und atmet erleichtert auf. Sie will nach Hause.

Stumm fahren sie nach Gaarden. Er hält vor der Haustür. Sie umarmt ihn flüchtig und beeilt sich, in die Wohnung zu kommen. Sie betritt sie und lauscht nach Geräuschen im Badezimmer. Nichts ist zu hören. Sie hängt den Trenchcoat an die Garderobe und an einen der anderen Kleiderhaken ihre Theatertasche. Ihre Stiefeletten ordnet sie auf dem Schuhregal ein. Vom Flurschränkchen nimmt sie den Badezimmerschlüssel und öffnet die Tür. Entsetzt schaut sie auf Kurts Körper, der merkwürdig verdreht um die Kloschüssel herum liegt. Vorsichtig nähert sie sich und beugt sich zu ihm nieder, ohne ihn anzufassen. Sie richtet sich auf und betrachtet ihn bewegungslos. Endlich löst sie sich aus ihrer Starre, abrupt macht sie kehrt, um vom Telefon im Flur Lars anzurufen.

„Hast du etwas im Wagen liegen lassen?", meldet er sich, als er die Nummer erkennt.

„Dreh sofort um, etwas Schreckliches ist passiert. Dein Vater liegt bewusstlos im Badezimmer. Ich befürchte, er hat einen Schlaganfall."

„Neeeeiiiin!", schreit Lars in sein Mobiltelefon. Dann hört sie, wie er vor sich hin murmelt: „Wieder die 112." Laut sagt er: „Ich rufe die Notrufzentrale an. Bleib bei Vater. Gleich bin ich bei dir."

„Wieso wieder die 112?", wundert sich Gerlinde.

3. Kapitel: Unwahrheiten

Sein Vater blickt kurz auf, als sich die Tür zu dem Drei-Bett-Zimmer in der Neurologie öffnet und sein Sohn eintritt. Lars' ernster Gesichtsausdruck entspannt sich, denn sein Vater wirkt weniger vom Tod bedroht als vorgestern Morgen, als Lars zusammen mit seiner Mutter gekommen ist. Heute ist er allein. Sie habe nicht mehr die Kraft, Kurt in seinem Zustand zu sehen, hat sie Lars vorhin am Telefon gesagt. „Es tut mir leid, du musst allein fahren." Bevor Lars darauf eingehen konnte, hatte Gerlinde den Hörer aufgelegt.

Als die beiden am Tag nach dem Schlaganfall nach Kurt geschaut hatten, ertrug sie nur mit äußerster Mühe den Anblick ihres Mannes, der an zahlreiche Schläuche angeschlossen war. Ihre Augen suchten sich im Überwachungsraum der Stroke Unit andere Bezugspunkte, nur weg von ihm, der so hilflos in dem hinter dem Nacken zusammengebundenen Patientenkittel auf dem weißen Laken lag. Sie erkannte in ihm wohl nicht mehr den kräftigen Mann, den sie in ihrem Eheleben kennengelernt hatte. Einen halben Meter von der Tür entfernt blieb sie stehen und rührte sich nicht.

Lars stellt sich ans Bett, begrüßt seinen Vater und streichelt über dessen Wangen. Sein Vater blinzelt mit den Augen. Versuche, Worte zu formulieren, enden in einem Gestammel von zufälligen, wie aus dem Mund gewürfelten Buchstaben. Er sieht, wie Kurt an den Schlaufen zieht, die ihn am Bettgitter fixieren. Das Personal hatte diese Maßnahme ergreifen müssen, da er sich aggressiv der medizinischen Behandlung am

Vormittag widersetzt hatte. Das erklärte der Stationsarzt Lars, als er um Informationen zum Zustand seines Vaters bat. Daher will Lars besänftigend auf ihn einwirken und spricht langsam mit kleinen Pausen zu ihm.

„Du bist hier in guten Händen, Vater. Alle kümmern sich um dich. Wir mussten dich ins Krankenhaus einliefern lassen. Du warst im Badezimmer zusammengebrochen und hattest einen Schlaganfall. Mutti und ich hoffen, dass du wieder gesund wirst. Das wird mühevoll sein. Daher musst du Vertrauen haben und die ärztliche Hilfe akzeptieren."

Lars möchte Zuversicht vermitteln, auch wenn er selbst unsicher ist, ob er optimistisch sein darf über das, was die nächste Zeit bringen wird. Sollte sein Vater zu einem schweren Pflegefall werden, müsste er in einem Heim betreut werden. Das teilte seine Mutter ihm unmissverständlich nach dem ersten Besuch in der Klinik mit.

„Ich bin nicht bereit, ihn in unserer Wohnung zu pflegen bzw. pflegen zu lassen. Ich werde ihn besuchen und ihn mit dem Rollstuhl umherfahren, wenn er dazu in der Lage sein sollte. Aber ich will ihn nicht Tag und Nacht hören und sehen."

In dieser Haltung sieht Lars ein großes Problem. Kurt hat stets den Wunsch geäußert, in seinem Zuhause zu bleiben, sollte er bettlägerig werden. Der Medizinische Dienst der Krankenkassen würde ihm eine Pflegestufe zuweisen, und er würde betreut werden. Das würde er akzeptieren. Und darüber waren sich seine Eltern einig gewesen. Hatte Lars zumindest bis heute gedacht. Er wundert sich, dass seine Mutter ihre Meinung geändert hat und seinen Vater abschieben will.

Als Abschiebung würde es sein Vater empfinden, darin ist sich Lars sicher.

Er schaut seinen Vater an und fragt sich, ob dessen Aggression auf einem Missverständnis beruhe und er sich in einem Pflegeheim wähne.

„Du bist in einer Klinik, nicht in einem Heim. Hier wirst du medizinisch behandelt. Wenn's dir besser geht, kannst du zurück in eure Wohnung. Mutti und du, ihr habt es euch versprochen, zusammen zu bleiben, wenn einer hilfsbedürftig ist. Daran hält sie sich, das weißt du doch."

Es ist eine Lüge, aber Lars beruhigt sein Gewissen, indem er sich einredet, es sei nur eine Notlüge. Er will seiner Mutter empfehlen, erst einmal abzuwarten, ob und wie eine Reha das Befinden seines Vaters verbessern würde. Es ist denkbar, dass sein Vater seine frühere Meinung ändert, um Gerlinde die beträchtlichen Belastungen zu Hause zu ersparen, die trotz eines Pflegedienstes für sie zu bewältigen wären. Oder seine Mutter nimmt vorläufig den Aufwand auf sich, um herauszufinden, ob es über ihre Kräfte ginge. Lars gibt sich keinen Illusionen hin, was seine Rolle in solch einer Lage wäre. Doch wer weiß, vielleicht muss sein Vater nicht zu einem rundum zu betreuenden Pflegefall werden. Vielleicht helfen die Behandlungen, und er kann einigermaßen den Alltag gestalten.

„Ach, fast hätte ich es vergessen, dich von Mutti zu grüßen und dir einen Kuss zu geben."

Er beugt sich über das blasse Gesicht und küsst ihn auf die Stirn. Plötzlich fängt sein Vater an, mit dem Oberkörper hin und her zu schaukeln. Er ruckt an den Schlingen. Sein Gesichtsausdruck hat sich verfinstert. Lars ist verwirrt. Er überlegt, ob er eine Schwester rufen soll, lässt es aber bleiben.

„Ärgerst du dich, dass Gerlinde nicht gekommen ist und nur Grüße ausrichten lässt?"

Sein Vater deutet ein Kopfschütteln an.

„Hast du dich über Gerlinde aufgeregt?"

Heftig nickt Kurt Lars zu und versucht, Worte zu finden, was ihm nicht gelingt.

„Ich muss kurz raus."

Lars verlässt das Krankenzimmer, meldet sich beim Stationszimmer und schildert die emotionale Reaktion. Der Assistenzarzt lässt seinen Kaffee stehen, begleitet Lars zu seinem Vater und gibt diesem ein Beruhigungsmittel.

„Ihr Vater wird gleich einschlafen. Sie können schon gehen." Der Arzt verabschiedet sich, desinfiziert die Hände und verlässt den Raum.

Lars verabschiedet sich, wählt den Treppenabgang und durchquert nachdenklich das Klinikgelände. Obwohl er unbedingt mit seiner Mutter sprechen müsste, holt er nicht sein Fahrzeug aus dem Parkhaus, um sofort zu ihr zu fahren, sondern schlägt zu Fuß den Weg in das nahe Café ein.

Lars lässt den Blick über die anderen Gäste schweifen, während er den Espresso und Amaretto trinkt. Jeder Tisch auf der kleinen Terrasse des italienischen Cafés in der Brunswiker ist besetzt. Die Sonne ist für den Mai schon recht kräftig, sodass die meisten an der frischen Luft sitzen.

So schnell geht es mit dem Wetter- und Temperaturwechsel. Vor ein paar Tagen sorgten die Heizpilze für die Wärme draußen. Ein Schwachsinn! Er hat nie neben diesen aus Bürgersteigen, Terrassen und Plätzen sprießenden Hitze-erzeugern getrunken und gegessen. Wieso eigentlich haben die Klimaschützer keine Bedenken damit? Wieso zieht Greenpeace keine spektakuläre Performance durch, um auf diesen Missstand von CO_2-Emissionen aufmerksam zu machen? Weil eben auch die Ökos gerne angewärmt neben den gasbetriebenen Strahlern sitzen.

Seinem Vater waren die grüngefärbten kommunistischen Ökos zuwider. Er verachtete diese bigotten Besserwisser, die sich naturverbunden tarnen, um ganz andere gesellschaftliche Ziele zu verwirklichen, wie er es Lars gegenüber oft genug betonte, wenn dieser seine ökologischen Ansichten vertrat. Seinen Eltern zu Gute halten muss er ihre glänzende Ökobilanz, eine bessere vermutlich als die meisten Grünen. Bis auf die Ausnahme des Flugs von Lars und seiner Mutter nach Schottland sind sie nicht geflogen, wenige Urlaube haben sie mit dem Wagen verbracht. Meistens hatten sie ihre Ferien im Garten gemacht, bevor seine Mutter sich weigerte, sich dort aufzuhalten. Sie hatten immer nur ein Auto. Die Einkäufe erledigten sie zu Fuß. Am Vinetaplatz und in der Elisabethstraße gab es das meiste fürs tägliche Leben.

Und nun liegt sein Vater angebunden im Bett und ist unfähig, sich zu artikulieren, unfähig zu gehen und alleine zu essen, muss die Urinbeutel leeren und sich den Hintern abwischen lassen. Großartige Ökobilanz! Wenn er sterben sollte, hätte er seinen letzten und besten umweltpolitischen Dienst geleistet mit seinem ökologischen Fußabdruck aus Asche. Genauso wie diejenigen Frauen, die nach der Devise handeln ‚mein Bauch, mein Leben, meine Abtreibung, mein Ökobeitrag‘.

Verbittert und resigniert winkt Lars nach dem Kellner und bezahlt. Genau in dem Moment sieht er die Frau, die ihn am Abend der Falstaff-Aufführung faszinierte und die sich - bei der zweiten Begegnung - in Gegenwart eines jüngeren Manns dicht an ihm vorbeischob, während er das Programmheft in seine Tasche packte. Auf einmal hat er die Szene vor Augen, als er den Rentner in der Pause fast angesprochen hätte, dann diejenige, als er dessen am Seitenfenster des Volvo angelehnten Kopf ungläubig betrachtete.

Heute ist sie ohne Begleitung. Sie schaut sich kurz auf der Terrasse um und wählt einen frei gewordenen Platz drei Tische von ihm entfernt. Sofort ruft Lars dem Ober hinterher, er wolle eine Flasche San Pellegrino. Die Frau, die Jeans trägt und unter ihrer offenen dunkelgrauen Übergangsjacke einen hellgrünen Pullover mit rundem Ausschnitt, nimmt gar nicht erst die Karte in die Hand, sondern bestellt einen Latte Macchiato und ein Croissant. Sie sitzt und scheint den Verkehr und die Passanten zu beobachten, oder sie nimmt nichts bewusst wahr und hängt einfach ihren Gedanken nach.

Als der Italiener der Blonden das Gewünschte aufträgt, wechseln die beiden lachend ein paar Worte, die Lars leider nicht versteht. Sie vermitteln den Eindruck von Vertrautheit, und er vermutet, dass sie nicht das erste Mal hier ist. Da es ihm peinlich ist, den Ober gewissermaßen auszufragen, nimmt er sich vor, in den nächsten Tagen um diese Zeit herum hierher zurückzukehren. Er trinkt den Rest des Wassers aus, bezahlt und bricht auf, nicht ohne einen Blick zurück zu riskieren und wie zufällig in ihre Richtung zu gucken.

Im Parkhaus steigt er in seinen Golf, fährt bis zur Schranke, steckt den entwerteten Parkschein in den Schlitz und wählt den Weg über die Kaistraße nach Gaarden, um mit seiner Mutter zu sprechen.

Er findet einen Parkplatz an der Ecke Iltisstraße und Helmholtzstraße, dreißig Meter von der Moschee entfernt, im Gebäude des ehemaligen Starpalasts.

Lars' Eltern waren einmal in der Woche, meist samstags, begeisterte Zuhörer und Tänzer zur Musik der zwei bis drei Bands, die sich am Abend abwechselten. Sie hatten es vom Vineta-Platz nur zweihundert Meter, besser konnte es gar nicht für sie sein. Lars verbrachte die Nacht bei seiner Großmutter im Kirchenweg. Er wurde spätestens um zehn Uhr am nächsten Morgen abgeholt, machte mit ihnen einen Spaziergang durch den Brook.

Sie erzählten ihm zu diesem Zeitpunkt nichts von den Drogen, welche die Musiker der Beatbands konsumierten. Mit illegalen Drogen wollten seine Eltern nichts zu tun haben, ihnen reichten die legalen Laster Alkohol und Zigaretten. Seine Mutter hatte allerdings seit ihrer Schwangerschaft den Nikotinkonsum eingestellt, sein Vater hörte mit dem Rauchen ab Vierzig auf, von einem Tag auf den anderen, was Lars imponierte. Lars selbst hatte zwar nur zwei Jahre Zigaretten geraucht, danach bereits ab dem 20. Lebensjahr Pfeife und hat seitdem nicht einmal den Gedanken daran verschwendet, darauf zu verzichten.

Für den frühen Einstieg zum überzeugter Pfeifenfan musste er ironische Bemerkungen seiner Freunde über sich ergehen lassen wie ‚Hast wohl die Pfeife von Opa geerbt‘. Er ließ sich trotzdem nicht davon abbringen, obwohl die Gewöhnung an das Pfeife rauchen mühsam war, denn das Kraut brannte anfänglich schmerzhaft im Mund. Die Zunge schien ihm auf das Doppelte angeschwollen zu sein, und sein Geschmackssinn war zeitweilig nicht in der Lage, zwischen Matjes und Schlagsahne zu unterscheiden. Ganz zu schweigen von der Einordung von Wein - trocken, halbtrocken, lieblich, Kabinett, Spät- oder Auslese -. Nach ungefähr zwei Wochen war er damit durch, und seitdem möchte er die Piep nicht missen. Inzwischen besitzt er eine Sammlung von dreißig Pfeifen, die nach Anschaffungs- und Nutzungsjahrgängen auf mehreren Pfeifenständern auf zwei Wandregalen angeordnet sind, handgemachte Pfeifen dänischer, deutscher und englischer Hersteller.

Dennoch fiel es ihm nicht schwer, als die Schulen zur rauchfreien Zone erklärt wurden, vormittags darauf zu verzichten, auch wenn er gerne in den sogenannten Freistunden sich eine Pfeife gestopft hatte. In den großen Pausen nie, die waren ihm oft zu wuselig, zu laut und wurden ständig unterbrochen, weil irgendwelche Schüler was wollten, was meistens in den jeweiligen Stunden hätte besprochen werden können.

An den späteren Sparpalast Revival Parties in der Halle 400 an der Hörn hatten seine Eltern kein Interesse mehr. Für ihn war es nachvollziehbar. Ihn an ihrer Stelle hätte es ebenso wenig gereizt, sich mit ergrauten, faltigen und fülligen Fans zu vergleichen und sich für einen Abend nostalgisch einigen Erinnerungen hinzugeben.

Sein Vater, in dessen Stirn sich tiefe Furchen gegraben haben, dessen Vollglatze von Altersflecken dicht besiedelt ist und dessen Gesicht kränklich gelb gezeichnet ist, ist früher gealtert als seine Mutter. In den letzten Tagen ist ihr frisches

Antlitz jedoch einer erschöpften Miene gewichen. Die Wangen wirken schlaffer, die Haare sind ungekämmt. Die blauvioletten Augenränder treten in ihrem blassen Gesicht besonders hervor.

Darauf ist Lars eingestellt, als er mit seinem Wohnungsschlüssel die Tür öffnet. Während seine Mutter sonst sofort ruft, bleibt es jetzt still. Er zieht die Schuhe aus und wäscht sich im Badezimmer die Hände. Er mag nicht daran denken, wie sich sein Vater hilflos hier gefühlt haben mag, als ihn der Schlag traf.

Seine Mutter sitzt in ihrer Sofaecke und schaut von dort durchs Fenster auf die gegenüberliegenden mehrstöckigen Häuser aus roten Ziegelsteinen. Sie wurden in den Achtzigern gebaut, nachdem die Fläche zwischen Karlstal, Vinetaplatz und Johannesstraße zum Sanierungsgebiet bestimmt worden war und die schon schräg geneigten Häuser, die sich in dem moorigen Untergrund abgesenkt hatten, abgerissen wurden.

„Ich habe dich früher erwartet", sagt sie leise, fast flüsternd. „Wie du siehst, ist der Couchtisch gedeckt. Ich bin schon fertig."

Auf der Kuchenplatte liegen noch drei Stücke Butterkuchen, die Teekanne steht auf dem Stövchen. Lars kann nicht sagen, dass er eigentlich nichts möchte, denn das würde nur eine beleidigte Reaktion hervorrufen. Also löffelt er zwei Kluntjes in die Teetasse mit dem Zwiebeldekor, gießt den Ostfriesentee ein und lässt mit dem Rohmlepel das Sahnewulkje einfließen. Langsam trinkt Lars seinen Tee und isst den Kuchen auf. Danach stopft er die Pfeife, zündet sie an und genießt das Gefühl des Mundstücks zwischen seinen Lippen und das Ein- und Ausatmen des Tabakrauches; dazu die Assam-Ceylon-Mischung. Es könnte so gemütlich sein, wären die Umstände andere. Dennoch tut es ihm gut, und es fällt ihm leichter, seiner Mutter von Kurts Befinden zu berichten. Sie äußert sich nicht weiter dazu. Erst als Lars ihr von Kurts merkwürdigem Verhalten erzählt, wird sie hellhörig und mustert ihren Sohn verkniffen.

„Habt ihr euch am Sonntag gestritten? Hat Vater etwas aufgewühlt, was mit dir zu tun hat?"

„Was redest du da? Wir haben Erbsensuppe gegessen, dein Vater hat sich ins Wohnzimmer gesetzt, ich habe die Küche gemacht, und wir haben Kaffee getrunken; danach sein Schläfchen auf dem Sofa. Ich habe gebadet und mich langsam auf den Abend vorbereitet."

„Er schien das, was ich ihm sagte, ganz gut verstanden zu haben, vor allem, dass er sich nicht in einem Pflegeheim befindet. Dadurch war er weniger angespannt als am Vormittag. Das Personal musste ihn fixieren, weil er so aggressiv war. Aber kaum habe ich dich erwähnt, ist er wieder ausgeflippt. Der Assistenzarzt musste ihm ein Beruhigungsmittel spritzen."

„Da siehst du wieder, wie leicht Kurt aus der Haut fährt. Gott sei Dank, erkennt das die Klinik. Woher soll ich wissen, was ihn da geritten hat?

Sie steht auf, geht ans Fenster, als wolle sie das Geschehen auf dem Vinetaplatz verfolgen. Lars denkt über das Gesagte nach, als er sich neben sie stellt. Auch heute hängen einige auf den Bänken oder an dem Brunnen mit der Tanzpaarskulptur herum, an dem einmal im Jahr das Gaardener Brunnenfest gefeiert wird. Zwei junge schwarzhaarige Männer betreten den türkischen Imbiss, ein älteres Paar verlässt den Pavillon, in den Händen je einen Döner. Draußen davor sitzt ein Jugendlicher auf einem Plastikstuhl und beißt in seine Handpizza, ein Stück Tomate fällt auf den Boden. Zwei Tauben, die heranhüpfen, werden von ihm verjagt. An der anderen Seite des Platzes schlecken zwei Frauen mit Kopftüchern und fünf Kinder am Eisstand Eis.

„Mutti, es besteht kein Grund, mich anzuschreien. Ich will lediglich wissen, ob er sich über dich geärgert hat. Ich möchte seine Reaktionen verstehen. Nur ich bin zurzeit sein Ansprechpartner. Du weigerst dich ja, ihn im Krankenbett zu sehen."

Seine Mutter schweigt. Lars überlegt.

„Ach", versucht Lars schließlich einzulenken, „lassen wir das. Ihr hattet einen angenehmen Nachmittag, so war's."

Aus Erfahrung weiß er, wenn seine Mutter diesen Gesichtsausdruck hat, macht es wenig Sinn, das Gespräch fortzusetzen. Und wenn sie ihm ehrlich geantwortet hat, besteht dazu keine Veranlassung. Doch die Zweifel bleiben. Er möchte das ansprechen, was ihm auf der Fahrt zu ihr durch den Kopf gegangen ist, was er irgendwie verdrängt hatte.

Verständlich nach den Maßnahmen von Notarzt und Rettungssanitätern, nach dem mühsamen Abtransport aus der dritten Etage hinunter und nach der stummen Ausdruckslosigkeit im Wohnzimmer hinterher. Sie saßen sich gegenüber, ohne den anderen direkt ins Gesicht zu schauen. Nur zwei Wandlampen leuchteten, ohne Licht zu machen, das Wohnzimmer wirkte düster. Die Stille schmerzte so sehr, dass Lars sich am liebsten stöhnend aus dem Sessel erhoben hätte, um von der Loggia „Scheiße, Scheiße und nochmals Scheiße" zu brüllen.

Im Wagen hatte er vorhin die Küche vor Augen, wie er sie an dem Abend vorfand. Auf dem Herd hatte keine Pfanne gestanden, auf der Ablage waren weder ein Brett noch das Messer zum Kartoffel- und Zwiebelschneiden gewesen. Nirgendwo waren Reste von Zwiebeln, Schalen oder kleine Stücke davon. Ein gebrauchter Teller mit Fettresten oder ein benutztes Besteck fehlten. Die Küchenutensilien hätte Kurt in den Geschirrspüler stellen können. Das machte er in der Regel. Dennoch wirkte die Küche so aufgeräumt, als hätte keiner in ihr hantiert, etwas gekocht oder gebraten. Kein Braten- oder Zwiebelgeruch war zu riechen. Und das Wohnzimmer? Auf dem Sofa lag keine Decke, kein zerknülltes gesticktes Kissen am Kopfende, keine Getränke und Knabbereien waren in Reichweite, der Fernseher war ausgeschaltet.

Als Lars seine Mutter darauf anspricht, antwortet sie nicht und guckt stur nach draußen. Erst auf seine zweite Bitte hin dreht sie sich zu ihm um, zuckt mit den Schultern und setzt sich wieder hin.

„Was soll ich dazu sagen? Kurt hat die Küche aufgeräumt. Ihr wisst, wie ich es hasse, wenn alles rumliegt. Danach ist er wohl in seiner Stammkneipe gewesen. Als er zurückgekommen ist, musste er zur Toilette, und dabei hat ihn der Schlag erwischt. So könnte es gewesen sein. Und nun möchte ich allein sein. Du hast bestimmt für morgen genug vorzubereiten. Oder am besten, du besuchst Kurt wieder und befragst ihn als Zeugen, bloß wofür?"

Überzeugt hat seine Mutter Lars nicht. Was sie ihm sagt, klingt zu banal, klingt ausweichend. Oder ist er argwöhnisch, weil er sich an seine Aussage gegenüber der Polizei auf der Autobahn erinnert. Er hat sich selbst nicht getraut, die

Wahrheit zu sagen, aus Angst vor Konsequenzen. Wieso maßt er sich an, seiner Mutter Vorhaltungen zu machen, wenn sie ihm etwas verschweigt. Aber was könnte sie davon abhalten, ihn darüber aufzuklären, ob und was zwischen ihr und seinem Vater passiert ist. Allerdings hätte er es ebenso wenig gemocht, wenn man ihn mit Fragen gelöchert hätte.

Ohne auf ihre Provokation einzugehen und ohne ihr einen Kuss zu geben, verlässt Lars die Wohnung und fährt nachdenklich nach Hause. Normaler Weise kommt Lars mittags oder spätestens am frühen Nachmittag nach Hause. Jetzt ist es fast 17 Uhr. Dementsprechend stürmisch fällt die Begrüßung aus, zumal der Kastrater, wie Lars den Kater in Anspielung auf die Kastration scherzhaft bezeichnet, das Futter aufgefressen hat und Nachschub begehrt. Seine Mutter ist sauer auf Lars, wenn er den Kater so nennt. Auch mit dem Namen ‚Kleiner‘ ist sie nicht einverstanden, so heiße doch kein Kater. Und das ist genau der Grund, warum Lars ihn so nennt.

Lars ist seiner Mutter dankbar dafür, dass sie ihm den ersten Kater vor zwanzig Jahren zum 34. Geburtstag geschenkt hatte. „Ein kleiner Tiger für einen Löwen“, ulkte sie, als sie ihn an jenem 13. August präsentierte.

Er hatte ein Kilo Erdbeeren auf dem Wochenmarkt gekauft, sie gewaschen, die grünen Blätter mit dem Kartoffelschälmesser herausgeschnitten und die kleineren Früchte halbiert beziehungsweise die größeren geviertelt. Auf den Biskuitboden vom Bäcker hatte er die geschlagene Sahne gestrichen, auf die er die Früchte legte. Den Abschluss bildete eine weitere Schicht Sahne. Zum Schluss streute er dünne Schokoladenscheibchen darüber und dekorierte alles mit einigen Sahnehäubchen aus dem Spritzbeutel. Das Rosenge-schirr von Rosenthal, die Kuchengabeln und die Servietten waren aufgedeckt. Zwei lange violette Kerzen brannten in den Kerzenständern aus Glas.

Er hatte die Katze und seine Mutter skeptisch angesehen, weil er damals mit Tieren nicht allzu viel anfangen konnte. Am liebsten hätte er sie gefragt, was er damit solle, ob sie meine, er bräuchte jemanden an seiner Seite, weil er allein le-be. Sie merkte es, dass er nicht begeistert war. Deswegen be-teiligte sie sich kaum am Gespräch während des Kaffeetrin-kens. Die Unterhaltung spielte sich mehr zwischen ihm, sei-nem Vater und seiner Großmutter ab, und das, obwohl letzte-re oft nicht gut aufeinander zu sprechen waren.

An jenem Tag jedenfalls war es anders gewesen, und sie unterhielten sich angeregt und lachten häufig, während Lars' Mutter erst kurz vor dem Abendbrot nicht mehr schmollte, denn es hatte zuvor eine weitere Unstimmigkeit zwischen ihnen gegeben. Schmuser, wie Lars seinen ersten Kater spon-tan anredete, hatte sich auf ihrem Schoß gemütlich ausge-streckt und schleckte an dem Sahneklecks an ihrem Zeigefin-der, was in der Runde nicht gut ankam. Dass sich die Atmo-sphäre schließlich entspannte, lag an Schmuser, der sich neu-gierig auf Erkundungstour begab und mit seiner possierlichen Art Lars' Sympathie gewann. Auch daran, dass Lars seine Mutter in die Arme genommen hatte.

Damit war das Fundament für die Lars-Schmuser-Zuneigung gegossen, in der sich für Lars oftmals der Spruch bestätigte *Der Hund hat ein Herrchen, die Katze einen Diener.*

Inzwischen besitzt er Kleiner. Schmuser musste einge-schläfert werden. Krebs hatte der Tierarzt diagnostiziert.

Der Anruf erreicht Lars um kurz nach neun Uhr während der Geschichtsstunde in der zehnten Klasse. Lars reagiert nicht. Erst als einige Schülerinnen zu kichern anfangen, wird ihm bewusst, dass sein Smartphone klingelt, erst leise, dann mit anschwellendem Klingelton, der aus den ersten Takten der Tannhäuser-Ouvertüre besteht.

„Die Nutzung von Mobiltelefonen ist in den Pausen und Freistunden und dann nur in den Schüleraufenthaltsräumen erlaubt", zitiert der Kurssprecher süffisant die Schulordnung.

„Entschuldigen Sie bitte. Ich muss kurz raus, es könnte ein Anruf aus der Klinik sein."

Er greift sich seine Schultasche und verlässt die Klasse.

„Lars Bach."

„Guten Morgen, Herr Bach, hier Dr. Sievers, ich habe eine traurige Nachricht für Sie. Ihr Vater hatte weitere kleinere Schlaganfälle und ist vor einer Stunde gestorben."

„Oh nein." Lars setzt sich auf die Bank an der Wand.

„Wir haben ja darüber gesprochen, dass weitere lebenserhaltende Eingriffe nicht erfolgen sollten. So wie es Ihr Vater in der Patientenverfügung wünscht."

„Ich weiß. In einer halben Stunde bin ich bei Ihnen."

„Es tut mir leid, Herr Bach."

Lars hört das Besetztzeichen. Regungslos starrt er auf sein Mobiltelefon, bevor er schließlich ins Sekretariat eilt.

„Ist Frau Schneider in ihrem Zimmer?", fragt er die Sekretärin.

„Das kann sein. Sie hat erst ab der dritten Stunde Unterricht. Sie arbeitet sicherlich einige Vertretungen in den Plan ein. Heute Morgen haben sich zwei Kolleginnen krank gemeldet und vor einer halben Stunde ein Kollege. Reichlich spät."

„Das interessiert mich nicht, Frau Wolff."

Zwei Türen weiter klopft er an. Die stellvertretende Schulleiterin sitzt am Computer. Sie guckt kurz vom Display zu Lars und erwidert seinen Gruß. Sie beendet ihre Eingaben und wendet sich ihm zu.

„Was kann ich für Sie tun?"

„Mein Vater ist gestorben, der Arzt hat eben angerufen. Ich möchte für heute frei haben."

„Mein herzliches Beileid."

„Danke."

Als er das Zimmer betrat, hatte er gehofft, sie würde diese obligatorische Trostformel weglassen. Auf diese kann er gut verzichten. Er braucht diese Art von Bekundung nicht.

„Wollen Sie sich setzen? Ich habe gerade Kaffee gekocht. Möchten Sie eine Tasse?"

„Nein danke, ich will sofort in die Klinik."

„Natürlich. Ich finde Ersatz für die drei Stunden. Wenn es schwierig wird, muss die Chefin halt mit ran. Für morgen nehme ich Sie aus dem Plan."

Lars bedankt sich. Zur großen Pause hat es bereits geklingelt, und die ersten Schülergruppen verteilen sich in den Gängen und in der Aula. Als Lars dem Ausgang zustrebt, begegnet er Wolfram. Verwundert fragt dieser, wohin er wolle. Lars antwortet nicht, winkt mit den Händen ab und ist endlich draußen.

Er überlegt, seine Mutter zu informieren, denn sie wollte vom Krankenhaus nicht verständigt werden. Sie hat Lars das Ganze überlassen, zumal er laut Patientenverfügung der Entscheidungsberechtigte ist. Er will nachher zu ihr fahren. Am Telefon lassen sich solche Gespräche nicht gut führen. Vor dem Gedanken, seiner Mutter gegenüberzusitzen, graut ihm. Nicht weil sie vor Schmerz völlig verzweifelt reagieren könnte. Nein, das ist es nicht. Ihn gruselt vor dem Bild, das er von ihr in den letzten Tagen hatte, vor dem Ausdruck ihres Gesichts ohne jegliche Empathie.

Da Dr. Sievers nicht von der Visite zurück ist, wartet Lars vor dem Stationszimmer. Zwei Schwestern kondolieren ihm. Er schluckt, aber hält die Tränen zurück. Auf der Toilette, in die er sich daraufhin zurückzieht, fängt er an zu weinen. Glücklicherweise bleibt er für ein paar Minuten alleine. Er stützt sich auf den Rand des Waschbeckens. In den Spiegel mag er nicht schauen.

Als Lars seine Großmutter in ihrer Wohnung tot aufgefunden hatte, hängte er ein weißes Laken über den langen Spiegel im Flur. Sie war abergläubisch gewesen. Davon hatte sie ihm wenige Wochen zuvor erzählt, als sie spürte, es würde mit ihr zu Ende gehen. Sie hatte ihn darum gebeten, wenn sie zu Hause sterben sollte.

Lars besuchte sie in der Zeit häufig. Sie ließen ihre Treffen aus seiner Studienzeit wiederaufleben, in der er alle vierzehn Tage, jeweils freitags, zu seiner Großmutter zum Mittagessen gegangen war. Die anderen Enkel, seine Cousins und Cousinen, kannte sie kaum, nur von den Telefongesprächen und zur Weihnachtszeit. Sie lebten in Süddeutschland. Beide Söhne hatte es beruflich dorthin verschlagen, den einen nach Nürnberg, den anderen nach Freiburg. Somit waren sie keine Hilfe in jenen letzten Wochen. Lars' Eltern kümmerten sich zwar auch um sie, aber die meiste Zeit verbrachte Lars bei ihr. Er besorgte das Essen und bewusst die Zutaten, die seine Großmutter für ihn während des Studiums oft gekocht hatte.

Traditionelle Gerichte wie Armer Ritter, Buttermilchsuppe mit Schwarzbrot, Schwarzsauer, Blut- und Grützwurst oder Eisbein mit Sauerkraut und Erbsenpüree sowie Kohlrouladen. Sie standen in der kleinen Küche, und Lars half bei der Zubereitung, weil die Kräfte seiner Oma nach und nach schwanden.

Nachdem Lars das Gesicht mit Wasser erfrischt und mit den Papiertüchern getrocknet hat, kehrt er zum Empfangstresen zurück. Der Stationsarzt gibt Lars die Hand und drückt ihm noch einmal sein Bedauern aus. Er begleitet ihn zum Trauerzimmer.

Einen Moment zögert Lars, dann drückt er die Klinke und betritt leise den Raum. Sein Vater liegt wachsbleich auf dem Bett, die Hände liegen übereinander auf dem weißen Laken, mit dem er zugedeckt ist. Die Augen sind geschlossen. Das Bild einer friedvollen Ruhe, die Lars erfasst, als er seine Hände auf die seines Vaters legt. Sein Blick ruht lange auf dem Antlitz desjenigen, der ihn 54 Jahre begleitet, beeinflusst, erfreut, verärgert und wütend gemacht, angeleitet, unterstützt und ihm einiges verheimlicht hat. Kein Anzeichen von Emotion hinterlässt mehr Spuren in diesem unwirklichen Gesicht.

Lars wartet darauf, dass jeden Augenblick sein Vater vor den Vorhang tritt, um für seine Lebensrolle Applaus und Buhrufe entgegenzunehmen. Er fragt sich, ob er jemals wieder eine Oper besuchen kann, ohne an den Schlaganfall denken zu müssen. Eins ist ihm gewiss, nie mehr Zauberflöte; und vermutlich nie mehr in die Kieler Oper mit seiner Mutter. Auch nie mehr Falstaff.

Laut schluchzt er auf. Die Tränen tropfen auf die kühle Wange, als Lars sich das letzte Mal über seinen Vater neigt, über die leblose Hülle eines Dahingeschiedenen, dessen Lebensmosaik nach und nach bruchstückhafter werden wird in den Erinnerungen der Zurückgebliebenen. Bis sich schließlich die Teile nicht mehr einfügen lassen und auf den Deponien des Lebensmülls entsorgt werden, deren Abfallarchitektur vom Kreischen der Möwen begleitet wird und von den Klagemelodien suchender Seelen.

Seine Mutter sieht Lars sofort an, was passiert ist. Sie fällt zurück auf das Sofa, vergräbt das Gesicht in den Händen und weint still vor sich hin und stammelt kaum hörbar. „Ich wusste es."

„Lass mich", wehrt sie Lars ab, als er sich neben sie setzen will, um sie an seine Schulter zu drücken. „Fass mich nicht an."

Lars kehrt ihr den Rücken zu, geht einige Schritte im Zimmer auf und ab, überlegt und öffnet die Tür zur Loggia. Doch was soll er hier, das Treiben auf dem Platz beobachten, das normale alltägliche Leben, das unermüdlich in der Zeit abgespult wird, bis der Tod den Zeiger anhält, jedoch nicht um die Uhr eine Stunde zurückzustellen?

So wie es aussieht, hat es wenig Sinn, bei seiner Mutter zu bleiben. Am besten ist's, er geht runter, über den Platz und durch die Elisabethstraße, um in dem Gaardener Bestattungsunternehmen die Formalitäten abzuklären beziehungsweise sich über das Prozedere informieren zu lassen. Für ihn ist es das erste Mal, weil bei seiner Großmutter seine Eltern alles organisierten. Als er die Vision eines Werbeflugzeugs am Himmel hat, hinter dem ein Banner ‚Verstorbene sterben nicht aus' flattert, schließt er die Loggia-Tür und informiert seine Mutter, dass er zum Bestatter wolle. Immerhin blickt sie auf und nickt ihm zu, ein Lächeln andeutend.

„Mein herzliches Beileid, Herr Bach, zum Verlust Ihres Vaters."

Da ist er wieder, der Offizialspruch. Gerade hier gehört er zum guten Geschäft und guten Ton. Hätte ihm klar sein müssen. Gewohnheitsmäßig hakt die Mitarbeiterin die einzelnen Punkte ab, die er zu erledigen hat, und diejenigen, welche das Bestattungsinstitut übernimmt. Alles, kurz gesagt. Die entsprechenden Papiere, die das Bestattungsinstitut dazu benötigt, muss er sich nachher von seiner Mutter aus dem Ordner geben lassen. Er ist losgegangen, ohne weiter nachzudenken. Er war froh, aus der Wohnung wegzukommen.

„Nein, mein Vater hatte keine Lebensversicherung."

„Ob er eine Sterbeversicherung abgeschlossen hat, weiß ich nicht. Ich glaube nicht, aber das kläre ich."

„Den einfachsten Sarg, also den preiswertesten für die Feuerbestattung. Er wollte verbrannt werden, und die Urne soll unter den grünen Rasen. Eine Trauerfeier wünschte er nicht."

„Nein, Sie brauchen ihn nicht mehr aufzubahren. Meine Mutter und ich haben bereits in der Klinik von ihm am Totenbett Abschied genommen."

Lars spult die Antworten unaufgeregt ab. Es sind zwar erst zweiundeinhalb Stunden vergangen seit dem Anruf von Dr. Sievers, aber auf einmal ist der Tod seines Vaters für ihn gefühlsmäßig zur Alltagsnormalität geworden, nichts Besonderes mehr. Das war's. Und was liegt heute weiter an? Ins italienische Café in der Brunswiker? Vielleicht hat er Glück und sieht sie erneut.

Können wir bitte wieder zur Tagesordnung übergehen, Kollege Bach? Das würde Lars am liebsten auch mit dem Tod des Rentners, der sich in seinem Gehirn eingenistet hat.

„Nein, mein Vater hat uns ans Herz gelegt, nicht den letzten Gang mitzumachen. Er war in diesen Sachen äußerst emotionslos. ‚Macht bloß nicht solch‘ Gewese, wenn ich tot bin‘. Klingt hart, jedoch nachvollziehbar. Was hat der Verstorbene davon, er lebt nicht mehr? Ein Leben lang haben die Menschen Zeit und Gelegenheit, sich um ihre Mitmenschen zu kümmern. Das reicht. Und wenn es nicht gereicht hat, dann hilft es demjenigen nicht mehr, der im Sarg, in der Urne oder im Grab ist."

„Wie Sie wünschen, Herr Bach. Wenn Sie uns möglichst bald die Unterlagen vorbeibringen würden, wäre ich Ihnen dankbar."

„In einer halben Stunde haben Sie sie."

Lars ist bereits aufgestanden und geht.

„Schon zurück? Ich koche Kartoffeln und Broccoli. Möchtest du Rührei oder Spiegelei dazu?"

Seine Mutter sieht nicht mehr verweint aus. Sie steht in der Küche vor dem Herd und guckt ihn von der Seite an.

„Großen Hunger habe ich nicht. Aber ein Happen Essen tut gut. Ich nehme Rührei. Erst suche ich mir Vaters Dokumente heraus. Hatte er eine Sterbeversicherung?"

„Ja, aber nur eine über 1 000 Euro. Die reichen bestimmt nicht aus."

„Bestimmt nicht. Wir müssen ungefähr 2 500 Euro zuzahlen, auch bei der kostengünstigsten Variante mit Kiefernsarg und ohne Aufbahrung. Ich bin davon ausgegangen, dass du von Kurt nicht mehr Abschied nehmen wolltest."

Sie nickt.

„Ich habe auch gesagt, dass wir nicht den letzten Gang zur Urnenbestattung mitmachen, obwohl Vater darum gebeten hatte, oder wünscht du es?"

„Nein, das hast du richtig entschieden. Du hast hoffentlich Kurts Bitte dem Bestatter gegenüber nicht erwähnt."

„Habe ich nicht. Soll ich den Esstisch aufdecken, oder essen wir hier in der Küche?"

„Wir essen hier. Das ist nicht so viel Aufwand."

Lars muss warten. Die Mitarbeiterin ist im Gespräch mit einer Kundin. Hinsetzen möchte er sich nicht. Es wäre ihm unangenehm, dem Gespräch beizuwohnen. Daher geht er vor dem Geschäft auf und ab. Nach fünf Minuten verlässt es die ältere Frau schniefend, und Lars betritt zum zweiten Mal das Büro und überreicht die Unterlagen.

„Sie erhalten innerhalb der nächsten fünf bis sechs Tage telefonisch Bescheid, wenn die Urne beigesetzt worden ist. Die Rechnung erhalten Sie etwa in vierzehn Tagen abzüglich der Auszahlung aus der Sterbeversicherung, die mit den Leistungen und Gebühren verrechnet wird. Die Friedhofsgebühren werden Ihnen von der Stadt Kiel gesondert zugestellt."

Bei der Kundin zuvor hat sich die Trauer nicht in der bürokratischen Abwicklung aufgelöst, so wie sie noch weinte; bei ihm schon, allerdings bereits beim ersten Mal vor einer Stunde. Seine Mutter hatte nichts dagegen, dass er nicht mehr vorbeizukommen beabsichtigte. Er gab vor, er wolle nach Hause und allein sein. Was er wirklich vorhat, braucht sie nicht zu wissen, nämlich, ins Café zu fahren, um vielleicht die Zuschauerin vom „Falstaff" wiederzusehen. Dieses Mal will er versuchen, sie anzusprechen, wenn sie da sein sollte.

Und tatsächlich, sie sitzt alleine draußen an einem Tisch mit drei Stühlen, vor ihr ein Teller mit Salat und ein Glas Weißwein. Kein Tisch ist frei. Gute Voraussetzung, sie zu fragen. Er passt den Moment ab, in dem sie die Gabel bei Seite legt. Bevor sie das Glas in die Hand nimmt, fragt er sie, ob er sich zu ihr setzen könne, und wünscht einen ‚Guten Appetit'. Sie bedankt sich, zeigt auf die beiden Plätze und trinkt einen Schluck. Der Ober hat ihn schon entdeckt. Lars bestellt wie beim letzten Mal einen Espresso und Amaretto. Als sie fertig ist, spricht er sie an.

„Ich heiße Lars Bach. Wie ich saßen Sie gestern in diesem Café. Ich bin mir sicher, Sie in den letzten beiden Wochen zweimal im Opernhaus in Begleitung gesehen zu haben."

Nach einer kurzen Pause, in der sie Lars ein wenig überrascht mustert, antwortet sie: „Es stimmt. Im Falstaff bin ich zusammen mit dem Nachbarn meiner Mutter gewesen, einem guten Freund von uns. Leider endete der Abend sehr, sehr schmerzlich, denn er ist auf der Rückfahrt nach Neumünster gestorben."

„Ich weiß."

Ungläubig schaut sie ihn an, und Lars erzählt, dass er oft nach Theaterbesuchen, es sei denn, seine Mutter begleite ihn, in der Gegend herumfahre, an dem Abend auf der A215. Hinter der Ausfahrt Blumenthal habe er auf dem Seitenstreifen einen parkenden Volvo gesehen. Der Fahrer wirkte so, als sei er am Lenkrad zusammengebrochen. Daher habe er angehalten, um Hilfe anzubieten. In dem Fahrer erkannte er ihren Begleiter, der sich nicht mehr rührte. Das habe ihn veranlasst, die Notrufzentrale anzurufen und Hilfe zu holen. Doch die Rettungsmaßnahmen hätten nichts mehr bewirken können.

„Ach, Sie waren es, der sich darum gekümmert hatte. Meine Mutter hat bei der Polizei nachgefragt. Diese war nicht bereit zu Auskünften über die Person. Obwohl man unseren Freund nicht mehr hatte retten können, ist meine Mutter sichtlich gerührt gewesen, dass es überhaupt in der heutigen Zeit Menschen gibt, die sich in Notlagen um Andere kümmern, und das zudem nachts. Sie hatte sogar erwogen, Anzeigen im Holsteinischen Courier und in den Kieler Nachrichten sowie in Anzeigenblättern aus der Region aufzugeben, um Ihnen zu danken. Sie hat's dann doch nicht gemacht, es erschien ihr zu erfolglos. Und jetzt sitzen Sie mir gegenüber. Das ist großartig. Ich freue mich, Ihre Bekanntschaft zu machen. Nun kann meine Mutter Ihnen persönlich danken."

Von Wort zu Wort, von Satz zu Satz fühlt sich Lars unbehaglicher. Sein Blick ist auf die Espressotasse gerichtet, als wolle er prüfen, ob er schon getrunken habe. Er spürt, wie leichte Röte sich in seinem Gesicht ausbreitet und die Hände schwitzen. Wenn er sich die Chance auf ein Kennenlernen mit dieser Frau nicht von vornherein verbauen will, kann er nicht mit der Wahrheit herausrücken. Wenn er das täte, würde sich kein Mensch bei ihm bedanken wollen, man würde anklagend mit dem Finger auf ihn zeigen. Lars hofft, dass sie von ihm nichts mehr hören möchte. Und er will nichts Konkretes über den Rentner erfahren. Unfähig, auf ihre Worte einzugehen, fingert er an dem Likörglas herum.

„Ist Ihnen das Lob unangenehm? Das braucht es nicht. Von Ihrem Verhalten können sich viele eine Scheibe abschneiden. Wissen Sie was, ich lade Sie zum Abendessen ein. Geben Sie mir Ihre Telefonnummer, ich rufe Sie an, und wir vereinbaren einen Termin. Übrigens, Annabelle Loose."

Sie streckt ihm die Hand entgegen, die er gerade noch rechtzeitig ergreift.

„Sie schwitzen ja ordentlich", stellt sie überrascht fest, um gleich darauf um Entschuldigung zu bitten für ihre Bemerkung. Als Reaktion darauf faltet Lars die Papierserviette auseinander, trocknet die Handinnenfläche ab und steckt sie in die Hosentasche.

„Ihr Angebot ist mir unangenehm."

„Herr Bach, ich möchte, dass wir einen Termin vereinbaren. Wie wäre es mit diesem Samstag?"

Lars benötigt nicht seinen Terminkalender, um zu wissen, dass er am Wochenende nichts vorhat.

„Da kann ich."

„Sagen wir 19 Uhr?"

„Das ist eine gute Zeit. Und wo?"

„In der Feldstraße an der Ecke Esmarchstraße ist ein gemütliches Restaurant."

„In dem Restaurant war ich bisher nicht, das trifft sich gut. Soll ich Sie abholen?"

„Nicht notwendig. Ich wohne in der Bülowstraße, zehn Minuten zu Fuß entfernt. Und Sie?"

„Ich habe eine Wohnung in der Schweffelstraße. Fußläufig brauche ich höchstens eine halbe Stunde."

„Abgemacht, ich freue mich."

„Sie sollten Ihre Mutter mitbringen"

„Wie ich sie kenne, hat sie dazu keine Lust. Sie müsste extra aus Neumünster nach Kiel fahren."

Sie schaut auf ihre Uhr.

„Ich muss los, ich habe etwas zu erledigen. Es freut mich, dass Sie mich angesprochen haben. Bezahlt hatte ich vorhin. Einen schönen Tag."

„Wir sollten die Telefonnummern austauschen."

Beide diktieren die jeweilige Nummer ins Telefonverzeichnis ihres Handys. Lars schiebt den Stuhl zurück und erhebt sich. Beide stehen sich unschlüssig gegenüber. Dann reicht sie ihm die Hand, dreht sich um und geht. Vom Bürgersteig, bevor Lars Annabelle Loose aus dem Blickfeld verliert, dreht sie sich um und winkt ihm zu. Rechnete sie damit, dass er ihr hinterherschauen würde? So wie er ihr in die Augen gesehen hatte, hundertprozentig. Er war sich allerdings nicht sicher, ob sie es machen würde. Umso mehr empfindet er ein Glücksgefühl, das ihm vor dem Hintergrund der letzten Tage und vor allem des heutigen gut tut.

4. Tabletten und Schmetterlinge

Wolfram schüttelt den Kopf. Lars' Verhalten im Gang verwundert ihn. So kennt er ihn nicht. Geht es seinem Vater schlechter? Gestern Abend telefonierten sie miteinander, und er wirkte ein wenig zuversichtlicher als am ersten Tag nach dem Schlaganfall.

„Guten Morgen, Herr Ehlert!"

Überrascht schaut Wolfram die beiden Zehntklässler an, denn ab der sechsten Klasse gewöhnen sich die Schüler und Schülerinnen - oder abgekürzt die SuS, was Nichtinsidern wie eine Nachfolgemodell eines SUV klingen mag - das Grüßen nach und nach ab. Manchmal hat Wolfram das Gefühl, sie erwarteten vom Lehrer diese Höflichkeit, die sie vielleicht gönnerisch erwidern würden, sollte ihnen gerade danach sein. Oder sie haben die Frage, ob er die Klausur korrigiert habe und ob sie ganz gut ausgefallen sei. Oder vor dem Lehrerzimmer möchten sie von ihm, dass er eine Kollegin herausbittet. Nichts dergleichen, es geschieht dieses Mal einfach so. Oder liegt es daran, dass sie in die Schleimspur des schulischen Aquaplanings gerutscht sind? Gerade noch rechtzeitig fallen ihm die beiden Vornamen ein. Freundlich lächelnd grüßt er zurück und macht eine für die Schüler unbedeutende Bla-Bla-Bemerkung, die er auf dem Weg zum Lehrerzimmer vergisst, ebenso wie die Begegnung mit ihnen.

Seine Gedanken sind jedoch nicht bei Lars, sondern beim Mitteilungsordner der Schulleiterin. Heute wird sie offiziell bekannt geben, wer der neue Orientierungsstufenleiter sein wird. Für ihn nichts Neues, da er sein Ablehnungsschreiben vom Ministerium bereits auf dem Dienstweg erhalten hatte;

wie auch die beiden Konkurrentinnen aus dem Kollegium. Die eine meldete sich danach für drei Tage krank, die andere wirkte eine Zeitlang deprimiert. Sogar ihre Freundinnen am Weibertisch konnten sie nicht aufheitern. Als wenn sich alle für sie gefreut hätten, hätte sie den Zuschlag für die Stelle erhalten. Immerhin hatten die beiden die Traute, sich dem Auswahlverfahren zu stellen. Andere ziehen es vor, aus der sicheren Deckung ihre Kritikgeschosse gegen alles und jedes abzufeuern und gegen diejenigen, die sich nicht vor der Verantwortung in Führungsfunktionen scheuen.

„Na, Wolfram, jetzt ist es offiziell. Ein Mann mal wieder mit einer Leitungsfunktion neben unseren sechs Damen, und das in der Orientierungsstufe, irgendwie überraschend. Und wie ich hörte, wird er die Deutschfachschaft bereichern."

Sein Kollege Horst Kutscher steht neben ihm, der Mann, der die Peitsche in den Klassen schwingt.

„Es war für mich klar, als ich über den Schulbuschfunk in Kiel mitbekam, dass er schon Orientierungsstufenleiter in Schleswig ist und sich aus familiären Gründen nach Kiel versetzen lassen will. Von zwei Kollegen aus seiner Schule hörte ich auf meiner Fortbildung vor sechs Wochen nur Gutes über ihn. Ich glaube, wir werden zufrieden sein", sagt Wolfram.

„Besser wahrscheinlich als mit unseren beiden Kolleginnen, die ja gerade mal seit sechs beziehungsweise acht Jahren ihre Lebenszeitverbeamtung hinter sich haben. Und besser als du, Wolfram, wird er allemal sein."

Wolfram stört diese ironische Bemerkung nicht, dafür kennt er seinen Kollegen zu lange. Er ist neben Lars seine zweite Konstante der gegenseitigen Verlässlichkeit und ein beliebter Lehrer, obwohl er ab und an seine pädagogische

Peitsche einsetzt und vom unterrichtlichen Kutschbock aus kleinschrittig die Themen lenkt. Dabei behandelt er die Jugendlichen nie vom hohen Ross herab.

„Themenwechsel. Hast du von Lars etwas mitbekommen? Der ist nämlich, ohne was zu sagen, an mir vorbei, und weg war er aus der Schule."

„Keine Ahnung. Aber ich habe eben auf dem Vertretungsplan gesehen, dass unsere Vize ihn für heute und morgen rausgenommen hat."

„Dann ist wohl sein Vater gestorben, befürchte ich."

„Du meine Güte. Lars hat mir gar nichts von einer schweren Erkrankung seines Vaters erzählt."

„Mit mir hat er geredet. Sein liegt Vater im Uniklinikum, weil er einen Schlaganfall am Sonntag hatte, und das, als Lars mit seiner Mutter in der ‚Zauberflöte' gewesen war. Aber darüber soll er selbst mit dir sprechen. Ich muss in die Klasse, es klingelt schon."

Einige Kollegen erheben sich nicht, klönen gemütlich weiter. Es gibt genug zu bequatschen, das Klingeln stört dabei. Andere greifen nach ihren Unterlagen und gehen schnurstracks in den Kopierraum. Die fünfzehn Minuten der großen Pause reichten einfach nicht, um zusätzlich zu den vielen anderen Sachen Texte zu kopieren. Wenige Kollegen streben wie er durch die Gänge pünktlich in den Unterricht.

Mittags zu Hause ruft Wolfram Lars nicht an. Er weiß, Lars wird sich melden, wenn er das Bedürfnis hat.

„Marianne, wie weit bist du mit dem Essen?"

„Es ist fertig, du kannst kommen."

Wolfram steht vom Schreibtischstuhl auf und setzt sich in die Essecke des Wohnzimmers. Seine Frau füllt ihm die Spaghetti auf den Teller, und er gießt das Olivenöl mit den gedünsteten Knoblauchzehen darüber. Aus der Salatschüssel hebt er den Kopfsalat in seine Schale.

„Guten Appetit, Wölfi!"

„Dir auch, mein Liebling."

Eine Zeitlang essen sie schweigend. Wolfram genießt es immer wieder aufs Neue, wenn seine Frau Mittag macht. Er kann zwar auch kochen und stellt das oft genug unter Beweis, aber bei ihr schmeckt es bekömmlicher - wenn sie in guter Verfassung ist.

Und das ist sie seit einem halben Jahr, nachdem sie in Rickling drei Monate in der Psychiatrie gewesen ist, wo ihre Tablettensucht stationär behandelt wurde. Er hatte ihr dringend dazu geraten wie auch die anderen Freunde, vor allem Lars, von dem sie viel hält. Wolfram und sie waren übereingekommen, dass sie zusätzlich ein Sabbatjahr nehmen würde, in dem sie sich regenerieren wollte. Und danach an eine andere Schule. Sie waren wie jetzt beim Mittagessen gewesen, als Marianne es ihm vor dem Beginn der Therapie eröffnet hatte.

„Ich gehe nicht zurück an unsere Schule, wenn ich alles hinter mir habe. Ich schäme mich so, wenn ich die Kollegen täglich sehen muss. Zudem will ich nicht, dass du blöde Bemerkungen über mich zu hören bekommst, wenn ich mich 'mal unwohl fühlen sollte."

„Ach, Marianne, das Kollegium ist verständnisvoll."

„Da irrst du dich. Glaub ja nicht, dass es sich hinter unserem Rücken nicht abfällig geäußert hat. Ich kann auch nicht unbedarft wieder vor die Klassen treten. Meine Aussetzer in manchen Stunden blieben für die Schüler nicht unbemerkt."

„Du bist zu pessimistisch. Ein Jahr ist lang."

„Und du zu optimistisch. Auch wenn ich es schaffe, wieder von den Tabletten loszukommen. Ein Jahr ist nichts. So schnell wächst das Gras nicht über meine Probleme."

Wie oft hatte es Wolfram damals morgens erlebt, dass Marianne nicht in der Lage gewesen war, zur Schule zu fahren, und er musste sich ständig neue Ausreden ausdenken, obwohl alle wussten, was wirklich mit ihr los war. Er saß dann stumm am Küchentisch, las seine Zeitung und trank mechanisch seinen Kaffee, Brot schmierte er sich gar nicht erst. Auf die Artikel konnte er sich kaum konzentrieren, weil Marianne vor sich hin wimmerte. Er wusste, wie schlecht es ihr ging, bis sie sich mit ihren verdammten Pillen vollstopfen würde. Jeden Morgen beeilte er sich, das Haus zu verlassen, zog schnell sein Jackett an, rief ihr einen Gruß zu und schloss die Tür hinter sich.

„Heute Morgen hat Frau Hollweg die neue Besetzung für die Orientierungsstufe öffentlich gemacht. Es war definitiv das letzte Mal, dass ich mich beworben habe."

„Das finde ich gut. Lass den Kram. Finanziell haben wir es nicht nötig, auch wenn wir Holgers Studium finanzieren müssen. Dieses Jahr haben wir es mit deinem Gehalt und den Ersparnissen ohne große Einschränkungen hinbekommen. Im nächsten Schuljahr verdiene ich wieder mit."

„Das Geld reizte mich in erster Linie nicht, eigentlich ging es um Selbstbestätigung und neue Herausforderungen. Und wenn ich trotz meiner bisherigen schulischen Arbeit in dem Bewerbungsgespräch nicht überzeugen konnte, muss ich das akzeptieren. Es gibt halt Geeignetere, aus welchen Gründen auch immer. Wichtiger ist mir, dass du deine Krankheit überwunden hast und bald wieder unterrichten kannst."

„Das ist mir nur möglich, weil du mich nicht hast fallen lassen, genauso wenig wie Holger."

Martin erwähnt sie nicht. Er war zwei Jahre nach seinem Bruder zur Welt gekommen und hatte sich in den ersten Kinderjahren als schwierig erwiesen und später als Jugendlicher als wenig zugänglich. Martin entwickelte auf dem Gymnasium Phobien, die in erster Linie die Lehrer betrafen. Seine Noten konnten mit denen seines Bruders nicht mithalten. Er riss sich eine Zeit lang mehrere Monate zusammen und tat was für die Schule, doch ohne den erwünschten Erfolg, was ihn umso mehr frustrierte. Er flippte völlig aus, wenn die Lehrer ihn vor versammelter Mannschaft mit Holger verglichen. Zum Eklat kam es, als er in einer Unterrichtsstunde seine Schultasche ergriff, nach vorne ans Pult schlenderte und den Inhalt auf die dort abgelegten Unterlagen kippte. Seine Federtasche hob er auf, und bevor er die Klasse verließ, schleuderte er sie dem Mathelehrer entgegen und traf ihn an der Stirn. Den Bericht des Schulleiters haben Marianne und er mehrmals gelesen und versucht, darüber mit Martin zu sprechen. Vergeblich. Er schottete sich ab.

Irgendwann, als es Marianne schon sehr schlecht ging, fand Wolfram den Ordner, in dem sie das Schreiben abgeheftet hatten, aufgeschlagen auf seinem Schreibtisch. Es lag in Papierfetzen auf der Auslegware. Dazu hatten sich zerrissene Ansichtskarten gesellt, die Martin ihnen ein- bis zweimal im Jahr schickte, um in knappen Zeilen Lebenszeichen von sich zu geben. Nach der Tischlerlehre und den drei Gesellenjahren war er nach Kanada ausgewandert.

Kurz nach dem Einsetzen der Wechseljahre musste Marianne an der Gebärmutter operiert werden. Die Karte, auf der Martin geschrieben hatte „Alles Gute, Mama, sei guten Muts, sei stark", hielt sie weinend in der Hand, gab sie Wolfram zum Lesen und warf sie danach ins Kaminfeuer.

Wolfram steht auf und räumt den Tisch ab.

„Einen Espresso?"

Marianne nickt. Er trägt das Geschirr in die Küche und lässt den Espresso durch die Maschine laufen, gießt Wasser in zwei kleine Gläser, legt ein paar Kekse auf eine Untertasse und bringt alles zusammen mit der Zuckerdose auf einem Tablett ins Wohnzimmer, wo Marianne bereits im Sessel sitzt.

Nach dem ersten Schluck erwähnt Wolfram die Begegnung mit Lars und äußert seine Befürchtung, der Vater könnte gestorben sein.

„Lars ruft dich bestimmt heute Abend an."

„Damit rechne ich auch. Wir haben während der Pausen gestern miteinander gesprochen. Es nimmt ihn arg mit. Er wirft sich vor, dass es während des Opernbesuchs mit seiner Mutter passiert ist. Und er meint, seine Opernabende seien mit einem Fluch belegt. Du weißt ja, dass er zwei Wochen vorher das Unglück mit dem toten Rentner erlebt hat."

„Sein Vater ist doch nicht mehr der Jüngste. In dem Alter ist ein Schlaganfall nicht selten. Das kann zu jeder Zeit passieren. Er soll sich bloß keine Vorhaltungen machen."

„Habe ich ihm auch gesagt. So, ich lege mich hin. Danach arbeite ich am Schreibtisch. Und was hast du vor?"

„Wenn ich mit der Küche fertig bin, gehe ich eine Stunde spazieren. Begleite mich doch", fordert sie ihn auf.

„Ich bleibe hier. Wenn du zurück bist und ich nicht hoch bin, weck' mich bitte."

„Das hätte ich ohnehin getan", grinst sie und gibt ihm einen Kuss.

Am Abend, während sie auf Amazon Prime die fünfte Staffel von ‚Suits' sehen, ihrer Lieblingsserie, meldet sich Lars. Wolfram sieht seine Nummer auf dem Display, drückt mit der Fernbedienung auf Pause und geht ran.

„Was ist mit deinem Vater, Lars?"

„N'Abend, Wolfram, heute Morgen ist er gestorben."

Er berichtet, wie er sich von seinem Vater verabschiedet hat, und von dem ganzen Verwaltungskram.

„Wie wird die Trauerfeierlichkeit organisiert?" fragt Wolfram.

„Ohne viel Aufheben. Mein Vater wollte es so. Keine kirchliche Feier, keine Aufbahrung, Feuerbestattung und die Urne unter den grünen Rasen. Mit der Kirche wollte er nichts zu tun haben. Das ganze Pfaffentum habe seit Anbeginn die Menschen für dumm verkauft. Die Religionen waren für ihn die Geißel der Menschheit, Instrumente der Herrschenden und intellektuellen Eliten. Damit wurden die Gläubigen oder Nicht-Gläubigen drangsaliert, um unter der Knute von Predigten und Geboten sowie Verboten zu kuschen und sich als räudige Sünder zu begreifen. Du hättest ihn hören sollen, wenn er losgewettert hat. Die Kirchensteuer war für ihn nichts anderes als der Ablasshandel der heutigen Zeit."

„Heftig! Auch wenn ich von den Religionen nicht viel halte und sie nicht als reine Glaubensgemeinschaften sehe, sondern mehr als ideologisch-politische Einrichtungen, erkenne ich an, wie die Kirchen Menschen Halt geben und sich um in Not Geratene kümmern."

„Lass uns nicht weiter darüber reden. Das Bestattungsunternehmen in Gaarden erledigt alles. Von mir wollte es die erforderlichen Papiere und die Sterbeversicherung."

„Hatte er eine Lebensversicherung?"

„Nee, Banken und Versicherungen sind für ihn ebenfalls rote Tücher gewesen. Ich muss lachen, wenn ich daran denke, dass er wohl am liebsten wie früher die wöchentliche Lohntüte persönlich in die Hand gedrückt und seine Rente an der Post ausgezahlt bekommen hätte. Er hatte auch nichts gespart. Bisschen was zurückgelegt für außerplanmäßige Ausgaben. Als die Finanzkrise ausbrach, fühlte er sich voll bestätigt. Ich sehe ihn vor mir, wie er über die Machenschaften der Banken schimpft. Er nannte die Mitarbeiter nie Bankiers oder Banker, sondern Bankster. Die Sparkasse hatte er äußerst selten betreten. Alles musste meine Mutter machen. Wenn er sagte „Mach du man, Gerlinde", hatte sie es sowieso bereits erledigt. Und wenn er die 3-6-3-Regel des Bankwesens ihr wiederholt erläutern wollte, leierte sie den Spruch herunter."

„Die kenne ich nicht."

„Drei Prozent Zinsen für Spareinlagen, sechs Prozent für Kredite und drei Uhr nachmittags Golftermin."

Wolfram muss lachen.

„Nicht schlecht! Aber momentan würde auf dem Geldmarkt 0-3-3 besser passen."

Lars stimmt ihm zu, wechselt dann das Thema, und Wolfram erfährt von seinem Unbehagen, Gerlindes Reaktionen betreffend, und von Lars' Begegnung im Café.

„Irgendwie ein merkwürdiges Aufeinandertreffen von Zufällen. Mein Vater liegt im Sterben, ich sitze in der Nähe des Krankenhauses und trinke einen Espresso, und diejenige, die ich bei der Aufführung vom Falstaff sah, betritt das Café. Und heute, nachdem mein Vater am frühen Morgen gestorben ist, treffe ich sie wieder. Das ist das dritte Mal. Denn sie war auch in der Zauberflöte gewesen. Vielleicht will eine übergeordnete Macht uns zusammenbringen. Also habe ich Frau Loose, so heißt sie, angesprochen. Ich hätte sie wiedererkannt und ich sei es gewesen, der ihren Begleiter an der Autobahn tot im Wagen aufgefunden habe. Stell' dir vor, ihre Mutter wollte sogar inserieren, um mich zu suchen und sich für meine Hilfsbereitschaft zu bedanken. Das will Frau Loose nachholen und hat mich ins Leckerschmecker in der Feldstraße eingeladen."

„Sehr nett von ihr. Duzt ihr euch eigentlich?"

„Dafür war die Zeit zu kurz. Sie konnte nicht länger bleiben. Ihren Vornamen kenne ich jedenfalls: Annabelle; ein hübscher Name."

„Und, macht sie ihrem Namen Ehre?"

„Absolut. Außerdem gefällt mir ihre ganze Art. Sie wirkt so natürlich. Es hat mich echt erwischt."

„Oho! Lars nach langer Zeit endlich entflammt. Das freut mich. Ich dachte, so was würde dir gar nicht mehr passieren. Hoffentlich empfindet sie ähnlich. Zu gönnen wäre es dir."

„Danke! Allerdings hätte ich mir gewünscht, die Umstände wären andere gewesen und eine mögliche Bindung wäre nicht die Folge zweier Sterbefälle. So, als würde ein bunter Schmetterling sich im offenen Grab entpuppen, hochfliegen und mit seinen Schwingungen kitzlig-vibrierend über meinem Bauch herumfächeln.“

„Jetzt wirst du poetisch. Wahrscheinlich schreibst du heute Abend ein Gedicht wie ein verliebter Pennäler.“

„Und du kriegst übermorgen eine Kopie davon in dein Fach“, frotzelt Lars zurück. „Für morgen bin ich beurlaubt. Schönen Abend! Grüß Marianne und umarme sie an meiner Stelle.“

„Danke, dir auch. Vielleicht kannst du demnächst Grüße von mir an Annabelle ausrichten“, verabschiedet sich Wolfram schmunzelnd.

5. Kapitel: Vergesslichkeit

Wir durchstreifen die Zeit,
es verblasst die Vergangenheit,
Erinnerungen werden schwächer
die Demenz, der selbst ernannte Rächer,
schlägt Schneisen in das, was war,
breiter von Jahr zu Jahr.

Das war die Schlussstrophe des Gedichts, das Paul seiner Frau
Margarete und den Gästen - fünfzig an der Zahl - zur Goldenen Hochzeit vor zwei Jahren vortrug. Zu den vom Ehepaar
Schneider Eingeladenen gehörten selbstverständlich auch
Annabelle und ihre Eltern als jahrzehntelange Nachbarn. Als
Paul den Anfang des Gedichts „ *Spüren wir noch im Detail,*
wie Amor seinen Pfeil, uns schickte und beglückte?" vorlas und
seine Marga lächelnd anschaute, nickte sie, und ein Strahlen
huschte über ihr faltiges Gesicht. Nach den letzten Zeilen
schüttelte sie aber energisch den Kopf und rief den an der
langen Tafel Sitzenden zu, dieser Rächer habe sie beide bisher
nicht aufgesucht, und alles lachte, auch Paul, der sich vor seiner Frau verbeugte, dann sein Glas hob, mit ihr anstieß und
sich bei ihr bedankte für die Gemeinsamkeit in den fünfzig
Jahren, die wegen ihres plötzlichen Tods leider nur noch
neun Monate andauern sollte. Die drei Kinder und fünf Enkel
folgten mit ihrem Toast auf die Jubilare, und die anderen
Verwandten, Freunde und Bekannten schlossen sich dem an.
Mit einer Mischung aus Rührung und Fröhlichkeit schauten
alle zu dem Goldenen Paar, nur ihr Vater Manfred nicht, der
nach unten blickte. Als Annabelle ihn diskret von der Seite

anstupste, griff er hastig nach seinem Getränk, mit einem Hauch von Traurigkeit in den Augen. Ihre Mutter Katharina trank bereits, und als sie auch Annabelle und ihrem Mann zuprostete, war er wieder der gut gelaunte Gast.

Nach der Beerdigung von Pauls Frau und nach der offiziellen Kaffee- und Kuchenversorgung der Trauergäste saßen ihre Eltern und sie am Abend bei Paul am Couchtisch, tranken Rotwein und knabberten ein bisschen Gebäck. Nachdem sie sich über die Rede des Pastors unterhalten hatten, fragte Annabelle Paul, wie er damals zur Goldenen Hochzeit die letzten Verse zur Demenz gemeint habe.

Paul musste sich ein wenig sammeln, so Annabelles Eindruck, wahrscheinlich weil er durch die Erinnerung an die Feier den Tod seiner Frau noch belastender empfand. Dann sagte er, was ihm dabei durch den Kopf gegangen war. Als würden Telefonnummern, Namen und Anschriften gelöscht werden und vergangene Erlebnisse in Nebelschwaden dahintreiben und sich mit ihnen auflösen. Als wären Orte ein Labyrinth, in dem die Orientierung verloren ginge. Als würden sich Gesichter zu fremden Masken verformen, Assoziationen verschwimmen und Gefühle haltlos umherirren.

Während Paul seine Empfindungen darlegte, atmete Annabelles Vater schwer, leerte schnell sein zweites Glas und stand auf. Er sei müde, der Tag lang gewesen, das Bett rufe ihn. Er lachte verlegen. Paul ließ sich von ihm umarmen und bedankte sich bei ihm für die Anteilnahme, für die Freundschaft sowieso. Ebenfalls bei Annabelle und ihrer Mutter, die sich erhoben hatten und sich verabschiedeten.

Daran muss Annabelle denken, als sie in dem Korbstuhl auf dem Balkon ihrer Eltern sitzt und die aufgeschlagene Seite eines Notizbuches liest, das auf der grün-gelb karierten Baumwolldecke des Holztisches liegt, daneben der Kugelschreiber. Ihr Vater müsste gleich von seinem Spaziergang zurück sein, sodass sie zu dritt Kaffee trinken würden, den ihre Mutter in der Küche zubereitet. Es ist seine Handschrift. Er hat die Tage seiner Eintragungen datiert, die Zeitabstände sind unregelmäßig. Und was sie liest, ist die Auflistung von Vergesslichkeiten und Irritationen ihres Vaters sowie von zu erledigenden Sachen. Ihr ist es unangenehm, weiter in dem Notizbuch herumzublättern, schließt und legt es mit dem Schreiber auf die Sitzbank.

„Du guckst so nachdenklich, Annabelle." Ihre Mutter bringt die Thermoskanne, die Milch und ein paar Plätzchen auf dem Tablett.

„Weil ich nicht weiß, ob das mit dem Sylturlaub klappt. Lars würde sich natürlich sehr freuen, denn alleine hat er keine Lust hinzufahren. Ich habe dir ja erzählt, dass seine Mutter nach dem Tod ihres Mannes nicht mehr hin will, auch nicht mit Lars. Das hat ihn überrascht, denn der Schottlandaufenthalt vor Jahren war für die beiden sehr schön gewesen", erklärt sie und verschweigt, was sie in Wahrheit beunruhigt hat.

„Wann erfährst du es?"

„Spätestens Ende der Woche. Das hängt davon ab, ob meine Kollegin mit meinem ursprünglichen Termin im September tauschen kann. Sie hat zwar keine Reise gebucht, dennoch muss sie es erst mit ihrem Mann klären und der wiederum mit seiner Firma."

„Ich gönne es euch. Ihr passt gut zusammen, trotz des Altersunterschieds von zwölf Jahren. Gerade weil ihr euch erst wenige Wochen kennt, wäre ein gemeinsamer Urlaub genau das Richtige."

„Stimmt. Obwohl wir viel zusammen gewesen sind, trotz meines Dienstplans. Uns kommt Lars' Flexibilität als Lehrer zugute", sagt Annabelle lachend, froh darüber, wieder entspannt zu sein. „Außerdem macht es unsere Freundschaft leichter, dass wir gemeinsame Interessen und ähnliche Vorlieben haben."

„Die Oper! Dadurch habt ihr euch kennengelernt, wenn auch vor dem traurigen Hintergrund von Pauls Tod." Während ihre Mutter dieses Beispiel anführt, gießt sie den Kaffee ein, und jede nimmt sich einen Keks. Auf Manfred wollen sie nicht länger warten.

Annabelle führt weitere Übereinstimmungen an: „Lars raucht Pfeife, ich Zigaretten. Wir verbringen am liebsten Ferien an der heimischen Nord-und Ostsee. Wir gehen gerne ins Kino und können leidenschaftlich über Filme diskutieren. Und ein weiteres Plus in seinen Augen ist, dass er aufgrund seiner gelegentlichen Ängste froh ist, eine Krankenschwester an seiner Seite zu haben, ein klinikerprobtes Sicherheitsventil für ihn."

„Und ihr seid euch einig, nicht zu heiraten, was schade ist. Aber es ist euer Leben. Ich mische mich nicht ein."

Annabelle nickt. „Deine Zurückhaltung schätze ich. Von Lars weiß ich, dass seine Mutter anders ist. Sie hat in seinem ganzen Leben versucht, seine Absichten, Pläne und Entscheidungen zu beeinflussen. Als wir vor drei Wochen bei ihr zum Abendessen waren, hatte sie sich jedoch nicht so von dieser Seite gezeigt. Sie war recht aufgekratzt, redete viel, lachte mit uns, machte einige Scherze über Lars' Kindheit und Jugend, die ihn aber nicht verlegen machten, sondern ihn belustigten, und ihr war anzumerken, wie sehr sie ihren Sohn mag. Dennoch glaube ich Lars. Warum sollte er mir was vorspinnen?"

„Ich kann mir nicht vorstellen, dass er das tut", pflichtet ihre Mutter ihr bei. „Was mir an ihm aufgefallen ist: Er kann schlecht mit Komplimenten umgehen. Wie er errötete und schluckte und schnell abwinkte, als ich mich bei ihm bedankte für seinen Einsatz, als er extra wegen Paul angehalten und den Notarzt verständigt hatte."

„Na ja, Mama, du warst überschwänglich in deinem Lob, obwohl du genau so empfunden hast. Es wirkte für ihn übertrieben, das hat ihn beschämt."

Als sie zu einer Erwiderung ansetzt, wird das Gespräch unterbrochen, weil Manfred in der Balkontür steht, wie ein Geist, der an den Balkon herangeweht ist. Er geht zu seiner Tochter, die sich erhebt, und sie umarmen sich. Er hätte bald auf dem Notizbuch und dem Kugelschreiber Platz genommen, als er sich auf die Bank setzt. Verwundert schaut er die Utensilien an und schiebt sie beiseite. Er bedauert, dass er nicht an die genaue Zeit gedacht habe. Es sei gut, dass sie angefangen hätten.

„Wo bist du spazieren gewesen?", fragt Annabelle.

„Bis zum …." Er stutzt. „Park und Schwale-Teich."

„Meinst du den Rencks-Park?"

„Ja, ja und über den Kleinflecken zurück. Ich war kurz davor gewesen, mir im Eiscafé in dem neuen Einkaufszentrum drei Kugeln zu bestellen."

„In der Holsten-Galerie bin ich bisher nicht gewesen."

„Richtig, in der Holsten-Galerie. Rechtzeitig fiel mir ein, dass du kommen wolltest. Fast hätte ich es vergessen." Er schüttelt den Kopf und schaut missmutig auf seinen Kaffee und den Keks zwischen den Fingern.

„Das passiert jedem einmal, Papa, das muss dich nicht bedrücken."

Sie beugt sich über den Tisch und streicht ihm über seinen mit vollem, kurzgeschnittenem und grauem Haar bedeckten Kopf. Das Gespräch verstummt. Annabelles Vater zieht das Notizbuch an seinen Oberschenkel heran und legt die linke Hand darauf. Ein Spatz landet auf dem Balkonrand, seine Augen suchen den Boden nach Krümeln ab. Vom Hof her sind Kinderrufe zu hören. Auf dem Nachbarbalkon vom Nebenhaus lassen zwei junge Männer Bierflaschen ploppen. Sie tragen Trikots vom HSV.

Einen zweiten Becher Kaffee möchte ihr Vater nicht. Er wolle ins Wohnzimmer, um seinen Nachmittagsschlaf zu halten. Weil Annabelle nicht mehr zu lange bleiben will, verabschieden sie sich hier. Sein Geschirr stellt er in der angrenzenden Küche auf die Ablage. Annabelle ist ihm kurz nachgegangen und gibt ihm das Notizbuch, das er unkommentiert mitnimmt. Zurück auf dem Balkon, trinkt sie einen kräftigen Schluck.

„Weißt du, was Papa in das Büchlein schreibt?", erkundigt sie sich.

„Ja, insofern hättest du vorhin nicht mit Lars' und deiner Urlaubsplanung ablenken müssen. Ich sage ihm oft genug, er solle das lassen, er mache sich nur verrückt mit dem Gedanken, auf dem Weg in die Demenz zu sein."

„Seit wann notiert er seine Vergesslichkeit und Aussetzer?"

„Genau datieren kann ich es nicht. Ich meine, es begann nicht lange nach Margarethes Beerdigung. Ich vermute, es hing mit dem zusammen, was Paul zur Demenz erzählte."

Annabelle denkt an die Situation zurück. „Seine Reaktion war merkwürdig, als er plötzlich ins Bett wollte. Als wollte er partout verhindern, dass wir uns weiter mit dem Thema beschäftigten."

„Irgendwie hat Manfreds Verhalten masochistische Züge. Ich weiß einfach nicht, was er damit bezwecken will. Ich gehe schon gar nicht mehr darauf ein, auch wenn er witzig sein will und von dem D-Wort spricht. Vor einigen Wochen habe ich ihn angeschrien, wie er solch eine bescheuerte Idee haben könnte. Er erwähnte nämlich Gunther Sachs, dass der sich erschossen habe, um nicht fremdbestimmt geistig dahin zu vegetieren. Er überlege Ähnliches, um sich und uns Schlimmeres zu ersparen. Und nun kommt's. Manchmal ist er selbstironisch genug, um über sich zu lachen. Er meinte, mit einer Pistole würde er es nicht machen, wegen des ganzen Bluts und so, aber vielleicht mit einem Strick auf dem Dachboden. Damit wäre die Chance groß, dass er erstens den Strick vergessen würde und zweitens nicht nur deswegen unverrichteter Dinge von dort zurückkäme, sondern auch, weil er sich nicht daran erinnern würde, was er da oben eigentlich wolle. Wir brachen in schallendes Gelächter aus, und meine Wut war verraucht."

„Das ist nicht nur schwarzer Humor, sondern im wahrsten Sinne Galgenhumor", amüsiert sich Annabelle. Dann drückt sie ihre Mutter fest an sich. Bevor sie fährt, verspricht sie ihr, sich an der Uniklinik schlau zu machen, damit Manfred sich wenigstens untersuchen lässt.

6. Kapitel: Capri-Fischer

Die Strandaufsicht in ihrem Holzhäuschen scannt die Kurkarten, die ihr Lars vorgelegt hat. Annabelle und er bleiben am Beginn der Holztreppe stehen und genießen den Blick über die Nordsee. Der Wind, der gegenüber dem gestrigen Abend zugenommen hat, spornt die Wellen an, gegen den breiten Strand kraftvoll zuzurollen. Die Schönwetterwolken am blauen Himmel werden übers Meer landeinwärts getrieben.

Nachdem die beiden die vielen Stufen der Holztreppe hinuntergegangen sind, ziehen sie sich die Sneaker aus und verstauen sie in den Rucksäcken. Bevor sie weitergehen, umarmt Lars Annabelle und flüstert ihr ins Ohr: „Ich bin glücklich."

Die Farben der Nordsee changieren in Querstreifen zum Strand von Dunkel- bis Hellgrün. Die weißbesetzten Kronen der Wogen brechen an einigen Buhnen spritzend auseinander. Am Strand huschen die kurzlebigen seifenblasigen Schaumfetzen - glitzernden Pailletten ähnlich -über den feuchten Sand und lösen sich wie Zuckerwatte im Mund auf, ein flüchtig-luftiger Moment. Lars atmet tief die salzhaltige Luft ein, Annabelle kreist mit der Zunge über die Lippen, um den Geschmack des Meeres aufzunehmen. Das rote Kliff, das den steilen Übergang zur dahinter liegenden Dünenlandschaft bildet, wirkt wie aufgeschlitzt durch die schmalen Erosionsrinnen. Wie offene Wunden durchziehen sie die Wand.

Einige Strandabschnitte sind von zwei dreißig bis fünfzig Meter auseinanderliegenden rot-gelben Fahnen abgesteckt. In der gedachten Verlängerung dieses Sektors ins Wasser ist der

Bereich für die Badenden, die von Rettungskräften von ihren erhöhten Holzhütten aus überwacht werden. Dort geht ein schmaler bärtiger Mann mit einem Surf-Brett unterm Arm ins Wasser. Nach und nach arbeitet er sich durch die hohen Wellen vor. Seine Versuche, auf dem Brett zu stehen und es durch die Wellen zu pflügen, misslingen.

Eine Frau in dunkelblauem Badeanzug, Mitte fünfzig, wartet nicht lange ab, sieht die erste Woge auf sich zukommen und springt hoch. Wippend schreitet sie ein paar Schritte weiter und taucht unter dem nächsten Wellenkamm hindurch.

Die das Surfexperiment und die Schwimmerin skeptisch beobachtende Enddreißigerin im roten Bikini dreht sich ab. Ihr reicht es aus, dass ihre Füße nass geworden sind, und sie legt sich in ihren Strandkorb.

Ein Labrador rennt ans Wasser, bremst ab. Irritiert schaut er auf die Welle, die tosend auf ihn zu rauscht. Laut bellt er sie an, wirft sich schwungvoll auf die Vorderpfoten hin, voller Erwartung auf die Reaktion seines Frauchens, das ihn lobend anfeuert.

Annabelle und Lars haben inzwischen den Strandabschnitt mit dem Aufgang zur Sturmhaube verpasst. Sie gehen weiter, am Strandrestaurant La Plage vorbei. Fast zwei Stunden sind vorbei, seitdem sie ihre Ferienwohnung in der Dorfteichresidenz verlassen haben. Zeit, ihre dünne Wolldecke, die Annabelle unter die Träger von Lars' Rucksack geschoben hat, herauszuziehen, sie auszubreiten und sich eine Pause zu gönnen.

Kaum sitzen sie und trinken abwechselnd ein paar Schlucke aus der grünen Halbliterflasche, als eine mit langer Hose und Bluse bekleidete ältere Frau ihre Umhängetasche vor dem wenige Meter entfernten Strandkorb abstellt. Sie nimmt sich Handtuch, Creme und ein Buch heraus und zieht sich aus. Lars packt die Flasche mit dem Rest des stillen Mineralwassers ein und legt sich auf den Bauch mit Blick in die entgegengesetzte Richtung. Leise bittet er Annabelle, es ihm gleichzutun. Sie hat sofort verstanden, warum, und zwinkert Lars zu. Er muss schmunzeln und aufpassen, dass er nicht laut loslacht.

Aus den dreißig Minuten ist eine Dreiviertelstunde geworden, als Lars wach wird. Er hat fest geschlafen, Annabelle wohl auch, denn sie regt sich nicht. Mit dem linken Ellenbogen stößt er sie vorsichtig an. Sie braucht eine kurze Zeit, um sich zu orientieren. Dann greift sie nach ihrer Sonnenbrille, seine hat Lars bereits auf. Beide stützen sich auf die Hände ab und stemmen sich hoch. Lars vermeidet es möglichst, auf die Nackte zu schauen. Die ausgeschüttelte Decke rollt er zusammen und lässt sie von Annabelle unter die Träger seines Rucksacks schieben.

Sie stapfen durch den weichen Sand zurück in Richtung Kampen und verlassen den Strand über einen Weg durch die Dünen, der an dem kleinen Leuchtturm mit der grün-weißen Haube vorbeiführt und an der Radstrecke endet, die Hörnum im Süden und List im Norden verbindet, sozusagen an der Sylter Autobahn für Radfahrer. Die Fahrbahn ist breit genug, sodass sie trotz des regen Radverkehrs nebeneinander gehen können.

Da es bereits 14 Uhr ist und sie seit heute Morgen nichts mehr gegessen haben, kehren sie im „l'Entrez" ein. Sie setzen sich gegenüber an einen Tisch am offenen Fenster. Annabelle nimmt die kleine Schminktasche aus dem Rucksack und sucht die Toilette auf, während Lars bei der Kellnerin, die ihm die beiden Speisekarten reicht, zwei Glas Grauburgunder bestellt.

Er nutzt die Abwesenheit von Annabelle und macht sein Smartphone an. Das Display zeigt ihm mehrere Anrufe in Abwesenheit an, die Festnetznummer seiner Mutter. Kurz verlässt er das Restaurant und telefoniert mit ihr.

„Endlich, den ganzen Vormittag habe ich versucht, dich zu erreichen", beschwert sie sich sofort. „Warum nimmst du nicht ab? Wozu hast du ein Smartphone, wenn du nicht rangehst?"

„Wir sind am Strand gewandert. Bei den Wind- und Wellengeräuschen höre ich das Klingeln nicht, es sei denn, ich würde mir den Apparat ans Ohr schnallen."

„Dir ist es eben nicht wichtig, wenn ich etwas von dir will. Die ironische Bemerkung hättest du dir sparen können."

„Es tut mir Leid, Mutti. Auch, weil ich mich jetzt nur kurz melden kann. Wir sind in einem Restaurant und wollen essen. Ich rufe dich heute Abend an oder vielleicht am Nachmittag, wenn wir in unserer Ferienwohnung sind. Dann haben wir mehr Zeit."

„Du meinst, du hast dann mehr Zeit. Ich habe sie jetzt schon. Aber das kenne ich ja von dir." Ihre Stimme klingt beleidigt. Gerade als er ihr antworten will, dass sie ihm Unrecht tue, hat sie den Hörer aufgelegt.

Lars betritt wieder den gläsernen Vorbau, wo Annabelle auf ihn wartet und ihn fragend ansieht.

„Meine Mutter hat mehrmals heute Vormittag angerufen. Sie ist sauer, weil ich nicht das Telefon gehört habe, und ist verschnupft, dass ich kein längeres Gespräch mit ihr führen will."

„Was wollte sie denn?"

„Ich schätze, sie hatte Langeweile und wollte meine Stimme hören. Ich glaube nicht, dass etwas Dringendes anliegt, sonst wäre sie damit sofort rausgekommen."

Sie reden nicht weiter, weil die Kellnerin an den Tisch tritt und die Getränke serviert.

„Haben Sie einen Essenswunsch?"

„Wir schauen erst in die Karte."

Sie wendet sich dem Nebentisch zu, an dem ein Rentnerpaar - Lars schätzt es auf Ende sechzig - Platz genommen hat. Der große dickbäuchige Mann bestellt mit tiefer Stimme für seine korpulente rothaarige Ehefrau eine Flasche Mineralwasser Medium und für sich einen Riesling. Da sie bereits an der Kreidetafel die drei Tagesangebote gelesen haben, brauchen sie keine Bedenkzeit und wählen die Zanderfilets mit Reis und Spinat.

„Ich nehme die Spaghetti mit Kirschtomaten, Rucola und Pinienkernen und du?", fragt Lars.

„Für mich auch."

Lars winkt der Bedienung zu, welche die Bestellung aufnimmt. Sie stoßen mit den Weingläsern an und genießen den trockenen Grauburgunder mit seiner dezenten Säure.

„Hast du dein Mobiltelefon ausgestellt?"

„Sofort nach dem Gespräch. Ich möchte nicht gestört werden. Es kann nämlich passieren, dass Gerlinde es nach einer Weile erneut versucht, weil ihr das Gespräch doch zu kurz war."

„Obwohl du Gerlinde oft anrufst und bei ihr bist, ist sie ungeduldig und fordernd. Allerdings bist du der Einzige an ihrer Seite. Meine Mutter hat mich und meinen Vater. Auch wenn sich Papa irgendwie verändert hat, weil er keine Lust mehr auf die Oper und die Spiele vom VFR Neumünster hat. Bis auf die Spaziergänge hängt er lieber zu Hause rum. Das wäre nicht so schlimm für Mama, wenn Paul nicht gestorben wäre, denn er hatte sie begleitet, wenn Papa nicht wollte. Wer weiß, wie der Abend ausgegangen wäre, wenn sie nicht krank und an meiner Stelle im ‚Falstaff‘ gewesen wäre."

Lars verkneift sich die Bemerkung, für ihn sei es ein Glücksfall gewesen.

„Meine Mutter ist nicht so ausgeglichen wie deine. Früher hat sie mich oft aus dem Schlaf geklingelt, weil sie nicht einschlafen konnte und unruhig durch die Wohnung gegangen ist. Seit Vaters Tod allerdings hat sie mich nachts nicht mehr angerufen."

Gerade als Annabelle darauf eingehen will, bringt die Kellnerin das Mittagessen und wünscht einen guten Appetit. Die Messer hat sie gegen die Löffel ausgetauscht und eine kleine Karaffe mit Olivenöl in der Mitte des Tisches platziert. Annabelle greift nach der Salz- und Pfeffermühle und würzt das Gericht nach, ohne es vorher zu probieren. Für sie können die Speisen gar nicht scharf genug zubereitet sein. Lars äußert sich nicht mehr dazu. Er hat es einmal getan. Annabelle gab ihm darauf zu verstehen, dass es nicht seine Angelegenheit sei, die von ihr eingestreute Menge an jeglichen Gewürzen zu hinterfragen.

Das Tellergericht würde ihnen besser schmecken, wenn der Nachbar, der wie seine Ehefrau aufgegessen hat, nicht mehrmals versuchte, die Fischreste aus seinem Gebiss, genauer aus den Zahnlücken, zu entfernen, wozu er mit den Fingern am und im Mund herumhantiert. Ergänzend zieht er zwischen Zähnen und Lippen die Luft zischend hindurch, um mit schnalzenden Anstrengungen die Überbleibsel zu beseitigen, die er mit seinen wulstigen Fingern nicht herauszudrehen schafft. Seiner Frau scheint es nichts auszumachen. Sie ist es wohl gewohnt. Daher hält sie ihn nicht davon ab, obwohl andere Gäste sich im Raum aufhalten und an dem unappetitlichen Manöver mehr oder weniger Ekel empfinden könnten.

Annabelle hat das Glück, dem Mann nicht schräg gegenüber zu sitzen wie Lars. Somit hört sie lediglich die abstoßenden Töne und sieht nicht, wie er im Gesicht herumfummelt. Leider zahlt dieser erst, als er mit seiner Restebekämpfungsprozedur zu Ende ist.

Überrascht schaut Annabelle von ihrem Teller auf, als Lars das Ehepaar, bevor es aufsteht, fragt, ob es neben der Bushaltestelle im Zentrum von Kampen eine zweite am Ortsausgang in Richtung Wenningstedt gäbe.

„Wir benutzen nie die Busse, sondern sind mit Rädern unterwegs", antwortet die Frau.

Trotz seines Widerwillens gegen den Mann will Lars einen kleinen Scherz äußern.

„Also könnten Sie uns, wären wir mit Rädern unterwegs, helfen, Fahrradständer zu finden, nicht wahr?"

Das Ehepaar schaut sich an, weiß nicht so recht, wie es mit der Bemerkung umgehen soll, lächelt leicht genervt und verlässt das Restaurant, begleitet von der handelsüblichen Floskel der Bedienung, einen schönen Tag zu wünschen.

„Möchtest du ein Dessert, Annabelle?"

„Nein danke."

Also winkt Lars die Kellnerin herbei, bittet um die Rechnung. Er wolle mit Visa-Karte bezahlen. Sie holt das Kartengerät, gibt die Summe und die Kreditkarte ein. Die Unterschrift kontrolliert sie nicht.

Lange müssen sie nicht auf den Bus warten. Die Fahrt ist kurz, es sind nur zwei Kilometer zur Wenningstedter Hauptstraße. Nach dem Ausstieg suchen sie sich zwei Stücke Friesenkuchen beim Bäcker aus. In der Ferienwohnung leeren sie dieRucksäcke, legen die verschwitzten Oberteile zum Trocknen auf die Holzstühle auf dem Balkon, auf den vom Nachmittag an die Sonne scheint. Nachdem sie sich im Badezimmer Gesicht, Oberarme, Oberkörper und Füße abgespült haben, kuscheln sie sich ins Bett und genießen die Sonnenstrahlen, die durch die geöffnete Schiebetür, die das Schlafzimmer mit dem Balkon verbindet, ihre Körper wärmen.

Lars betrachtet liebevoll Annabelles Gesicht. Als sie es merkt, gibt sie ihm einen zarten Kuss auf Wange und Mund, dreht sich auf die andere Seite und räkelt sich in die Zudecke. Lars hört ihren ruhigen gleichmäßigen Atem, liest einige Seiten aus seinem Syltkrimi und schläft ebenfalls ein.

Lars zieht sein Portemonnaie aus der Gesäßtasche, entnimmt ihm die beiden Eintrittskarten, die ihm Annabelle zu seinem Geburtstag geschenkt hat, als sie am Samstag die Unterkunft bezogen und mit einem Glas Sekt darauf angestoßen hatten. Seine Mutter hatte vor der Abfahrt nach Sylt Lars angerufen, ihm gratuliert und zwei Karten für das Ballett Dornröschen im Opernhaus versprochen. Wenn überhaupt, wollte Lars am ersten Wochenende im September in größerer Gesellschaft feiern.

Annabelle und er wählen im Kursaal 3, der ‚Sylter Location mit Meerblick‘, aus den wenigen noch freien Plätzen zwei an der mit Vorhängen abgedunkelten Fensterfront aus. Es sind Außenplätze, von denen Lars, ohne andere Gäste in der Stuhlreihe direkt zu stören, aufstehen könnte, um den Raum zu verlassen, falls er sich unwohl fühlen sollte. An diesem Abend mit dem Auftritt der „Retroband“ von Sylt würde es weniger auffallen als in der Oper, wenn er den Saal verließe. Die Band, bestehend aus zwei Blechbläsern, einem Keyboarder und Schlagzeuger sowie zwei Gitarristen mit Melodie-, Rhythmus- und Bassgitarre, bringt mit ihren Oldies nach wenigen Liedern die Besucher in nostalgische Stimmung. Hellauf begeistert sind sie, als der einheimische Sänger Rudi Schurickes Capri-Lied intoniert und der große Vorhang geöffnet wird, sodass das Publikum den Sonnenuntergang durch die Glasfront live miterlebt und inbrünstig mitsingt.

Als alle den Refrain *Bella, bella, bella Marie, Bleib mir treu, ich komm‘ zurück morgen früh! Bella, bella, bella Marie, vergiss mich nie!* zum zweiten Mal anstimmen, singt Lars mit und schmettert laut in den Raum *belle, belle, belle Anna*. Amüsiert lehnt sich Annabelle leicht an Lars‘ Schulter und küsst ihn auf das rechte Ohr. Er erwidert die Geste der Zärtlichkeit, indem er über ihre Hand streicht.

„Bevor wir uns weiter im Turtelmodus bewegen, solltest du schnell ein Foto vom Sonnenuntergang machen. Einige sind bereits dabei.“

Die zweieinhalb Stunden inklusive einer zwanzigminütigen Pause vergehen schnell. Ein Erfolgslied nach dem anderen lässt die Männer und Frauen in ihren Reminiszenzen schwelgen. Ohne vier Zugaben werden die Musiker nicht von der Bühne gelassen.

Annabelle und Lars wollen den Abend nicht in der Bar im benachbarten Hotel ausklingen lassen, sondern in der Ferienwohnung. Lars ist nach dem Nachmittagsschläfchen ins Feinkostgeschäft gegangen und hat zwei Flaschen Blauen Zweigelt aus dem Burgenland gekauft.

Gut gelaunt prosten sie sich auf dem Balkon zu. Die Luft ist angenehm warm, ein milder Sommerabend klingt aus. Annabelle steckt sich eine Zigarette an, eine leichte Lord, während Lars seine Stanwell-Pfeife stopft und anzündet; auch die Bienenwachskerze, die Annabelle für den Syltaufenthalt eingepackt hat.

„Viele der älteren Generation hier im Saal haben beim damals gängigen Schwof in den Mai bei dieser Schnulze, dem Capri-Lied, ihren Partner angeschmachtet und auf dem Nachhauseweg die Melodie gesummt", vermutet Annabelle.

„Für einige Paare war dieser Hit bestimmt der Anfang ihrer Liebe und darüber hinaus ihrer Ehe", geht Lars darauf ein.

Einen Augenblick zögert Annabelle, als überlege sie, ob und was sie dazu ergänzen solle.

„Die Umstände unseres Beginns waren nicht so romantisch. Dass unsere Beziehung in einer Ehe endet, kann ich mir ehrlich gesagt nicht vorstellen. Mir genügt es, wenn ich ohne Ehering deine Zahnbürste bei mir im Badezimmerschrank sehe und ich meine auf deiner Waschbeckenablage."

Dabei zwinkert sie Lars zu, der mit dieser klaren Ansage nicht gerechnet hat, obwohl sie das verdeutlicht, was in seinem Sinne ist. Eine Ehe oder ein gemeinsamer Haushalt würde für ihn ebenso wenig in Frage kommen.

Sie trinkt den Rest des zweiten Glases aus. Lars hat bereits ausgetrunken und holt aus der Küche eine neue Flasche. Er gießt die beiden Gläser voll und holt von der breiten Ablage des Fernsehers seine Digitalkamera. Annabelle setzt sich in Positur, hebt das Glas, als wolle sie einen Toast ausbringen, und lässt sich, gelockert lächelnd, fotografieren.

„Übrigens, wie sind die Fotos vom Abendrot geworden?", fragt Annabelle.

Lars beugt sich nach dem auf dem Balkonboden neben seinem Stuhl abgelegten Mobiltelefon und öffnet die Galerie. Sie stecken die Köpfe zusammen und schauen sich die Bilder an.

„Dieser feurig leuchtende Sonnenball! Herrliche Aufnahmen."

Zufrieden lehnt sie sich zurück und inhaliert einen Zug, bevor sie das Glas ergreift.

„Prost, Lars!"

„Prost, geliebte Capri-Perle. »

Nachdem beide die Abendtoilette erledigt haben, allerdings, ohne sich die Zähne zu putzen, ziehen sie sich gar nicht erst ihre Nachtanzüge an, sondern legen sich unbekleidet nebeneinander. Lars schiebt den rechten Arm unter Annabelles Nacken, zieht sie zu sich, und sie küssen sich. Die Zungen beginnen mit ihrem Spiel der Umkreisungen und suchenden Berührungen im vom Rotwein getränkten und vom Nikotin beschlagenen Mund. Lars linke Hand gleitet zu Annabelles kleinen Brüsten und streichelt sie sanft, während Annabelles kurze, aber spürbare Fingernägel leicht kratzend Lars' Rücken hinuntergleiten. Lars' Lippen drücken sich in ihren Bauch, und die Zunge umspielt den Bauchnabel. In dem Moment klingelt sein Handy. Es dauert ein wenig, bis der anschwellende Klingelton zu ihm durchdringt.

„Das ist Schikane pur.“

Er setzt sich auf die Bettkante, reibt sich über das Gesicht und beobachtet, wie sein Penis zur Normalgröße schrumpft, im Gegensatz zum Klingelton abschwillt. Er eilt in das Wohnzimmer.

„Weißt du, wie spät es ist, Mutti?“

„Du hast mir heute Mittag versprochen, im Laufe des Tags anzurufen. Ich hatte mich so darauf gefreut. Doch du denkst nicht an mich. Hauptsache, ihr vergnügt euch auf Sylt. Mir geht es ganz schlecht, und keiner ist bei mir.“

Lars' Mutter klagt über ihren Zustand und baut sofort einen Vorwurf ein, damit Lars in die Defensive gerät. Er lässt sich dieses Mal nicht auf ihr Spielchen ein. Zu sehr hat er den ganzen Tag die körperlichen Berührungen mit Annabelle herbeigesehnt. Wenn er ein schlechtes Gewissen haben sollte, dann gegenüber seiner Freundin wegen dieses Störmanövers. Er sollte weniger verständnisvoll seiner Mutter gegenüber sein.

„Mich interessiert nicht, was mit dir los ist. Du störst uns. Ich brauche dir wohl nicht zu erklären, wobei.“

Stille. Lars wartet. Annabelle macht ihm vom Bett aus Zeichen, ruhig zu bleiben.

„Warum geht's dir nicht gut?“, lenkt Lars nach einer Weile ein.

„Ich hatte einen Alptraum“, meldet sich Gerlinde wieder, mit leidendem Tonfall, „ich war im November mit dir und deiner Annabelle zusammen auf Sylt. Die Luft war diesig, ein leichter Nieselregen fiel, niemand war in der Nähe der Uwe-Düne. Ihr habt mich gedrängt, weiter und weiter die Stufen hochzusteigen, obwohl mich der Aufstieg kreislaufmäßig äußerst belastete und ich schwer atmete und kaum Luft bekam. Und als ich schließlich die Aussichtsplattform erreicht hatte, habt ihr euch vielsagend angesehen und mich hämisch aufgefordert, an das Holzgeländer zu treten und mich daran festzuhalten, um dann, als ich es getan hatte, mir die Hände wegzureißen, mich von hinten zu packen und mich hinunterzustoßen. Im Fallen bin ich wach geworden, mein Puls raste, und ich erinnerte mich nicht, wo ich mich befand, bis ich endlich den Schalter von der Nachtischlampe ertastet und das Licht angemacht habe. Mir ist übel, und ich wusste keinen anderen Ausweg, als dich anzurufen. Du bist doch mein Sohn, Lars!"

Die letzten Worte gehen ins Weinen über. Lars überlegt, was er sagen sollte. Könnte er vor diesem Hintergrund überhaupt sauer sein, zumal er vergessen hatte, mit ihr zu telefonieren, weil er nach dem Nachmittagsschlaf einkaufen war? Und ab 19 Uhr waren sie wegen des Konzerts unterwegs. Müsste er nicht seine Mutter beruhigen und Verständnis aufbringen?

Er schaut zu Annabelle, die aufrecht sitzend ihn vom Bett aus betrachtet. Welche Reaktion erhofft er sich von ihr? Sie hat alles mitgehört, weil Lars sofort auf ‚laut' gedrückt hatte. Von ihren Lippenbewegungen liest er ab „Vertrag dich." Sie lächelt, zeichnet in der Luft mit den Zeigefingern ein Herz und pustet ihm einen Kuss zu, wofür er sich dankend tief verbeugt.

„Mutti, höre bitte auf zu weinen. Ich habe mich nicht bei dir gemeldet, das war nicht in Ordnung. Denk nicht weiter über den Traum nach. Nimmt eine Schlaftablette."

„ Mach ich, es tut mir leid, Lars."

Und als er ihr sagt, es tue auch ihm leid, verabschiedet sie sich und wünscht ihm weitere vergnügliche Tage.

Lars legt das Handy zurück an den Platz, nachdem er es ausgeschaltet hat. Eine zweite nächtliche Überraschung wäre des Guten zu viel. Annabelle gibt ihm zu verstehen, nicht mehr über den Anruf zu reden. Sie sollten schlafen. Enttäuscht stopft sich Lars das geknüllte Kopfkissen zwischen linken Arm und Brust, so als hätte er einen weichen, knuffigen Teddybären wie in seiner Kindheit an sich gedrückt, ohne den er früher nicht eingeschlafen wäre.

Dieses Gefühl kuscheliger Wärme in seinem Kinderbett war von dem Tag an vorbei, als sich Lars - neugierig auf die inneren Organe seines Teddys - die Nagelschere aus dem Etui seines Vaters holte und in dem Fell herumstocherte, bis er es so weit geöffnet hatte, dass er ihn ausnehmen konnte. Ein Schock für ihn, als er sah, dass nach diesem chirurgischen Eingriff ein schlaffer Stofffetzen übrig blieb, der sich eben nicht mehr knuddeln ließ, aber immerhin unter Lars' Matratze verblieb und dort seine letzte Ruhestätte erhielt.

Seine Eltern waren nicht gerade erbaut von seinem Forschungsdrang und machten ihm wütend Vorwürfe, dass er sich hätte verletzen können Was sie letztendlich besänftigte, war die daraus resultierende Chance der Entwöhnung. Diese dauerte allerdings eine Woche, in der seine Mutter lange am Bett verweilte und sich Geschichten ausdachte beziehungsweise aus den Kinderbüchern vorlas, bis Lars nach ein bis zwei Stunden müde wurde und einschlief, ohne den Teddy im Arm zu halten.

„Lass uns ein Stück weitergehen", sagt Annabelle, als sie durch den Trampelpfad den Strandabschnitt zwischen der Strandoase und Rantum betreten, von wo aus zwei Nudisten um die 60 Jahre auf die spiegelblanke Nordsee starren. Die Sonne in ihrem Rücken beobachten sie, wie jemand sich vom Ufer entfernt, nicht schwimmend, sondern auf einem Brett, das er mit dem Paddel vorantreibt.

Dieses Mal haben Lars und Annabelle das Badezeug eingepackt. Das Wasser hat eine Temperatur von 20 Grad, warm genug für Annabelle, für Lars sowieso. Hundert Meter weiter, dort wo der Hundestrand anfängt, breiten sie ihre Decke aus.

„Lieber ein paar Hunde in der Nähe als alte Säcke nebenan", meint Lars, als er sich bis auf die Badehose auszieht.

„Na ja, so jung bist du auch nicht mehr", wendet Annabelle belustigt ein.

„Das stimmt, jedoch hält mich das Alter zurück, mein Gemächt und dessen Altersringe zur Schau zu stellen. Es reicht mir vollkommen, wenn nur du einen Blick darauf wirfst."

„Gestern Morgen vor dem Frühstück war es nicht nur ein Blick, Lars", konkretisiert sie, und Lars denkt schwelgend daran, wie sie miteinander gezärtelt und den befreienden Orgasmus genossen haben und ihre vor Schweiß triefenden Körper im Nachgang liebkosten. Ohne zu rauchen, standen sie danach auf und frühstückten gut gelaunt zwei Roggenvollkorn-, zwei Mohnbrötchen und eine Schrippe, belegt mit

Marmelade, Serrano-Schinken und Ziegengouda. Annabelle las dazu die Sylter Rundschau, Lars die Kieler Nachrichten.

„Wenn es gestern Morgen mit uns nicht geklappt hätte, wäre ich mit dir stante pede in die Dünen gestapft. Ohne Rücksicht auf körnige Rückstände am Körper und in Körperöffnungen hätte ich dich im Sand des Naturschutzgebiets verführt", sagt Lars und balzt albern herum. „Alternativ hätten wir uns in der Besenheide vergnügen können", setzt er seine Phantasien fort, „Um uns herum die Dekoration aus Niedriger Schwarzwurzel, Thymian-Seide sowie Geflecktem Knabenkraut, beobachtet von Feld-Sandläufern, Kreuzkröten und Feldmäusen und das Ganze musikalisch untermalt von den Gesängen der Wiesenpieper und der Feldlerche. Steh auf, Perle der Sylter Auster, lass dich umarmen."

Kaum hat sich Annabelle aufgerichtet, als Lars die Arme um ihren Rücken legt und sie in vier Karussellrunden um sich schwingt und vorsichtig auf ihre Füße stellt.

„Ich glaube, wir sollten ins Wasser. Eine Abkühlung täte dir gut, bevor du dich überanstrengst".

Annabelle läuft los. „Nun komm!"

Dort, wo sie ins Wasser springen wollen, nähert sich ihnen ein Neufundländer mit ergrauter Schnauze, der zu einer Frau gehört, die auf dem Rücken liegend leichte Schwimmbewegungen macht. Vergeblich ruft sie nach dem Hund. Ihn interessieren mehr die Neuankömmlinge und lässt sich lieber von ihnen kraulen als die an Land gespülten Krebse zu beschnüffeln.

„Hierher ins Wasser, los!"

Entweder befolgt der Rüde nicht ihren Befehl, weil er im Senioren-Alter ist und die Worte gegen den vom Festland über die Insel wehenden Ostwind nicht zu ihm durchdringen, oder er hat keine Lust auf Gehorsam. Ebenso missachtet er die Anweisung ‚Lauf zu Papa!', der nicht mit Kindern in der Mitte des breiten Strandes sitzt, sondern zusammen im Rudel mit drei weiteren Neufundländern. Der Hundepapa scheint genauso stur zu sein wie der Rüde. Obwohl er aufgefordert wird, das eigenwillige Tier anzuleinen, verlässt er nicht seinen Platz. Lars ruft der Frau zu, sie hätten kein Problem mit dem Hund, zumal sie ins Wasser gehen würden.

Nachdem sie sich nass und die Körper mit der Wassertemperatur vertraut gemacht haben, schwimmen sie ruhig hin und her durchs glatte Wasser und drehen sich ab und an auf den Rücken. Sie tauchen in Abständen ein paar Meter, lassen dabei die Augen wegen des Salzwassers geschlossen. Jedes Mal, wenn sie die Köpfe aus dem Wasser heben, berühren sich ihre Körper, und ihre Lippen tauschen den Salzgeschmack aus.

Beim Zurückschwimmen sehen sie, dass die Hundehalterin bereits aus dem Wasser ist und mit dem Hund, ihn streichelnd, zu der Mensch-Hunde-Familie geht. Sie beugt sich zu ihrem sitzenden Mann hinunter und verpasst ihm mit der flachen nassen Rechten einen Klaps auf seinen Schädel. Als Annabelle und Lars in zwanzig Meter Entfernung lachend vorbeilaufen, gucken die Neufundländer sie gelangweilt an, während das Paar wie zufällig in die andere Richtung schaut.

Leicht erschöpft von der körperlichen Aktivität in der Nordsee, trocknen sie sich ab, trinken Mineralwasser und rücken ihre Körper wärmend auf der Decke zusammen. Die Hunde sind ruhig, Kinder toben nicht herum, und die wenigen Möwen äußern sich nicht lautstark im Kampf um Muscheln oder Krebsfleisch, wie die beiden es beim letzten

Strandgang beobachtet haben. Eine Sturmmöwe lief ihrer Artgenossin krakeelend hinterher. Sie hatte es auf den Taschenkrebs abgesehen, dessen Brustpanzer die andere im Schnabel hielt, aus dem links und rechts die Scheren hingen.

„Es ist 13 Uhr. Wollen wir weiter bis zur Strandmuschel?" fragt Lars gähnend Annabelle, die ihn, von der Sonne geblendet, anblinzelt.

„Gute Idee, zu lange möchte ich nicht in der Mittagssonne braten."

Je mehr sie sich dem Aufgang zum Restaurant nähern, desto belebter wird der Strand. Schulklassen mit Schülerinnen und Schülern von vierten und sechsten Klassen laufen schreiend ins Wasser und spritzen sich an. Andere, meist die Mädchen, gestalten den feuchten Sand und formen Seejungfrauen sowie Muscheln. Die Lehrkräfte geben Anweisungen und widmen sich ihren Smartphones.

Die Zahl der Lach-, Sturm- und Silbermöwen hat sich drastisch erhöht. Bei der Ansammlung von Menschen finden die Wasservögel ohne große Anstrengungen Futter. Eine leichte Beute, nicht nur am Strand oder an den Strandpromenaden, wie er es mit seiner Mutter erlebte. Er hatte sie zu ihrem 75. Geburtstag - vor drei Jahren - zu einem dreitägigen Hotelaufenthalt auf Sylt eingeladen. In der Friedrichstraße von Westerland, dem Laufsteg von Sylt, wurden ein Ehepaar und ihr kleiner Sohn von zwei Möwen attackiert. Sie ließen vor Schreck die Pommes mit Mayo und Ketchup fallen, auf die sich die Vögel in ihrer Kampf-Einflugschneise stürzten.

Gerade als sie den Aufgang erreichen, Annabelle vorweg, Lars hinterher, läuft ein Pekinese an ihnen und einem

Strandkorb vorbei, wodurch ein älterer Herr von der Beschäftigung mit einem Rätselmagazin abgelenkt wird. Sofort empört er sich über die Hundehalterin, weil hier nicht der Hundestrand sei. Als deren Mann das hört, baut er sich aggressiv vor ihm auf:

„Du Arsch, du alter Penner, halt gefälligst deine Fresse, sonst schlage ich dir dein Kukidentgebiss raus und vergrabe es hier im Sand."

„Nein, Lars, du mischt dich nicht ein."

Annabelle hat sich umgedreht und fasst Lars an den Arm.

„Keiner macht Anstalten, darauf einzugehen. Komm' weiter."

Der aggressive Kerl wartet auf eine Reaktion, doch der Beschimpfte sieht nicht hoch. Schließlich entfernt sich das Paar mit dem Pekinesen in Richtung Hundestrand, an dessen Zugang über den anderen Parkplatz sie möglicher Weise irrtümlich vorbeigefahren sind.

Mit dem kleinen Handtuch, das Annabelle eingepackt hat, wischen Lars und sie auf der Bank den Sand von den Füßen ab und ziehen sich Strümpfe und Schuhe an. Sie kehren in die ‚Strandmuschel' ein und bestellen zwei Gläser Weißweinschorle sowie einen Auberginen - Zucchini - Salat mit Walnussöl und grob geraspeltem Manchego - Käse. Sie könnten rauchen, da sie auf der Terrasse einen freien Strandkorb gefunden haben, doch am Wasser, am Strand und in den Dünen schmeckt ihnen der Tabak nicht. Das Getränk und der Salat werden gleichzeitig serviert. Das Verhältnis von Ölmenge und den mediterranen Zutaten ist ausgewogen, der Manchego separat auf dem Teller, was die beiden lieber mögen als die Durchmischung.

Ein wohliges Gefühl durchströmt Lars. Es sind diese Momente, in den man sich nichts sagen muss. Als gäbe es keine beruflichen oder privaten Sorgen. Als wäre er mit Annabelle allein an diesem Ort, von tiefer Ruhe und Zufriedenheit durchdrungen. Seltene Augenblicke, in denen die Welt still zu stehen scheint. Kein Gewitter mit Donnerschlag und wilden Blitzen in Sicht, dafür das Läuten des Mobiltelefons. Das Display zeigt nicht die Festnetznummer von Lars' Mutter an, sondern der Nachbarn, des Ehepaars Schröder. Herr Schröder ist es, der mitteilt, dass er wegen Lars' Mutter den Arzt habe rufen müssen.

Am späten Vormittag sei er auf dem Weg in den Keller am Briefkasten vorbeikommen, in dem die Kieler Nachrichten steckten. Seine Frau und er hätten sich Sorgen gemacht, mit dem bei ihnen hinterlegten Ersatzschlüssel die Wohnung geöffnet und sie, völlig in Tränen aufgelöst, auf dem Sofa erblickt. Zwischen dem verzweifelten Weinen und Schluchzen habe sie ununterbrochen nach ihrem Sohn gerufen. Als der Hausarzt eine halbe Stunde später eintraf, sei der Zustand nur geringfügig besser geworden.

„Der Arzt diagnostizierte - ich zitiere - einen ‚agitierten Zustand eines Nervenzusammenbruchs', was die Einlieferung in eine Klinik nötig gemacht hätte. Aber die besänftigenden Worte des Arztes drangen langsam zu Ihrer Mutter durch. Sie ist schließlich bereit gewesen, eine starke Beruhigungstablette zu schlucken. Dennoch ist es besser, Herr Bach, wenn Sie herkommen."

„Ich werde so bald wie möglich losfahren. Sagen Sie meiner Mutter, heute Abend bin ich bei ihr. Vielen Dank, Herr Schröder, auch an Ihre Frau."

„Das ist selbstverständlich. Ich glaube, Ihre Mutter vermisst ihren Mann."

Lars will ihm nicht widersprechen.

„Das ist es bestimmt. Nochmals vielen Dank."

Damit endet der gemeinsame Urlaub zwei Tage früher als geplant. Annabelle ist aber partout nicht bereit, Lars zu begleiten. Das sagt sie ihm ohne Umschweife, nachdem er die Ereignisse geschildert hat.

„Ich fahre wie vorgesehen am Samstag, und zwar mit dem Zug. Jetzt lassen wir uns ein Taxi kommen und in die Unterkunft fahren. Du packst deine Sachen. Um alles andere kümmere ich mich. Am Samstag gebe ich Wohnungsschlüssel und Kurkarten ab und werde so rechtzeitig am Bahnhof sein, dass ich einen Sitzplatz bekomme."

„Annabelle, es tut mir leid."

„Es ist, wie es ist. Lass endlich das Taxi von der Bedienung rufen."

Während Lars bezahlt und es veranlasst, hört er, wie Annabelle die Textzeile eines Lieds von Element of Crime zitiert: *„Wenn du zu lange in die Sonne siehst, wirst du blind."*

7. Kapitel: Leeres Bett

Hastig öffnet sie die Handtasche und greift nach dem Husten-
bonbon im Taschentuch. Es klebt fest. Sie reißt es los und stopft
es in den Mund. Sie kann es nicht hinunterschlucken, es steckt
fest. Sie droht zu ersticken. Um sie herum ist alles verstummt.
Die Akteure auf der Bühne bewegen sich nicht mehr, kein Ge-
sang entströmt ihren Kehlen. Sie hampelt mit hochrotem Kopf
vor ihrem Platz herum, will nach draußen, doch Lars versperrt
ihr den Weg, in seinen Augen Kälte und Feindschaft. Nach
Luft japsend wirft sie den Kopf hin und her, schlägt mit ihrer
Tasche auf Lars ein. Das Publikum löst sich aus der Starre und
beklatscht anfänglich zaghaft, dann begeistert die Szene. Im
Staccato-Rhythmus kreischen sie unablässig „Mehr". Die Köni-
gin der Nacht applaudiert, Papageno imitiert die krampfarti-
gen Verrenkungen. Die Zuschauer ergötzen sich an den nach-
äffenden Bewegungen und grölen durchs Theater. Das Orches-
ter beendet alles mit einem ohrenbetäubenden Tusch.

Gerlinde schreckt hoch. Ihr Puls jagt. Das Nachthemd
klebt am Körper. Die aufgerissenen Augen starren in die
Schwärze des Zimmers. Verwirrt und hektisch wühlt sie auf
dem Nachttisch herum. Sie berührt die Packung Papierta-
schentücher und stößt an das Glas Mineralwasser, das mit
lautem Knall auf dem Holzfußboden zerbricht. Neben der
Schachtel mit den Baldriantabletten ertastet sie endlich den
Schalter der Lampe. Sie sieht auf den Druck von Monets Le
Bassin aux Nymphéas auf der Wand gegenüber. Ihr nächster
Blick gilt der anderen Hälfte des Ehebetts, die nicht mehr als
Schlafstätte genutzt wird, sondern als Ablagefläche für ihre
Bücher, in diesen Tagen für das Buch ,Kindeswohl' von Ian

Mc Ewan auf der grau-blauen Tagesdecke. Der Alp, der ihren Brustkorb in seinen Schraubstock gesteckt hat, ist verschwunden. Gerlindes Atmung wird ruhiger. Trotzdem drückt sie aus der Packung vier starke Baldriantabletten. Sie dreht sich vorsichtig aus dem Bett. Es macht ihr nichts aus, dass der eine Fuß von dem ausgekippten Wasser nass wird. Langsam, damit ihr nicht schwindlig wird, richtet sie sich auf und bleibt einen Moment stehen, um dann aus der Küche ein neues Getränk zu holen. Die Küchenuhr zeigt 02.23 Uhr an.

Zurück im Bett schluckt sie die Beruhigungsperlen mit dem O-Saft hinunter. Um sich vom Gedanken an den aufwühlenden Traum abzulenken, greift sie nach dem Roman und liest weiter, gerade an der Stelle, an der die Richterin sich schmerzhaft einsam fühlt, weil sich ihr Mann bei einer viel Jüngeren austoben will. Am liebsten würde Gerlinde ihr sagen, sie solle sich wegen solcher Lappalie bloß nicht verrückt machen. Sie habe mit ihrem Mann viel Schlimmeres erleben müssen.

Die Leere des Betts hat sie nicht einmal nach Kurts Tod drastisch gespürt. Sie waren die vergangenen Jahre selten gemeinsam ins Bett gegangen; zu unterschiedlich waren ihre Fernseh- und Lesegewohnheiten. Kurt blieb länger vor der Kiste, schlief dabei oft genug ein. Sein Schnarchen hörte sie bis ins Schlafzimmer, in dem sie ihr Buch las. Wann er sich schließlich neben sie legte, bekam sie nicht mit; nur das Schnaufen, wenn er sich beim Schnarchen verschluckte oder sich stöhnend zum Nachtpinkeln aus dem Bett wühlte. Selten, dass sie sich außer zu Geburtstagen oder Festtagen liebevoll umarmten. Seine Versuche, sie zu streicheln, ähnelten dem Abstauben mit einem Tuch.

Im Gegenteil, nach dem kurzen Schmerz genoss sie das Alleinsein. Keiner kommentierte, was sie machte, wie sie es machte und wann sie es machte. Es war herrlich. Sie fühlte sich oftmals beschwingt, wie beschwipst, als hätte sie auf leerem Magen ein Glas Wein getrunken. Für die Gänge zur Bank und in die Läden ließ sie sich Zeit, beobachtete das Drumherum, so als würde sie die Umgebung neu entdecken, obwohl ihr alles vertraut war.

Das hatte allerdings einige Jahre gedauert, bis das Fremde in Gaarden nicht mehr unbekannt blieb, weil Kurt und sie sich mit der Entwicklung von einem Arbeiterviertel in einen Migrationsstadtteil arrangierten, aber nicht unbedingt anfreundeten. Das war ihr persönlicher Modus Vivendi als Konsequenz schleichenden gesellschaftlichen Wandels. Und dazu gehörte, dass Kurt sich die letzten Jahre von einem türkischen Herrenfriseur die Haare schneiden ließ und sie Kleidungsstücke in eine anatolische Änderungsschneiderei gab. Ab und an aßen sie Döner und Salat im Imbiss auf dem Vinetaplatz; nicht aus Gründen der Völkerverständigung, sondern eher wegen des Appetits und der Nähe zu ihrer Wohnung. Sie tauschten belanglose Worte mit den vier türkischen und zwei afghanischen Familien, deren Kindern sie ab und zu Süßigkeiten schenkten.

In der häuslichen Nachbarschaft gab es nie Schwierigkeiten. Im Gegensatz dazu der politische Krawall zwischen Anhängern und Gegnern Erdogans nach dem gescheiterten Putsch gegen ihn und den darauf verordneten Massenverhaftungen und Massenentlassungen. Sie verfolgte von ihrer Loggia aus, wie die Gruppen aufeinander losgingen und wie mühsam es für die Polizisten war, sie zu trennen und die Ruhe wiederherzustellen. In den umliegenden Häusern waren einige Fenster geöffnet. Junge Leute filmten und fotografierten die Auseinandersetzung aus sicherer Entfernung. Sie selbst kam sich vor, als hätte sie einen Logenplatz. Fehlte nur noch das aufspielende Philharmonische Orchester Kiel, das die Bewegungen der aggressiven Demonstranten furios-rhythmisch synchronisierte.

Erstaunlicherweise stören sie diese Konflikte nicht, sie nimmt sie gleichgültig hin, sie sind Teil des Modus Vivendi. Was bringt es, wenn sie sich darüber aufregt? Sollen sie sich doch die Köpfe gegenseitig einschlagen. Diejenigen, mit denen sie täglich Kontakte hat, wenn auch oberflächliche, sind friedlicher Natur. In dieser Angelegenheit waren Kurt und sie einer Meinung. Typisch dafür war seine rhetorische Frage. „Was geht uns das an?"

Sie wird müde. Die Baldriantabletten wirken. Sie legt das Buch beiseite und schläft ein.

Trotz der längeren Unterbrechung ihres Schlafes wird sie früher wach als sonst. Sie hat nicht das Gefühl, als könnte sie weiterschlafen, wenn sie sich auf die andere Körperseite drehen würde. Sie räkelt sich und streckt die Arme nach oben. Sie schaut durchs Zimmer, zieht die Beine leicht an und rollt sich auf die Seite, um auf diese Weise besser aufzustehen. Sie zieht den Vorhang beiseite, öffnet das Fenster zum Hinterhof und atmet tief ein. Die Sonne scheint ihr ins Gesicht. Auf den Zweigen der in der Mitte des Hofes wachsenden Ulme zwitschern die Vögel. Meistens schläft sie abends mit der Vorfreude auf diese morgendlichen Ständchen für sie ein. Diese hellen, wenn auch manchmal schrillen Töne waren das Alternativprogramm zu Kurts morgendlichen Bronchialgeräuschen, die nach zehn Minuten im Badezimmer zwar abklangen, aber bei den kargen Wortwechseln am Frühstückstisch in seiner leicht heiseren Stimme nachwirkten.

Dennoch stellt sich bei Gerlinde keine Leichtigkeit ein. Schon die letzten Tage verliefen nicht wie in den ersten Wochen nach Kurts Tod. Zwar hatte sie ihn anfänglich vermisst, aber vor allem weil die Gewohnheit durchbrochen war. Im Unterschied zum getrennten Einschlafen hatten sie am Frühstückstisch gemeinsam gesessen. Manchmal klärten sie ab, was sie einkaufen mussten, versicherten sich, wie gut die Brötchen schmeckten und wie lecker die Schwartauer Marmelade sei. Sie teilten die Kieler Nachrichten auf und lasen für sich und manchmal dem anderen eine interessante Passage aus einem Artikel vor.

Bereits nach wenigen Tagen vermisste sie ihr Frühstücksprogramm nicht mehr. Das galt ebenso für die weiteren Tagesabläufe und für die Nächte. Sie konnte besser schlafen, mit weniger Unterbrechungen als mit Kurt neben sich.

Aber seit Lars mit seiner Freundin Annabelle auf Sylt ist, ist sie von einer inneren Nervosität erfasst. Und dann dieser fürchterliche Traum vorgestern kurz vor Mitternacht. Als wäre das nicht schon genug, musste sie sich am Telefon Lars' Geschrei anhören. Und das nur, weil er und seine neue Flamme Sex miteinander hatten. Ihr ging es schlecht, und er faselte was von ‚Unterbrechung' - oh, der arme Sohn -, als müsse sie sich deswegen mies fühlen. Wenn er nicht mit Annabelle dort die Tage verbringen würde, hätte sie nicht von ihrer und Lars' Gewalttätigkeit gegen sie auf der Uwe-Düne geträumt. Damit haben sie erst ihre Ängste hervorgerufen.

Hätte Lars sie öfter angerufen, wäre sie bestimmt nicht so überreizt gewesen. Inzwischen bedauert sie, dass sie so blöd gewesen war, nicht selbst mit Lars gefahren zu sein. Das kommt bei ihrer Gutmütigkeit heraus. Während sie eine Stunde danach wach lag, haben die beiden bestimmt ihre Aktivitäten fortgesetzt und keinen Gedanken an sie verschwendet. Na ja, die zwei Tage bis Samstag wird sie verkraften können. Sie überlegt, ob sie Lars und Annabelle trotz des hässlichen Zwischenfalls zum Kaffee einladen soll. Sicherlich werden sie nach der Rückfahrt hungrig sein.

Die Zeitung müsste unten im Briefkasten sein. Die Austrägerin macht ihren Gang am Vinetaplatz bereits zwischen halb sechs und sechs Uhr. Aber sie hat keine Lust runterzugehen. Später werden die Informationen nicht andere sein. Bei Kurt musste die Zeitung zum Frühstück auf dem Küchentisch liegen. Während sie diesen deckte und Kaffee kochte, holte er die KN hoch.

Großen Appetit hat sie heute nicht. Wieder geht ihr der Traum von heute Nacht durch den Kopf. Wie kann man bloß solchen Mist träumen?

Im Badezimmer geht ihr erster Blick auf die Oberfläche der Fliese, von der ein Teil durch den Wurf mit der Seifenschale abgeplatzt war. Die Schale lag auf dem Fußboden in Scherben, als sie nach der ‚Zauberflöte‘ Kurt neben der Toilette fand. Jedes Mal hat sie dieses Bild vor Augen, wobei sie, wenn sie ehrlich ist, den Bruchstücken mehr Beachtung geschenkt hatte als ihm. Sie mussten nämlich beseitigt werden, bevor sie Lars anrief und er zurückkam. An seinen späteren Nachfragen erkannte sie eine gewisse Skepsis gegenüber ihrer

Version. Hätte er die kaputte Schale gesehen, hätte er gleich gewusst, dass etwas vorgefallen war.

Die Kaffeemaschine stellt sie nicht an, sondern füllt zwei Teelöffel Kaffee in ihren Becher, einem Souvenir vom Schottlandurlaub mit der schottischen Distel drauf. Gerne und oft erinnert sie sich daran, wie ihr der Aufenthalt mit Lars auf der britischen Insel guttat. Sie gießt das heiße Wasser aus dem Kocher auf den Kaffee und lässt ihn fünf Minuten sacken. Vorsichtig gibt sie die Kaffeesahne dazu. Sie nimmt einen Schluck und schmiert sich eine halbe Scheibe Graubrot mit Butter und Honig. Während sie mit Kurt dreimal die Woche frische Brötchen aß, die er gekauft hatte, während sie sich im Badezimmer fertig machte, isst sie Brötchen nur, wenn sie diese am Tag vorher mitgenommen hat, um sie auf dem Toaster kross zu rösten.

Sie macht das Radio an, etwas, was ihr Mann nicht mochte. Er wollte seine Ruhe beim Frühstücken und Zeitungslesen. Ihr gefällt es, wenn sie den Liedern auf NDR 1 lauschen kann.

Seit dem Beginn ihrer Pension hat sie mit Kurt Mau Mau oder Rommé nach dem Frühstück gespielt, oder sie haben gemeinsam eingekauft. Kniffeln mochte sie nicht gerne. Bei dem Würfelspiel hatte sie ihn mehrere Mal beim Schummeln erwischt, als er die erzielten Punkte falsch aufschrieb oder viermal die Würfel warf, was er selbstverständlich von sich gewiesen hatte.

Den Garten besaßen sie schon lange nicht mehr. Sie hatte sich geweigert, ihre einstige grüne Idylle jemals wieder zu betreten. Sie wollte es sich nicht antun, Kurts Geliebte im Ellerbeker Gartengebiet anzutreffen und sich von ihr abschätzig mustern zu lassen, obwohl sie vom Körper und Geist her mehr zu bieten hatte als die schmalbrüstige Zicke, deren Falten im Gesicht von ihrem übermäßigen Zigarettenkonsum zeugten. Auch nach deren Tod wollte keine Freude mehr am Garten aufkommen. Und Kurt und sie schafften es danach nicht, sich über seine Eskapaden zu unterhalten. Ihre Anregung vor vielen Jahren, eine Paartherapie zu machen, hatte er mit einem „albern" abgetan. Damit war es für ihn erledigt und hatte es für sie ebenso zu sein. Wenn sie an ihren Ausbruch voller verzweifelter Wut denkt und im Badezimmer Gewissensbisse wegen der Folgen an ihr zu nagen beginnen, ruft sie sich die Vergangenheit in Erinnerung, und schon verschwinden die Schuldgefühle.

Sie räumt die Sachen weg, und weil sie sich nicht noch einmal im Schlafzimmer hinlegen will, macht sie ihr Bett. Auf Kurts Bett bleibt die Tagesdecke. Einmal in der Woche lüftet sie sein Laken, seine Zudecke und sein Kissen aus, und alle vier Wochen bezieht sie beide Betten neu.

Das Buch nimmt sie mit ins Wohnzimmer, wo sie es sich auf dem Sofa bequem macht, mit dem Rücken zur Loggia. Vorhang und Gardine hat sie beiseitegeschoben, sodass sie die Stehlampe nicht anzuknipsen braucht.

Gerlinde steht vor der Badezimmertür und singt in ständiger Wiederholung die beiden Zeilen „Der Hölle Rache kocht in meinem Herzen, Tod und Verzweiflung flammet um mich her!" Auf dem Klodeckel sitzend schreckt Kurt verstört aus seinem leichten Dämmerzustand auf. Er reißt die Hände hoch und legt sie an die Ohren, um sich vor dem Gesang zu schützen, doch je mehr er drückt, desto mehr steigert sich der Gesang zu einem Schreien, dem jegliche Melodie abgeht. Mit jedem

Dacapo entweichen gellende und keifende Töne aus Trillerpfei-
fen. Wilde Blitze dringen in seine Augen ein. Pupille und Iris
verglühen weiß-gelb.

Gerlinde setzt sich ruckartig auf. Irritiert schaut sie um sich. Sie
ist im Wohnzimmer, sitzt auf dem Sofa. Nach dem Frühstück
hat sie sich hingelegt und gelesen. Die Uhr zeigt 12.35. Dann
muss sie bestimmt vier bis fünf Stunden geschlafen haben. Sie
war wohl zu erschöpft von der kurzen Nacht. Die Szene, die sie
geträumt hat, geht ihr nicht aus dem Sinn. Angewidert schüttelt sie den Kopf. Der Ekel richtet sich gegen sie selbst.

In diesem Augenblick bricht sie zusammen. Sie wirft sich
nach vorn und schlägt den Kopf mehrmals auf das Sofapols-
ter. Das Buch rutscht unter den Couchtisch. Verzweifelt reißt
sie die Arme hoch und schlägt sich mit den Händen ins Gesicht. Wochenlang war sie nicht fähig zu trauern. Jetzt birst
der Damm, und die aufgestauten Tränen überschwemmen
ihr Gesicht. Ihr Weinen geht über in ein schmerzliches
Schluchzen, unterbrochen von klagendem Wehgeschrei. Sie
kann kaum atmen. Der ganze Körper bebt. Durch den Dunst-
schleier vor den Augen sieht sie zwei Personen im Türrah-
men, die langsam auf sie zukommen. Sie erkennt sie nicht.
Irgendetwas sagen sie zu ihr. Es dringt nicht zu ihr durch. Sie
hört andere Laute, fremde, die aus ihrem eigenen Mund her-
ausbrechen. Jemand neigt sich zu ihr herunter. Es ist eine
Frau. Jetzt sitzt diese neben ihr, legt den Arm um ihre Schulter und zieht sie an sich. Der Mann gießt aus der Flasche auf
dem Tisch Mineralwasser in ein Glas und reicht es ihr. Sie
kann es nicht greifen. Die Frau nimmt es und führt es vorsichtig an ihre Lippen. Sie trinkt einen Schluck. Es klingelt.

Der Mann verlässt den Raum. Auf einmal sind sie zu zweit. Neben ihm steht einer mit einem breiten Aktenkoffer, den er auf dem Sessel abstellt. Er holt etwas heraus und tritt an sie heran. Auch er formt Worte, die für sie bestimmt sind, deren Bedeutung ihr nicht klar werden. Sie spürt Finger an ihrem Handgelenk, dann eine Manschette, die an ihrem Oberarm befestigt wird und die sich zusammenzieht. Das stramme Gefühl erträgt sie nicht. Der Versuch, sie zu entfernen, scheitert. Ihre rechte Hand wird festgehalten. Endlich lässt der Druck nach, und die Manschette wird entfernt. Der Mann hält einen kleinen Gegenstand in der Hand. Sie spürt einen Pieks. Etwas sickert in sie ein. Die Frau berührt sie sanft. Nach und nach hört Gerlinde sich nicht mehr weinen, der Tränenfluss stockt. Sie hustet und wischt sich über die nassen Wangen. Ihr gegenüber sitzt ihr Hausarzt, neben ihm steht Herr Schröder, ihr Nachbar, und es ist seine Frau, von der sie gestreichelt wird.

Sie fühle sich langsam besser. Nein, sie könne nicht sagen, was genau passiert ist. Sie habe wohl geträumt; was, könne sie nicht sagen. Ins Krankenhaus wolle sie auf gar keinen Fall. Sie werde heute Abend die Tablette nehmen. Lars müsse angerufen werden. Er solle bei ihr sein. Herr Schröder könne versuchen, ihn zu erreichen, die Telefonnummer habe er.

Dr. Brunkhorst schließt den Arztkoffer und verabschiedet sich. Während Herr Schröder in seine Wohnung geht, um zu telefonieren, steht Gerlinde mit Hilfe seiner Frau auf. Sie muss auf Toilette. Als sie zurückkommt, teilt Herr Schröder ihr mit, dass ihr Sohn zum Abend bei ihr sein werde.

Lars hat den Esstisch abgeräumt, das Geschirr und das Besteck im Geschirrspüler eingeordnet, die restlichen Scheiben gekochten Schinken, den Tilsiter, die Avocadocreme und Butter in den Kühlschrank gestellt, sowie die zwei Tomaten in die Schale auf der Arbeitsplatte gelegt. Und nun sitzen sie sich gegenüber. Gerlinde gießt den Rest Assam-Blatt-Tee in die Becher, und Lars zieht an seiner Pfeife. Gerlinde, die glücklich über seine Anwesenheit ist, liebt den Tabakgeruch, der sich langsam in der Wohnung verteilt. Als Lars nach gefühlten fünf Minuten der Stille anfangen will, vom Sylt-Urlaub zu berichten, unterbricht Gerlinde ihn. Ihr Gesicht wird ernst. Das Glücksgefühl ist einem tiefen Unbehagen gewichen. Erst stockend, dann immer schneller erzählend rückt sie mit der Wahrheit heraus. Sie lässt nichts aus; alles, woran sie sich erinnert, von dem, was geschehen ist, was Kurt und sie sich an den Kopf geworfen haben, was sie gedacht hat, wie ihre Befindlichkeiten nach seinem Tod sind. Sie nimmt keine Rücksicht, weder auf Kurt noch auf sich. Die Worte sprudeln nur so aus ihr heraus. Als sie ihre Beichte mit der Wiedergabe des letzten Traums am Vormittag beendet, blickt sie Lars zum ersten Mal direkt an. Lars' Pfeife liegt neben der Kandisdose. Seine Arme ruhen auf der Sessellehne. Wie versteinert und leichenblass scheinen seine Augen durch Gerlinde hindurch zu sehen, als würden sie hinter ihr an der Wand Szenen des Fegefeuers erfassen.

„Nun weißt du es."

Lars ändert die Körperhaltung nicht. Gerlinde nimmt einen Schluck Tee und stellt den Becher ab.

„Sag doch was."

Nichts geschieht.

„Bitte, sitz nicht einfach so da. Sprich mit mir."

Lars öffnet die Lippen, schließt sie aber sofort wieder. Er zieht die Arme auf den Lehnen nach hinten. Mit einem Ruck springt er auf, schnappt sich Streichhölzer, Tabak und Pfeife, dreht sich um und verschwindet im Flur. Im nächsten Moment schlägt die Wohnungstür zu.

Konsterniert schaut sie auf den leeren Sessel. Sie überlegt, ob sie ihm hinterher laufen soll. Die Loggia! Sie öffnet die Glastür. Unten ist Lars auf dem Weg zum Wagen. Sie hält sich an der Brüstung fest und ruft nach ihm. Er verlangsamt die Schritte nicht, schaut nicht nach oben, hält erst recht nicht an. Den Kopf nach unten gerichtet fummelt er in der Umhängetasche nach dem Autoschlüssel.

„Lars, komm zurück."

Galip und seine jüngeren Brüder, die sie oft vor dem türkischen Wettbüro in der Wikinger Straße sieht, hängen auf der Bank am Springbrunnen herum, äffen sie nach und brüllen: „Lars, komm zurück." Sie bewegen sich auf ihren Sohn zu. „Lars, los zu Mama. Mach' schon. Hörst du denn nicht? Mama, ruft dich." Lars schenkt ihnen keine Beachtung und schließt seinen Golf auf.

„Lasst meinen Sohn zufrieden", ruft Gerlinde ihnen laut entgegen.

„Dann schrei doch nicht so, Alte. Lass du ihn lieber zufrieden."

Gerlinde beobachtet, wie Lars den Motor anlässt, den Wagen ein wenig zurücksetzt und es endlich aus der Park-lücke schafft. Dennoch gelingt es dem Jüngsten der drei mit einem kräftigen Fußtritt den linken Außenspiegel aus der Verankerung zu hauen.

„Mama-Lars verpisst sich." Lauthals lachen sie los und klatschen sich ab, während sich Gerlinde zurückzieht in das Wohnzimmer.

8. Kapitel: Caruso

Der Regionalexpress erreicht den Kieler Hauptbahnhof mit
fünf Minuten Verspätung. Lars wartet am Anfang des Bahn-
steigs und sieht die ersten Fahrgäste aussteigen. Richtige
Freude kommt in ihm nicht auf, obwohl er sich nach dem
Wiedersehen gesehnt hat. Dazu ist er auch am zweiten Tage
nach dem - wenn man so will - Geständnis seiner Mutter zu
sehr aufgewühlt. Er konnte sich kaum auf andere Sachen
konzentrieren. Er hatte nicht einmal das Bedürfnis, Wolfram
anzurufen und vom Urlaub zu berichten, erst recht nicht, sich
mit ihm im East of Dublin zu treffen. Annabelle ist nicht eingeweiht trotz der drei Telefonate gestern, die ihm nicht leicht
fielen, weil er seine bedrückte Stimmung überspielen musste.
Dieses hatte er wohl übertrieben, denn sie fragte ihn, warum
er so aufgekratzt sei.

Endlich steigt Annabelle aus. Seine Schritte werden
schneller. Sie stellt ihren Koffer ab und erwartet ihn mit weit
ausgebreiteten Armen. Es wirkt, als hätten sie sich wochenlang nicht gesehen. Sie umarmen sich. Lars legt den Kopf an
ihren und schließt die Augen. So könnte es bleiben, und für
einen Augenblick taucht die Szene in der ‚Strandmuschel' auf,
in der er innere Ruhe und Leichtigkeit empfand, kurz vor
Herrn Schröders Anruf.

„Wir sollten weitergehen", flüstert Annabelle, nimmt dabei sein Gesicht zwischen die Hände und küsst ihn. Lars nickt
und greift nach dem Koffer. Sie verlassen den Bahnhof und
steigen in den Golf auf dem Kurzzeitparkplatz.

„Wohin führst du mich heute Abend aus?", fragt Annabelle erwartungsvoll.

„Ins Caruso am Blücherplatz." Dass Lars' Mutter sie vorher zum Kaffee erwartet, eröffnet er ihr erst, als sie im Wagen sitzen.

„Muss das sein? Ich wollte eigentlich sofort in meine Wohnung, mich duschen und hinlegen."

„Kann ich gut verstehen", sagt Lars. „Doch Mutti möchte sich damit entschuldigen, dass sie unseren Urlaub so jäh unterbrochen hat. Es tut ihr wirklich leid. Deswegen hat sie eine Kirschtorte zur Versöhnung vorbereitet."

Annabelle seufzt. „Aber ich bleibe nicht länger als eine Stunde!"

Lars drückt ihre Hand. „Danke!" Kurz informiert er Gerlinde per Handy, auf dem Weg zu sein. Viel Verkehr ist nicht, sodass sie nur fünf Minuten brauchen und sogar am Vinetaplatz einen Parkplatz finden. Sie steigen aus.

„Oh, unser Mami-Lars. Und in so schöner Begleitung", hört Lars. Die drei von Donnerstagabend hängen wieder am Brunnen ab.

„Nicht drum kümmern, Annabelle. Nicht auf die Provokation eingehen."

Sie betreten den Hausflur. „Was war das denn eben?", fragt sie.

„Ach, die Typen hielten sich hier auf, als Mutti mir vorgestern von der Loggia zurief, ich solle länger bleiben. Das haben sie aufgeschnappt und sich über uns lustig gemacht."

„Frech!"

Lars geht nicht weiter darauf ein. Er stößt Annabelle an. Und sie guckt mit ihm ins Treppenhaus hoch. Gerlinde steht oben am Geländer und winkt ihnen zu.

„Toll, dass ihr da seid."

„Besonders toll, wenn ich mir vorstelle, ich könnte auf meinem Sofa liegen." Die Bemerkung verkneift sich Annabelle nicht.

Als sie im dritten Stock ankommen, gibt Gerlinde Annabelle die Hand und zieht sie in die Wohnung. Lars ist es recht, so muss er seine Mutter nicht umarmen. Sie hatte es richtig eingeschätzt, dass er das nicht beabsichtigte.

Nachdem Annabelle und er sich die Hände gewaschen haben, setzen sie sich, reichen Gerlinde die Tassen zum Einschenken. Sie schneidet die Torte an und hebt die Kuchenstücke auf die Teller, darauf bedacht, ja keins umfallen zu lassen.

„Ich freue mich, dass Sie hier sind. Sie wären sicherlich gerne gleich nach Hause gefahren, oder?", fragt Gerlinde.

„Ehrlich gesagt, ja, Frau Bach."

„Das ist nachvollziehbar. Mir ist es jedoch wichtig, Sie gleich bei Ihrer Rückkehr um Entschuldigung zu bitten. Das fällt leichter, wenn die Atmosphäre durch Kaffee und Kuchen versüßt wird, oder?"

„Ja. Sie müssen sich nicht entschuldigen. Es steht mir nicht zu, Ihnen Vorwürfe zu machen. Sie hatten einen heftigen Nervenzusammenbruch. Wenn dergleichen bei meinen Eltern passiert wäre, hätte ich sofort den Urlaub unterbrochen, und Lars hätte dafür vollstes Verständnis gehabt."

„Lieb von Ihnen, Frau Loose. Ja, Lars ist so, er hätte es ohne Wenn und Aber akzeptiert. Lars, verdreh nicht die Augen. Ihm ist das Lob peinlich." Sie streckt ihm die Hand entgegen, zieht sie aber sofort zurück, als Lars keine Reaktion zeigt. Das Gespräch verstummt. Alle konzentrieren sich aufs Essen.

Lars geht durch den Kopf, dass die Unterhaltungen mit seiner Mutter seit Vaters Tod nicht mehr das Maß an Vertrautheit erreichen wie früher und sie nicht mehr so selbstverständlich ihre Gedanken zur Schule, zu Fernsehprogrammen, zu Büchern und generell zu Alltäglichkeiten austauschen. Die Peinlichkeit der stockenden Gespräche überspielt seine Mutter häufig mit dem Schulthema. Er habe ja viel für die Schule zu erledigen. Dankbar geht er darauf ein und beklagt den Aufwand für die Korrektur der vielen schriftlichen Arbeiten und für die überflüssigen pseudopädagogischen Verpflichtungen. Das ist inzwischen ihr ritualisiertes Hintertürchen, durch das sie schlüpfen, um sich nicht einzugestehen, dass sie dabei sind, sich zu entfremden. Seit dem Verhalten seines Vaters im Krankenhaus empfindet Lars ein diffuses Unbehagen gegenüber seiner Mutter. Durch ihre Beichte ist es zu einer konkreten Beklemmung geworden, aus der er sich nicht lösen kann.

Gerade als er das Schweigen durchbrechen will, richtet seine Mutter das Wort an Annabelle und bietet ihr das Du an.

„Ich schätze, wir werden uns des Öfteren sehen. Insofern ist es persönlicher, wenn wir uns nicht siezen. Deine Eltern duzt Lars bereits. Du nimmst ihn ja auch mehr nach Neumünster mit als er dich hierher. Glaub mir, das liegt nicht an mir! Ständig sage ich ihm, komm doch mal vorbei. Doch er macht sich selbst rar, sodass wir fast nur miteinander telefonieren. Dabei wirkt er meistens abwesend und fürchterlich überlastet."

„Ja, gerne duze ich mich mit dir, Gerlinde."

Lars ist sauer über die erneuten Vorhaltungen. Er will weg von hier. Er guckt zur Wanduhr. „Oh, schon nach Vier. Wir müssen los. Für 18 Uhr habe ich einen Tisch im Caruso bestellt."

Annabelle ist aufgestanden, bedankt sich für die Einladung und wünscht Gerlinde einen schönen Abend.

„Bei dem Fernsehprogramm? Allerdings, was bleibt mir anderes übrig, da Lars seit unserem letzten gemeinsamen Opernabend nichts mehr mit mir unternimmt."

Beleidigt vorwurfsvoll blickt sie Lars an, erhebt sich und geht vor Lars in den Flur, wo Annabelle bereits an der Wohnungstür die Hand auf der Klinke hat.

„Warte bitte im Treppenhaus, ich muss Lars etwas sagen."

„Mutti, das ist unhöflich."

„Ich konnte dich gestern lediglich wegen der Einladung sprechen. Jedoch musstest du mitten im Gespräch dringend zur Toilette und hast danach meine Anrufe ignoriert."

Annabelle verlässt die Wohnung.

„So, Mutti, was willst du?"

„Nicht hier im Flur, Lars. Lass uns in die Küche."

„Befürchtest du, Annabelle könnte mit einem Ohr an der Tür lauschen?"

Dennoch tut er seiner Mutter den Gefallen. Leise fragt sie ihn, ob er seiner Freundin erzählt habe, was an dem besagten Abend passiert war. Sie atmet auf, als Lars es verneint. Der Vorfall müsse ihr Geheimnis bleiben. Andere würden falsche Schlüsse ziehen, und das könne sie nicht ertragen. Es sei schon schlimm genug, dass er sich so abweisend und kalt verhalte.

„Was hast du denn erwartet?" Er muss sich zusammenreißen, um nicht lauter zu werden. „Glaubst du wirklich, wir könnten einfach weitermachen wie bisher, als wäre nichts vorgefallen?"

„Du tust so, als hätte ich deinen Vater umgebracht. Guck mich nicht wütend an. Jetzt siehst du aus wie er. Du machst mir Angst."

Lars steigt die Zornesröte ins Gesicht. Er muss sich zusammenreißen.

„Hätte ich dir bloß nicht die Wahrheit gesagt. Das habe ich nun davon", jammert Gerlinde und fängt zu weinen an. Gerade als er auf ihre Worte eingehen will, läutet sein Mobiltelefon.

„Ich bin vor dem Haus. Wenn du nicht gleich hier unten auftauchst, nehme ich mir ein Taxi, und du kannst unseren gemeinsamen Abend abschreiben." Annabelle klingt genervt.

„Ich bin sofort bei dir", und an seine Mutter gewandt: „Es ist Annabelle, es dauert ihr zu lange."

Gerlinde schüttelt den Kopf, wischt sich die Tränen aus dem Gesicht.

„Diese wenigen Minuten Verzögerung! Hau bloß ab, damit dein Schätzchen nicht länger warten muss. Weißt du was, Lars, du enttäuscht mich in einem fort. Ich will dich in den nächsten Tagen nicht sehen", ruft sie Lars hinterher, der sich mitten in ihren Worten umgedreht hat und jetzt die Haustür laut zuknallt.

Während der Fahrt sagt Annabelle keinen Ton. Er schaltet das Autoradio an, aus dem Schuberts Piano Trio Nr. 1 erklingt. Er würde es gerne etwas lauter hören, weiß aber nicht, ob sie es auch möchte. Da er nicht fragen will, belässt er es bei der Lautstärke. Nach zehn Minuten erreichen sie die Bülowstraße. Lars gibt Annabelle das Gepäck aus dem Kofferraum und fragt sie, ob er den Tisch für eine Stunde später reservieren soll.

„Nein, es bleibt bei sechs Uhr. Wir treffen uns dort."

Lars schaut ihr hinterher. Sie schließt die Haustür auf. Auf einen Blick zurück wartet Lars vergeblich.

Vincenzo begrüßt Lars und Annabelle überschwänglich. Sie sind seit Beginn ihrer Beziehung häufig im Caruso. Atmosphärisch sagt ihnen das Restaurant mehr zu als der Leckerschmecker, der Ort ihres ersten gemeinsamen Essens. Das liegt nicht nur an der exzellenten Küche des italienischen Kochs aus Verona, sondern auch an der Liebenswürdigkeit von Vincenzo und an dessen Aufmerksamkeit gegenüber den Gästen. Heute allerdings empfindet Lars das Verhalten überzogen. Es nervt ihn. Er muss sich zusammenreißen, um ihm freundlich zu antworten und ein paar Worte zu ihrem Urlaub zu sagen. Annabelle ist dagegen ausgesprochen gut gelaunt und sprudelt vor Begeisterung, wieder hier zu sein. Damit hat er nicht gerechnet nach der stummen Fahrt heute Nachmittag. Aber ihre lockere Stimmung stört ihn. Und er fragt sich, ob es nicht besser gewesen wäre, wenn er den Abend alleine verbracht hätte.

Nun sind sie allerdings hier und setzen sich an den bereits eingedeckten Lieblingstisch. Auf der Damastdecke steht neben der weißen Vase mit der roten Rose ein Leuchter mit weißer Kerze, die Vincenzo anzündet. Er empfiehlt Lachs-Carpaccio mit gewürfelten Tomaten und Basilikum oder Büffelmozzarella, Tomaten und Balsamico als Vorspeise. Als Hauptgericht bietet er Tagliatelle mit Kirschtomaten und Lachs, Spaghetti mit Steinpilzen oder gegrillte Doradenfilets mit grünem Spargel an. Sonst gefällt Lars die persönliche Ansprache bei der Speisenwahl, abweichend von dem Angebot in der Karte, doch jetzt ist es ihm zu aufdringlich. Annabelle wählt das Lachs-Carpaccio und die Spaghetti. Lars möchte keine Vorspeise, lediglich Spaghetti Alio und Olio als Hauptgang. Wenn Vincenzo enttäuscht darüber ist, lässt er sich nichts anmerken. Wie immer bestellen sie eine Flasche Montepulciano und stilles Wasser.

Annabelle prostet Lars zu. „Auf die Sylter Tage und auf unsere Zukunft." Ihr schmeckt das hors d'oeuvres, und sie genießt die Pilze, während Lars lustlos seine Knoblauchspaghetti isst. Das Gespräch zwischen den Gängen verläuft schleppend. Er hat wenig Lust zu reden, schaut sich oft im Restaurant um, beobachtet mehr die Wände und die anderen Gäste als Annabelle. Ihr scheint es nichts auszumachen. Wenn sich ihre Blicke treffen, lächelt sie ihn so an, als erwarte sie eine Erklärung von ihm, was seine Mutter von ihm wollte. Er wird Annabelle nicht den Gefallen tun, das hat er ja hoch und heilig versprechen müssen. Nur mit halbem Ohr hört Lars hin, als sie erzählt, was sie am Freitag auf Sylt gemacht hat. Als sie vor dem Espresso und Grappa sitzen, wird er von Annabelle gefragt, warum er so wortkarg sei.

„Erst mein Vaters Tod, dann Mutters Nervenzusammenbruch. Ich habe Angst, mit ihr könnte es bald zu Ende gehen. Oft genug sterben Eheleute kurz hintereinander."

„Du solltest dir eher Gedanken darüber machen, dass du dich von ihr zurückziehst. Das bekümmert sie und das hat sie dir deutlich zu verstehen gegeben."

„Ich weiß."

„Besuch sie öfter und ruf sie mehr an. Besorg Karten, wenn nicht für die Oper, dann fürs Kino oder fürs Schauspielhaus oder fahr mit ihr in die Laeiszhalle nach Hamburg und nicht mit mir", schlägt Annabelle vor.

„Das will ich nicht." Lars bekommt einen Schreck, weil er es zu laut gesagt hat und einige an den Nebentischen zu ihnen schauen.

„Warum denn nicht?", fragt sie leise. Lars setzt zu einer Erwiderung an, schüttelt aber den Kopf, entschuldigt sich und geht zur Toilette. Auf dem Weg zurück bleibt er am Tresen, lässt sich die Rechnung geben und zahlt. Annabelle hat die Botschaft begriffen, nimmt ihre Tasche und stellt sich neben die beiden.

„Ciao, Vincenzo, das Essen war ausgezeichnet. Ich wäre gerne noch geblieben. Aber du siehst, Lars ist nicht so gut drauf."

„Si, mia bella. Dagegen musst du zu Hause was tun." Er lächelt verschwörerisch.

Lars verkneift sich eine Bemerkung und verschwindet nach draußen. Er überquert die Straße, hin zum Wagen, den er auf dem Blücherplatz geparkt hat. Er steigt ein und gibt laut Gas. Mit überhöhter Geschwindigkeit fährt er in Richtung Holtenauer Straße.

9. Kapitel: Vertrauensbruch

Das Thermometer auf Annabelles kleinem Balkon, der gerade Platz für einen Stuhl, einen runden Tisch und einen Buchsbaum bietet, zeigt 19 Grad an, und das um kurz vor fünf Uhr morgens. Den Buchsbaum hat sie sich vor fünfzehn Jahren von ihren Eltern zum Einzug gewünscht. Sie wollte eine winterfeste Pflanze, um in der kalten Jahreszeit Grünes zu sehen, wenn sie vom Wohnzimmer in Richtung Straße sieht. Eingepflanzt hat sie den Buchsbaum in einen Weidekorb, der auf einer Blumenschale steht, damit das durchsickernde Wasser sich nicht auf dem Betonboden verteilt. Wegen der Größe des Balkons muss sie die Pflanze regelmäßig beschneiden, und zwar so, dass sie nicht zu sehr in die Breite wächst, denn sie möchte nicht auf den Tisch verzichten. Sie liebt es, auf dem Balkon zu frühstücken und Abendbrot zu essen und danach eine zu rauchen. Der Wetterbericht verspricht einen heißen Tag, bis zu 28 Grad soll die Temperatur ansteigen. Also wird sie heute nicht mit dem Bus in die Klinik fahren, sondern mit dem Fahrrad. Sie ist überrascht, dass sie nicht müde ist, obwohl sie drei Stunden früher als auf Sylt aufgestanden ist.

Am Freitag allerdings, als sie den letzten Tag auf der Insel ohne Lars verbrachte, hatte sie bis zehn Uhr durchgeschlafen. Sie war erst nach Mitternacht ins Bett gegangen, weil sie sich in einer Hotelbar mit einer älteren Urlauberin aus Hamburg unterhalten hatte. Sie wollte nicht allein in der Ferienwohnung herumzusitzen und Däumchen vor dem Fernseher drehen. Zum Lesen hatte ihr die Muße gefehlt. Die beiden unterhielten sich bis kurz vor ein Uhr und wurden dann quasi hinausgeworfen. Der Barkeeper begann, die Gläser einzuräumen, fing an, den Tresen zu wischen, zwar nicht direkt neben ihnen, das wäre wohl der Frechheit zu viel gewesen. Sie waren zwar die letzten Gäste, dennoch hätten sie in diesem Hotel nicht damit gerechnet, auf diese Weise daran erinnert zu werden, die Rechnung zu bezahlen. Immerhin hatte die Hamburgerin hier ihr Zimmer. Nun ja, sie hatten einen weiteren Cocktail nicht gewünscht, und quatschten ununterbrochen eine längere Zeit vor ihren leeren Gläsern. Die Gesprächspartnerin ließ die Rechnung aufs Zimmer buchen, Trinkgeld gab sie keins. Annabelle wollte sich nicht einladen lassen und zahlte selbst. Den Betrag rundete sie um 60 Cent auf.

Lars hatte ihr an dem Abend lediglich eine Nachricht geschickt. Seiner Mutter gehe es wieder besser. Sie habe sich hingelegt, und er sei nicht weiter bei ihr geblieben. Sie antwortete ihm, er solle sich keine Gedanken darüber machen, dass er kurzfristig den Urlaub abbrechen musste. Mehr wollte sie nicht schreiben. Wenn sie ihm mitgeteilt hätte, dass sie in eine Hotelbar gehen würde, hätte er im Laufe des Abends sicherlich mehrmals nachgefragt, wie es ihr ginge und ob sie schon von irgendwelchen Männern angesprochen worden wäre.

Des Öfteren hatte sie bemerkt, dass er zur Eifersucht neigt; wie auch auf dem Sommerfest seiner Schule, wo sie seine Freunde Wolfram Ehlert und Horst Kutscher kennenlernte. Sie klönten, tranken Kaffee aus Pappbechern und entschieden sich für Teekuchen aus dem reichhaltigen Angebot an Kuchen, die eine zehnte Klasse gebacken hatte. Eine Kollegin aus dem Organisationsteam trat an Lars heran und bat ihn, bei einem Spiel der sechsten Klassen auszuhelfen, weil eine der eingeteilten Lehrkräfte sich für den Nachmittag kurzfristig hatte beurlauben lassen. Die drei Freunde sahen sich vielsagend an, als sie hörten, welche Kollegin nicht erschienen war. Lars stellte seine Sachen beiseite und begab sich zum Spielfeld.

Auf dem Weg nach Hause löcherte er Annabelle mit Fragen über die Themen ihrer Unterhaltung. Auch wollte er wissen, ob Wolfram und Horst ihr gefielen. Sie hätten sich in seiner Abwesenheit bestimmt gut amüsiert.

Eine gewisse Anspannung hatte Annabelle bereits bei ihm gespürt, als er nach der Aufsicht wieder zu ihnen stieß. Darüber hatte auch nicht der Kuss hinwegtäuschen können, den er ihr auf die Wange drückte. Sie hatte eher den Eindruck, als wollte er damit auf dem Fest für jeden dokumentieren, dass sie zu ihm gehörte.

Der letzte Tag auf Sylt war schön gewesen. Sie war am Strand barfuß im flachen Wasser von Wenningstedt nach Westerland spaziert, die Hosenbeine bis kurz unters Knie hochgekrempelt. Häufig bückte sie sich nach Muscheln und Steinen, von denen sie einige in einen Beutel legte, um sie zu Hause in eine Schale auf dem Sideboard zu legen. In Westerland schlenderte sie von Geschäft zu Geschäft, ohne Lars im Rücken zu wissen oder ihn draußen vor dem Schaufenster auf und ab gehen zu sehen. Er ist kein Freund davon, sich in den Läden Kleidung, Taschen, Schals, Schmuck oder Wohnungsgegenstände anzuschauen. Ihm ist es unangenehm, einfach wieder den Verkaufsraum zu verlassen, ohne etwas gekauft zu haben. Er guckt sich lieber in Buchhandlungen die Buchtitel an und liest die Kurzinformationen durch. Und es ist äußerst selten, dass er ohne eine neue Lektüre das Geschäft verlässt.

Die Übergabe durch die Nachtschwester verläuft wie gewohnt sachlich. Auch an diesem Morgen ist im Psoriasiszentrum über keine besonderen Vorfälle zu berichten.

Da herrschen an anderen Kliniken des UKSH nachts schwierigere Umstände. Daher ist sie sehr froh, hier zu arbeiten. Die Nächte verlaufen ruhiger als beispielsweise in der Chirurgie mit frisch operierten Patienten. Somit hat sie keine Probleme, allein auf der Station zu sein, wenn sie mit dem Nachtdienst dran ist.

Im Anschluss an die Übergabe wird sie von der Stationsleiterin über Neuzugänge in der letzten Woche informiert, insbesondere über eine 80-Jährige, weil diese recht verwirrt ist. Bei ihr hätten sich die anfänglich wenigen entzündeten Partien und Pusteln über den ganzen Körper ausgebreitet, und die Hausärztin habe die Überweisung veranlasst. Ständig rufe sie nach ihrem Mann und ihrer Tochter, wodurch sich die zwei anderen Kranken belästigt fühlten und nicht zur Ruhe kämen und verlangten, in ein anderes Zimmer verlegt zu werden. Das sei nicht möglich, weil es keine freien Betten mehr gebe.

„Nach der Visite wird Dr. Blöcker die Entlassung für morgen entscheiden. Die Therapie hat angeschlagen. Die Haut sieht bedeutend besser aus. Insofern wird sich die Situation entspannen, aber heute sicherlich noch nicht. Und wie war der Urlaub?"

„Mit dem Wetter hatten wir Glück. Die Ferienwohnung war gut ausgestattet. Wir haben uns prima erholt", gibt Annabelle eine knappe Rückmeldung.

Weitere Details will sie nicht berichten, schon gar nicht, dass Lars zwei Tage vorher zu seiner Mutter musste. Viel gibt sie sowieso nicht von ihrem Privat- und Liebesleben preis. Ihre sie drängenden Kolleginnen wissen lediglich, dass Lars Lehrer und zwölf Jahre älter ist. Diese Information hatte ausgereicht für einige dümmliche Bemerkungen. Dann sei sie mit einem Klugscheißer und Korinthenkacker zusammen. Sie solle sich anstrengen, dass sie gute Noten im Bett bekäme. Frauen können so witzig sein! Unabhängig davon schätzt sie an ihren Kolleginnen deren Pflichtbewusstsein und Zuverlässigkeit sowie Hilfsbereitschaft. Das ist ihr wichtiger als sich groß darüber aufzuregen, wenn die Anderen blöde Sprüche in privaten Belangen von sich geben. Ihrer Kollegin Maria, die ihr zuliebe ihren Urlaub verschoben hat, wird sie in der Pause etwas mehr von den Tagen erzählen.

Während ihrer ersten Tour durch die Zimmer misst Annabelle den Blutdruck und die Temperatur bei den Patienten und fragt nach dem Stuhlgang. Zwei Männer, die in der dritten Woche hier sind, begrüßen sie herzlich und fragen, ob sie in den letzten Tagen krank gewesen sei oder ein paar Tage frei gehabt habe. Also Sylt; so gut hätten wir es auch gerne. Allein oder zu zweit? Ah zu zweit! Der Glückspilz. Ohne weitere Worte und mit nichtssagendem Blick verlässt sie das Zimmer.

Die Männer können es nicht lassen zu flirten. Doch sie nimmt es, wie es ist. Bei jeder Schwester machen sie es nicht. Insofern fühlt sich Annabelle manchmal geschmeichelt, wenn ihr jemand Komplimente macht, solange es keine Anzüglichkeiten sind, die ins Ordinäre abgleiten. Dann weist sie höflich, aber bestimmt denjenigen in seine Schranken. Lars hatte diesbezüglich nachgefragt. Ob die Patienten versuchten, mit ihr anzubändeln und sich womöglich mit ihr nach Ende des Klinikaufenthalts zu verabreden. Verabredung, nein, das nicht, aber Freundlichkeiten bekomme sie zu hören, aber auch von Patientinnen. Und mit dieser Antwort musste sich Lars zufriedengeben.

Kaum hat Annabelle die Tür zum Zimmer 33 geöffnet hat, wird sie gerufen.

„Meine Arme jucken fürchterlich. Warum tut denn keiner was dagegen? Warum ist mein Mann nicht da? Der war nicht ein einziges Mal hier. Auch meine Tochter lässt mich allein."

Ohne auf die Kaskade von Vorwürfen einzugehen, tritt Annabelle ans Bett und lässt sich die Arme zeigen, auf denen fast keine Schuppenflechten mehr zu sehen sind. Und das sagt sie der Patientin. Dabei legt sie die Manschette an, steckt sich das Stethoskop ins Ohr und pumpt. Bei dem ständigen lauten Gerede hat sie große Schwierigkeiten, den Wert zu ermitteln. Frau Kornfeld beschwert sich lautstark jammernd, es sei alles zu stramm. Warum tue sie ihr das an? Sie wolle nach Hause zu ihrem Mann. Annabelle will sie mit dem Hinweis beruhigen, dass die Medikamente angeschlagen hätten. Der Oberarzt werde ihr auf der Visite sagen, wann sie mit der Entlassung rechnen könne. Sie wendet sich den anderen beiden Kranken zu. Die eine zeigt einen Vogel, die andere schüttelt ihren Kopf. Nachdem sie mit diesen fertig ist, verlässt sie erleichtert das Zimmer.

Draußen vor der Tür verharrt sie nachdenklich.

„Guten Morgen, Annabelle! So in Gedanken?" Dr. Blöcker streckt ihr die Hand entgegen.

„Guten Morgen, Raimund. Ja, ich hatte an Frau Kornfeld gedacht. Es ist schrecklich, wenn Kranke verwirrt sind und mit den Therapiemaßnahmen nichts mehr anfangen können. Sie leben in ihrer eigenen Sphäre. Wenn überhaupt, ist der Zugang zu ihnen bloß für wenige Minuten spaltbreit geöffnet."

„Von der Psyche her ist die Patientin ein schwieriger Fall. Die Schuppenflechte haben wir therapieren können. Morgen kann sie wieder in ihre Wohnung. Wie war der Urlaub? Habt ihr euch gut verstanden?"

„Ja und wir haben viel unternommen. Die Zeit verging wie im Flug. Bisschen störend war die Mutter. Sie rief mehrmals an, und ihretwegen musste Lars bereits zwei Tage früher unseren gemeinsamen Aufenthalt abbrechen und zurück nach Kiel."

Sie duzt Dr. Blöcker als einzigen Arzt. Ihm kann sie es anvertrauen. Als er vor zwölf Jahren bereits ein halbes Jahr als Assistenzarzt gearbeitet hatte, verliebten sie sich und waren fast zehn Monate ein Paar. Es war herrlich, nur eben nicht auf der Station. Hier war es anstrengend, weil sie sich anders verhalten und den Bedürfnissen widerstehen mussten, sich zu streicheln, sich zu umarmen und zu küssen. Hier störte die Liaison. Die emotionalen Belastungen nahmen zu und wirkten sich negativ auf ihre beruflichen und privaten Aktivitäten aus. Schließlich erkannten beide, dass es so nicht weitergehen konnte. Sie trennten sich, blieben jedoch gute Freunde. Inzwischen ist er mit einer Werbedesignerin verheiratet und hat zwei Kinder. Sie hingegen hatte einige Liebschaften, nichts Ernstes. Für Lars empfindet sie mehr. Mit ihm kann sie sich eine längere Beziehung vorstellen.

„Ja, ja die Mütter. Mal sind sie es, mal sind es die Väter, die Ungemach bringen. Damit müssen wir uns abfinden. Leidiges Thema. Doch ich muss auf Visite. Ein anderes Mal reden wir weiter."

Raimund berührt ihren Oberarm, lächelt entschuldigend, und schon ist er auf dem Weg ins Ärztezimmer.

Annabelle hatte Lars nichts von ihrer Zeit mit Raimund erzählt, nur dass er der Oberarzt ist, als Lars sie einmal abholte und ihn mit ihr im Gespräch sah. Sonst wird er möglicherweise misstrauisch und malt sich aus, dass sie in Versuchung kommen könnten, ihre sexuelle Vergangenheit aufzufrischen. Sie weiß allerdings von Lars' früheren Romanzen ebenso wenig. Es besteht ein stilles Einverständnis zwischen ihnen, frühere Erfahrungen mit anderen Partnern beziehungsweise Partnerinnen nicht zu thematisieren.

Nach ihrer ersten Runde bringt sie im Stationszimmer die Unterlagen der Patienten auf den aktuellen Stand. Sie hat eine kurze Pause und gießt sich aus der Thermoskanne einen Becher Kaffee voll. Nach Dienstschluss will sie zu Lars. Er hat sie um ein Gespräch gebeten.

Den Rest des Vormittags erledigt Annabelle routinemäßig ihre weiteren Aufgaben. Verbindlich spricht sie mit den Kranken, hat für sie aufmunternde Worte bereit. Mittags isst sie an einem freien Tisch einen griechischen Salat. Sie fragt sich, was Lars ihr eröffnen wird. Angedeutet hat er im Telefonat, es hänge nicht mit ihr zusammen, sondern mit seiner Mutter.

Nach Schichtende hat sie noch fünfzig Minuten Zeit bis zur Verabredung mit Lars. Also wählt sie einen Umweg über die Lornsenstraße und den Karolinenweg hin zur Kiellinie, um über die Forstbaumschule zum Nordfriedhof zu kommen. Von dort über den Westring bleiben es zehn Minuten bis zur Schweffelstraße. Die längere Strecke tut ihr gut, weil sie dabei von ihrer Arbeit abschalten kann.

Während ein leichter Fahrtwind, der an der Förde etwas zunimmt, sie begleitet, fragt sich Annabelle wieder, was der Grund fürs Gespräch ist. Ist Gerlinde krank? Oder will Lars Ratschläge hören, wie er mit dem Nervenzusammenbruch seiner Mutter umgehen soll? Oder braucht Lars ihre Hilfe, da Gerlinde die Wohnung zu groß ist und sie umziehen will, auch wegen der Erinnerung an ihren Mann?

Als Annabelle gerade darüber nachdenkt, wird die Beifahrertür eines parkenden Autos geöffnet. Sie drückt die Handbremse, reißt den Lenker nach rechts und schafft es gerade noch rechtzeitig, der Tür auszuweichen. Dabei verliert sie die Kontrolle übers Rad. Unsanft landet sie auf dem rechten Arm und Bein und rutscht ein Stück auf dem asphaltierten Radweg entlang. Erschrocken schiebt sie das Rad beiseite.

„Und das bei dieser langsamen Geschwindigkeit", geht ihr als erstes durch den Kopf, dann wird sie wütend. „Können Sie nicht aufpassen, Sie Trottel?"

Sie richtet sich langsam auf. Aus dem alten BMW-Modell springt eine jüngere Frau heraus.

„Wer hier wohl der Trottel ist, du Radspasti. Hast du keine Augen im Kopf? Hast du vom Übungsplatz für Radfahrer geträumt?"

Ihre Worte begleitet sie mit fuchtelnden Armbewegungen. Annabelle ist baff ob dieser Unverfrorenheit. Aus dem Inneren des Autos ist eine tiefe Stimme zu hören.

„Macht die Alte Schwierigkeiten?"

„Nö, glaub' ich nicht, oder ist noch was zu klären, du Bratze?"

Annabelle bewegt vorsichtig Arme und Beine. Es scheint nichts verletzt zu sein. Die Frau mustert sie und ruft dem Fahrer zu:

„Sie kann sich bewegen. Sie sollte aber lieber das Rad schieben. Was meinst du, Schatz?"

„Auf jeden Fall." Die Antwort vom Schatz geht in ein röhrendes Lachen über, das in einem Hustenanfall endet.

„Er qualmt zu viel." Während die Frau das lapidar sagt, tätschelt sie Annabelles Oberarm. „Die Schürfwunde solltest du desinfizieren."

„Das weiß ich selbst. Haut bloß ab, sonst…"

„Willst du mir drohen, du Null? Du hast großes Glück, dass wir weiter müssen, sonst könnten wir dein ‚sonst' gerne klären. Pass schön auf dich auf. Und nächstes Mal nicht ohne Helm."

Und schon sitzt sie im Wagen. Bevor sie die Tür schließt, zeigt sie Annabelle den Mittelfinger. Der Wagen wird mit aufbrausendem Motor gestartet und verschwindet mit quietschenden Reifen in der nächsten Nebenstraße.

„Ihr Arschlöcher!", brüllt Annabelle hinterher. Dann hebt sie den Lenker an und dreht das Vorderrad. Es weist keine Unwucht auf. Sie überprüft das Hinterrad, das sich ebenfalls gleichmäßig dreht. Sie schaut auf den Oberarm. Es sieht nicht schlimm aus. Bei Lars wird sie die aufgeschürfte Haut vorsichtig reinigen und desinfizieren. Als sie sich auf den Sattel setzt, merkt sie einen leichten Körperschmerz, vielleicht eine Prellung. Nach einigen hundert Metern hat sie ihn wieder vergessen. Sie ärgert sich. Wie hat sie sich bloß so in die Defensive drängen lassen?

Annabelle schiebt ihr Rad beiseite, erhebt sich und tritt energisch auf die Tussi zu. Mit beiden flachen Händen schlägt sie ihr voll gegen den Brustkorb, sodass die andere gegen die Karosserie knallt. Sofort packt Annabelle sie an den Oberarmen und schmeißt sie in den Wagen. Die Tussi landet quer über dem Sitz, der Handbremse und dem Schoß ihres Typen, der erst einmal seine Braut wegdrücken muss, bevor er versucht auszusteigen. Gerade als er die Fahrertür öffnet, hält Annabelle das Pfefferspray hoch und sprüht ihm den Reizstoff ins Gesicht. Während er schreiend in seine Karre zurückfällt, schnappt sich Annabelle das Rad und verschwindet.

Annabelle fährt zu hastig und hätte beinahe das Rot an der Ampel übersehen. Vielleicht war die Wagentür tatsächlich schon offen gewesen, und sie hat sie übersehen, weil sie mit den Gedanken weit weg war. Das kommt davon, wenn man unkonzentriert ist und darüber spekuliert, was Lars ihr erzählen könnte. Sie kann im Nachhinein nicht sagen, ob die junge Frau nicht doch Recht hatte. Dennoch war deren Reaktion völlig überzogen. Wenigstens hatte Annabelle Glück, dass sie nicht auf den Kopf gefallen ist. Lars wird sie sagen, dass sie in einer Kurve, in der Sand verstreut lag, mit dem Rad weggerutscht ist.

Kaum hat Annabelle geklingelt, summt der Türöffner. Ein wenig undeutlich hört sie durch die Gegensprechanlage: „Schön, dass du da bist." Sie schultert das Rad und trägt es durch das Treppenhaus in den Hof, wo sie es abschließt. Auf der Treppe nimmt sie zwei Stufen auf einmal. Lars erwartet sie in der offenen Tür und presst sie an sich, sodass ihr fast die Luft wegbleibt.

„Es ist alles vorbereitet, meine Bella Anna."

Mit einer tiefen Verbeugung bittet er sie in die Wohnung. Als er seinen Oberkörper wieder aufrichtet, entdeckt er die Schürfwunde.

„Wie hast du das denn hinbekommen?"

„Falsche Formulierung", denkt Annabelle, spricht es jedoch nicht aus, sondern nur das, was sie sich vorher überlegt hat.

„Hattest du deinen Helm auf?", fragt Lars. „Wahrscheinlich nicht bei dem herrlichen Sonnenschein", gibt er selbst die Antwort.

„Du sagst es. Ich gehe ins Bad und verarzte die Stelle. Und dann lassen wir das Thema, ok?"

„Wie du willst."

Auf dem Weg zum Bad hört Annabelle aus Lars' Arbeits- und Schlafzimmer Kratzen am Türblatt und ein leises Miauen. Kleiner! Den hat sie ganz vergessen. Der Kater bleibt inzwischen so lange dort, bis die Gäste im Flur sind. Sonst fegt er wieder ins Treppenhaus. Einmal hatte Lars vergessen, die Tür zu schließen und Annabelle zu lange auf der Schwelle zur Wohnung innig begrüßt. Schwups war der Kater an ihnen vorbei geflutscht, jagte neugierig nach oben durchs Haus, sprang auf den Handlauf des Geländers und balancierte darauf herum. Er landete wieder auf dem Fußboden, blieb vor einem der gedrechselten Stäbe stehen, streckte sich an dem Holz hoch und schärfte die Krallen. Sie brauchten bestimmt eine halbe Stunde, bis er sich bequemte, den Ausflug zu beenden.

Aus dem Küchenschrank holt Annabelle ein Leckerli. Als Lars den Kater aus dem Zimmer lässt, läuft Kleiner schnurstracks auf sie zu und schaut bereits auf ihre Hand. Sie wirft den Extrahappen in den Flur, und er wetzt hinterher und genießt ihn. Danach nähert er sich erneut Annabelle und stupst an ihre Hand, reibt den Kopf daran und macht seinen Begrüßungsslalom um ihre Beine. Annabelle streichelt ihn über den Rücken und den sich aufrichtenden Schwanz. Das reicht ihm, und er begleitet Lars ins Wohnzimmer, der nicht mehr so aufgekratzt wirkt wie bei der Begrüßung.

Nachdem sie ihr T-Shirt ausgezogen, die Haut behandelt und sich frisch gemacht hat, zieht sie sich die blaue Leinenbluse an, die sie in der Satteltasche mitgenommen hatte. Sie setzt sich in den kleinen Sessel. Auf dem Beistelltisch befinden sich Becher, eine Schale mit Keksen sowie die Serviette mit dem Sylt-Motiv. Die Sonnenstrahlen werden von dem hellbraunen Vorhang gedämpft. Zum ersten Mal in ihrer Gegenwart hat Lars ihn zugezogen. Der Raum ist trotzdem aufgeheizt. Normalerweise zieht Lars nur die hellen Gardinen zu. Er mag es genauso wenig wie sie, wenn jeder aus dem Haus gegenüber alles in seinen vier Wänden angaffen kann. Kleiner nähert sich Annabelle, schaut sie voller Erwartung an und springt ihr auf den Schoß. Bei dem Treteln auf ihren Oberschenkeln pieken die Krallen durch den Stoff der Bluejeans. Nach diesem Ritual legt er sich vorsichtig hin. Da sie sich nicht mehr so gut nach vorne beugen kann, um den Kaffeebecher zu greifen, reicht Lars ihn ihr. Sie trinkt einen Schluck, und Lars nimmt ihr den Becher wieder ab und gibt ihr das Gebäck. Das ist Kleiner zu viel Unruhe über dem Kopf. Weg ist er, und er wählt sich hinter dem Vorhang einen neuen Platz auf dem Fensterbrett aus, wo er sich im warmen Sonnenlicht lang ausstreckt.

„So ist es entspannter für uns", meint Lars. „Wie war es am ersten Arbeitstag?"

„Viel Routine und eine verwirrte Patientin."

„Und hast du Dr. Blöcker getroffen?"

„Natürlich. Den sehe ich ab und an während des Dienstes", antwortet Annabelle, die Stirn runzelnd.

„Hast du ihm von unserem wunderbaren Urlaub erzählt?"

„Ja, dass es schön gewesen war, jedoch schade, dass du vorher wegen deiner Mutter hattest abreisen müssen."

Lars guckt sie etwas ungehalten an. „Das hättest du nicht erwähnen müssen. Meine Mutter geht ihn nichts an."

„Reagier nicht so empfindlich über solche Lappalie. Warum soll ich den Wermutstropfen verheimlichen? Wie war es in der Schule?"

„Das Lehrerzimmer war endlich einmal aufgeräumt. Am letzten Schultag vor Ferienbeginn hatten wir unsere Tische für die Reinigungskräfte frei machen müssen. Ein ungewohnter Anblick. Sonst liegt alles kreuz und quer herum. Hier ein paar Bücher, dort ein Stapel Hefte, dazwischen Stifte, Mineralwasserflaschen und Süßigkeiten. Bis auf die Leute aus der Schulleitung habe ich nur drei Kollegen begrüßt. Die anderen kommen in der Regel erst an den letzten zwei Ferientagen."

„Was wolltest du bereits heute erledigen, was nicht aufzuschieben wäre?", wundert sich Annabelle. „Das passt nicht zu dem, dass du mehr Abstand gewinnen willst zum Schulbetrieb."

Lars nickt.

„Die Information, ob sich an der Stundenverteilung etwas geändert hat, hätte ich auch am Telefon kriegen können. Ebenso, wann die Lehrerkonferenz am ersten Unterrichtstag beginnen soll. In erster Linie wollte ich heute meine Fächer leeren. Einiges hatte sich angesammelt. Die Entsorgung sollten andere nicht mitbekommen. Auf jeden Fall werde ich in der Schule nicht mehr auftauchen vor nächsten Montag, wenn die Stundenpläne ausliegen."

„Hast du mit Wolfram gesprochen und dich mit ihm verabredet?"

„Weder noch. Ich will Marianne und ihn nicht stören. Sie fängt ja nach einem Jahr Beurlaubung wieder zu arbeiten an und das an einer anderen Schule. Sie braucht Wolframs psychologischen Beistand. Bisher waren sie an derselben Schule. Na ja, die Versetzung ist ihr Wunsch gewesen, und ich frage mich, ob sie es packt."

„Du klingst skeptisch."

„Weil ich mir nicht sicher bin, ob die Behandlungen und die Auszeit sie soweit stabilisiert haben, dass sie die neuen Umstände verkraftet. Ich befürchte, sie könnte einen Rückfall erleiden."

Annabelle greift sich zwei Kekse und schenkt sich Kaffee nach. „Die Schule und Wolfram sind aber nicht der Anlass für unser Kaffeekränzchen, oder? Dir liegt bestimmt was anderes auf der Seele."

Lars seufzt.

„Es geht um meine Mutter und um das, was vor dem Schlaganfall meines Vaters zu Hause abgelaufen war. Am Abend, als ich von Sylt direkt zu ihr fuhr, hat sie es mir endlich gesagt."

Ausführlich weiht er Annabelle ein. Sie kann es kaum glauben, was sie zu hören bekommt. Sie ist zwischendurch mehrmals kurz davor, ihn zu unterbrechen. Sie reißt sich jedoch zusammen, um ihn nicht in seinem Redefluss zu stören. Nachdem er geendet hat, legt er den Kopf in seine Hände. Gerade als Annabelle auf das Gesagte eingehen will, ergänzt Lars stockend, dass er den ganzen Sonntag darüber gegrübelt habe, ob es richtig sei, ihr das alles zu schildern, was ihm seine Mutter anvertraut hatte.

„Für mich ist Gerlindes Verhalten ein schlimmerer Vertrauensbruch als deiner jetzt gewesen. Ausgerechnet dem gegenüber, der sonst ihr Ein und Alles ist."

„So empfinde ich es auch. Mutti hätte spätestens dann ehrlich sein müssen, als ich ihr die vielen Ungereimtheiten auflistete, die mir durch den Kopf gegangen waren. Sie tat meine Fragen unwirsch ab und sperrte sich gegen jede weitere Unterredung. Ich habe nicht nachgehakt und irgendwie die Angelegenheit verdrängt, die mich nun umso heftiger packt."

„Warum hat sie denn erst jetzt die Wahrheit gesagt?"

„Ich vermute, es hatte mit den Träumen und ihrem Nervenzusammenbruch zu tun."

„Wieso vermutest du es? Habt ihr euch nicht ausgesprochen?"

„Dazu war ich nicht in der Lage. Nachdem sie mir alles offengelegt hatte, war ich unfähig, weiter mit ihr zusammenzusitzen. Ich bin ohne Gruß gegangen. Am nächsten Tag habe ich lediglich am Telefon ihrem Wunsch, mit uns Kaffee zu trinken, zugestimmt."

„Und bei dem Treffen war die Stimmung zwischen euch spürbar im Keller", sagt Annabelle. „Zu dem, was du erzählt hast, hätte ich viele Nachfragen. Jedoch müsstest du erst mit Gerlinde das Gespräch suchen. Ohne eine Klärung zwischen euch möchte ich mich nicht einmischen. Eins möchte ich dennoch wissen. Warum wollte Gerlinde dich am Samstag unbedingt alleine sprechen?"

„Sie hat mich angefleht, keinem etwas zu sagen, vor allem dir nicht." Bekümmert hebt Lars die Arme und presst die Lippen zusammen.

„Ihre Bitte ist begreiflich. Wir kennen uns nicht sehr lange. Und schon gar nicht Gerlinde und ich. Dennoch habe ich Verständnis dafür, dass du jemanden brauchst und mich ins Vertrauen gezogen hast."

Einen Augenblick verharrt Lars in seiner Stellung. Dann setzt er sich wieder aufrecht in den Sessel, verschränkt die Arme hinter dem Nacken und schaut gegen die Decke.

„Tja, so ist es wohl." Er gähnt erschöpft. „Möchtest du noch was?"

„Nein danke."

Als Annabelle etwas hinzufügen will, schüttelt Lars den Kopf und stellt das Geschirr aufs Tablett.

„Wollen wir einen Spaziergang machen oder nachher ins Kino? Und du übernachtest bei mir."

Annabelle überlegt einen Moment.

„Das ist mir zu viel. Seit Viertel vor fünf bin ich auf den Beinen. Ich möchte nach Hause und mich duschen. Lass uns am Wochenende was unternehmen. Ich gehe in dieser Woche früh ins Bett. Am Mittwochnachmittag bin ich bei meinen Eltern, und am Donnerstag ist eine kleine Geburtstagsfeier bei einer Kollegin im Garten; ohne Anhang wohlgemerkt."

„Also bin ich chancenlos", bedauert Lars. Immerhin schafft er es, Annabelle in der Küche, in die sie ihm gefolgt ist, anzulächeln. Im Flur küssen sie sich. Bevor Lars die Wohnungstür öffnet, rät ihm Annabelle: „Sprich dich mit deiner Mutter aus und versöhne dich mit ihr."

„Versprochen!"

Sie eilt die Treppen hinunter und holt sich das Fahrrad. Von der Straße aus sieht sie Lars mit vorgebeugtem Oberkörper am offenen Wohnzimmerfenster. Mit der einen Hand krault er Kleiner, der neugierig nach unten schaut, mit der anderen winkt er Annabelle zu. Sie fährt los und schwenkt den Arm so lange, bis sie rechts in die Krausstraße abbiegt. Dass sie schwanger ist, muss Lars ein anderes Mal erfahren.

10. Kapitel: Walkürenritt

Annabelle stocherte am Sicherheitsschloss herum. Glucksend drückte sie Lars den Schlüssel in die Hand, der ihn dicht vor seinen Augen hin- und her schwenkte. Dann machte er einen Ausfallschritt nach hinten, stellte die Füße zusammen, pustete und schritt vorsichtig an die Eingangstür. Langsam, ganz langsam zielte er auf das Schloss und steckte den Schlüssel hinein. Fertig! Annabelle hielt sich mit einer Hand den Mund zu, den Zeigefinger der anderen legte sie Lars auf die Lippen. Bloß nicht die Nachbarn wecken. Dieselbe Prozedur an der Wohnungstür. Geschafft! Annabelle schwankte als erste ins Bad. Lars musste warten. Unruhig bewegte er sich von einem Bein aufs andere. Er hörte die Spülung und das Wasser am Waschbecken. Endlich!

Annabelle lag bereits nackt im Bett, rekelte sich auffordernd und lockte ihn mit Kussgesäusel heran. Beim Ausziehen verhedderte sich Lars, wäre fast gestolpert und auf das Sideboard gefallen. Er fing sich gerade noch ab, dabei stieß er den Bilderrahmen mit dem Foto von Annabelle, ihren Eltern, Paul und dessen Frau um, aufgenommen auf den Stufen des Opernhauses. Erledigt! Von Paul nun unbeobachtet schob er seinen Körper über Annabelles Füße, ihre Beine, den Bauch und die Brüste, bis sich ihre Lippen berührten und sie sich lustvoll küssten, gefolgt von rhythmisch abgestimmten Bewegungen in einem Rausch wirbelnder Farben und Melodien, endend in aufbäumender Ekstase. Vollbracht!

Mit Folgen, wie Annabelle Lars gerade eröffnet. Sie ist schwanger. Herzlichen Glückwunsch, Alter! Mit 54 Jahren

Vater werden, nicht schlecht, auch nicht Mutter mit 42 Jahren. Annabelle sieht ihn verunsichert an, weil er sie mit unbewegter Miene anguckt. Was erwartet sie von ihm? Natürlich, dass er sie umarmt. Und sie hat Recht. Er springt auf, sie erhebt sich, und sie umklammern sich, als müssten sie sich ihrer Verbundenheit versichern und sich gegenseitig Halt geben.

„Ich liebe dich, meine Bella Anna, schwanger oder nicht schwanger, mit oder ohne Kind."

Annabelle wirkt erleichtert und holt aus der Küche eine Flasche alkoholfreien Sekt. Lars öffnet sie und gießt die Sektkelche voll.

„Auf uns drei."

Sie stoßen auf die Schwangerschaft an und küssen sich. Nachdem sie die Gläser geleert haben, gehen sie in der Parkanlage Forstbaumschule spazieren, nur einen Katzensprung entfernt von Annabelles Wohnung. Sie lassen das gleichnamige Restaurant zur Linken liegen. Auf den weiten Rasenflächen grillen junge Leute und Eltern mit ihren Kindern, spielen Federball oder werfen sich Frisbees zu. Die meisten Besucher sonnen sich in Badehose und Bikini, wenn sie sich nicht unter den ausladenden Kronen der Ahorn- und Kastanienbäume sowie der Eichen und Linden hingelegt haben und lesen.

Annabelle und Lars steuern die Rosen- und Frauenmantelbeete an. Im Schatten einer blauen Clematis, die sich entlang einer Pergola rankt, setzen sie sich auf eine Bank. Vom Kinderspielplatz in der Nähe wehen Kinderstimmen herüber, ab und an auch Stimmen von Müttern, die zur Vorsicht mahnen. Lars rückt an das Ende der Sitzfläche. Annabelle legt sich hin und den Kopf in seinen Schoß und schließt die Augen. Nur für kurze Zeit, denn plötzlich kreischt ein Kind vor Schmerz auf und fängt heftig zu weinen an. Ein Vater schimpft laut los, worauf die Mutter ihn anschnauzt und das Brüllen des Nachwuchses sich verstärkt. Annabelle setzt sich wieder hin. Obwohl es nicht belustigend ist, müssen Lars und sie lachen.

Die Situation erhält plötzlich einen neuen Stellenwert, weil Annabelle in anderen Umständen ist. In der näheren Zukunft werden sie viel mehr schwangere Frauen bemerken und aufmerksamer Kinderwagen und Kleinkinder beobachten. Wie bei einem neuen Wagen, dessen Modell einem nach dem Kauf ständig im Straßenverkehr begegnet. So wie in Lars' Wahrnehmung fortwährend Limousinen von Volvo auftauchen, als wären sie auf der Suche nach ihm.

„Wie wir uns wohl verhalten werden?", fragt Annabelle.

„Auf jeden Fall nicht so wie der Mann", behauptet Lars. „Und nicht so wie mein Vater, der dazu neigte, mich anzublaffen, wenn ich mir wehgetan hatte. In späteren Jahren ist mir klar geworden, dass es ein Ventil für seine Hilflosigkeit und Angst gewesen war."

Lars muss daran denken, dass er das klärende Gespräch mit seiner Mutter von einem Tag auf den anderen verschoben hat. Heute ist Samstag, nächsten Donnerstag geht die Schule los, also muss er morgen zu ihr, endlich das bereinigen, was sie beide belastet. Er ist gespannt darauf, wie sie die Nachricht von der Schwangerschaft aufnimmt. Wie er sie kennt, will sie bestimmt wissen, in welchem Monat Annabelle ist, ob sie mit dem Rauchen aufgehört hat und ob sie heiraten wollen.

„Annabelle an Lars, bitte melden, bitte melden!" Sie tickt ihn an. „Wo bist du mit deinen Gedanken?"

„Ich habe ans Rauchen gedacht und daran, seit wann du es weißt."

„Seit dem Dienstag vor Sylt. Da war meine Regel drei Wochen überfällig. Ich wollte nicht, dass das Thema den Urlaub bestimmt. Vielleicht hättest du zu viel Rücksicht auf mich nehmen wollen. Ehrlich gesagt hatte ich außerdem keine Lust, ausgerechnet dort mit dem Rauchen aufzuhören und mir bei jedem Glas Wein ein schlechtes Gewissen einzureden. Aber um dich zu beruhigen, jetzt ist Schluss damit."

„Ich werde mich dementsprechend auch auf die Schwangerschaft einstellen. Übrigens, soll es bei der Zahnbürsten-Beziehung bleiben?", fragt er, an Annabelles Worte auf Sylt anknüpfend.

„Na ja, das war eher spaßig daher geredet. Ich glaube schon, dass wir für unsere Zukunft anders planen müssen. Wollen wir eine gemeinsame Wohnung, wollen wir heiraten?"

„Heiraten müssen wir vorerst nicht. Aber eine neue Wohnung brauchen wir. Meine Zwei-Zimmer-Wohnung und deine kleinere kommen nicht infrage."

„Wir werden sicherlich unter einem gemeinsamen Dach miteinander zurechtkommen. Und ebenso mit dem Kind."

„Wenigstens über das Finanzielle müssen wir uns keine Gedanken machen. Aber ich bin ein wenig besorgt, was dich und das Kind betrifft. Du bist 42, also in einem Alter, in dem man nicht unbedingt mit einem glatten Verlauf der Schwangerschaft rechnen kann."

„Auch ich hatte sofort Befürchtungen, nicht so sehr um mich, jedoch um die Gesundheit des Säuglings. Der Vorteil des Alters ist: Ab dem 36. Lebensjahr werden wegen der höheren Risiken bei Schwangeren mehr ärztliche Untersuchungen von der Krankenkasse übernommen. Davon losgelöst ist die Frage, ob eine körperliche Beeinträchtigung die Lebensfähigkeit des Kinds erschwert. In dieser Hinsicht kann ich bisher Entwarnung geben. Meine Gynäkologin hat mir am Donnerstag anhand der Ultraschallaufnahmen versichert, dass der Embryo für die zehnte Schwangerschaftswoche normal entwickelt ist. Ich selbst fühle mich erstaunlich gut. Es bleibt die Ungewissheit wegen einer Fehlgeburt, was bei der ersten Schwangerschaft und in meinem Alter nicht ungewöhnlich wäre."

Lars nickt und streichelt Annabelles Bauch. Vertiefen möchte er das Gesagte nicht, um nicht weitere medizinischen Details zu erfahren, die seine Ängste schüren würden. Daher will er wissen, ob ihre Eltern Bescheid wüssten.

„Nein. Erst wollte ich dich informieren. Heute Abend fahre ich nach Neumünster und weihe sie ein. "

„Morgen sehe ich meine Mutter. Ich habe mich endlich durchgerungen, das klärende Gespräch zu führen. Darf ich ihr die gute Nachricht mitteilen?"

„Aber erst, nachdem ihr euch vertragen habt. Vorher nicht!"

„Versprochen."

Hand in Hand schlendern sie zurück. Lars geht gar nicht erst mit rein in die Wohnung, sondern fährt gleich laut hupend los.

Beide haben nicht das Thema angeschnitten, wann es passiert war. Obwohl es daran für ihn keine Zweifel gibt. Es war nach dem Abend mit Wolfram und Marianne im East of Dublin. Annabelle hat sich sofort gut mit ihnen verstanden. Vor allem die beiden Frauen schwammen auf einer Wellenlänge und vertrauten sich persönliche Dinge an. Das Kilkenny trug sein Übriges dazu bei. Wobei gerade Marianne gelöst und irgendwie froh schien, sich mit ihren Problemen jemandem zu öffnen, den sie bisher nicht gekannt hatte.

Lars konnte es nachvollziehen. Auch er hatte früher oft intensive Gespräche in kleinen Kneipen mit wildfremden Leuten geführt. Dabei verzichtete er meistens auf seine Pfeife und zog filterlose Zigaretten aus dem Automaten. Das war die Zeit nach der Scheidung von Bärbel gewesen, als er mehr in den Lokalen herumhing als am Schreibtisch und vergeblich Trost in One-Night-Stands suchte.

Vielleicht sollte er jetzt mal wieder sein Herz irgendeinem Gast am Tresen ausschütten. Über seine Selbstzweifel und Selbstvorwürfe, ob er sich schuldig fühlen müsste, wie er Abbitte tun könnte wegen seines Schlenkers mit Todesfolge. Unschuldig ist er nicht. Aber welches Ausmaß hat die Schuld, die er auf sich geladen hat? Kann er das Geschehen als Zufall oder Schicksal abtun oder als tragische Verstrickung? Als Katholik hätte er es im Beichtstuhl einfach. Das einzig Richtige wäre es, gegenüber Annabelle reinen Tisch zu machen. Doch was ist, wenn sie ihn verlassen würde? Obwohl mit dem Kind eine Trennung schwieriger wäre. Das Kind als Chance, die Angelegenheit anzusprechen und um Verzeihung zu bitten?

Wolfram und er unterhielten sich an dem Abend über die Fußballeuropameisterschaft in Frankreich und bestätigten sich in ihrer Analyse zur erfolglosen Saison des THW. Als Lars wieder mit der Finanz- und Eurokrise und der Flüchtlingspolitik sowie Merkels Dogma der Alternativlosigkeit anfangen wollte, verzog Wolfram das Gesicht. Deutlich genug für Lars, endlich einen Schlussstrich zu ziehen und andere damit nicht mehr zu nerven. Also musste die Schule herhalten. Über die vielen anstehenden mündlichen Prüfungen gab es genug zu stöhnen.

Zum Schluss hatten sie zu viert in ihrer ausgelassenen Stimmung einen gemeinsamen Urlaub in den Herbstferien vereinbart und besiegelten den Entschluss mit einer Runde Irish Mist. Der hatte vielleicht den Rest gegeben, sodass Annabelle und er zu sorglos waren. Sie hatten es darauf ankommen lassen oder eher er, weil er nicht an das Kondom dachte oder nicht denken wollte. Wenn einer sich Vorwürfe machen müsste, wäre er es. Er wusste ja, dass sie die Pille nicht nahm. Er muss Annabelle dankbar sein, dass sie ihm nicht die Hölle heiß macht nach der Devise „Wie konntest du bloß…?" Genau diese Frage würde sie stellen, wenn sie von ihm die Wahrheit über Pauls Tod erführe, und ihm an den Kopf werfen, dass er keinen Deut besser sei als seine Mutter, der Apfel eben nicht weit vom Stamm falle.

An der Kreuzung in den Ostring muss Lars trotz grüner Ampel warten, weil der alte Mann mühsam die Straße überquert. Zwei Jungen im Trainingsanzug holen sich Eis in der Eisdiele. Vereinzelt gehen Menschen mit andächtigen Gesichtern zum Gottesdienst in die Sankt-Joseph-Kirche. Andere sind mit dem Auto gekommen. Lars muss etwas weiter entfernt parken. Seine Mutter und er nehmen den Weg, der zum Teich und Werftparktheater führt. Die Baumkrone der Trauerweide am Wasser neigt sich bedächtig im leichten Wind. Leere Bierflaschen, Plastiktüten und Kippen liegen unter einer Bank. Etwas weiter wühlt eine weißhaarige Frau in langem Gewand und klobigen Schuhen in einem Mülleimer herum. Ein Mädchen im bunten Kleid sitzt auf der Schulter ihres Vaters und lacht, als er wiehernde Laute von sich gibt und leicht galoppiert. Am Teich werfen drei Kinder und ein altes Paar den Stockenten Brotkrumen zu.

Hier hatte Lars im Winter mit dem Schlittschuhlaufen begonnen, an der Hand seiner Mutter. Später traute er sich ohne sie dorthin, mit seinem Freund wohlgemerkt. Sonst hätte sie es ihm nicht erlaubt. Dick eingepackt, mit den Fäustlingen an den Bändern, die durch die Ärmel des Anoraks führten, glitt er über das Eis und war stolz, schon bald nicht mehr auf seinem Hosenboden zu landen. Sein Vater hatte ihn lieber zum Schlittenfahren begleitet, den breiten Hang zum Ostring hinunter, der reichlich Platz für die vielen Kinder und Jugendlichen bot. Dennoch ist Lars als Sechsjähriger von einem Halbstarken absichtlich angefahren worden, als er seinen Schlitten nach oben zog. Sein Vater hatte es beobachtet und kam wutschnaubend über den Schnee angerast und drohte dem Typen Schläge an, der sich daraufhin eine andere Abfahrtsschneise suchte.

Wenn in den Handball- und Fußballvereinen Trainingspause war, hat er als Jugendlicher mit seinen Freunden während der Sommerferien Fußball in dem Park gespielt. Er selbst zog Tischtennis vor. Seine Eltern hatten ihn früh an die Platte und die Schläger herangeführt. Sie selbst hatten sich in ihrer Jugend im Verein beim Ballwechsel kennengelernt. Seitdem bildeten sie nicht nur im Sport, sondern auch sonst ein erfolgreiches Mixed-Doppel. Keiner war überrascht gewesen, als sie heirateten. Überrascht hätte der Blick in den Umkleideraum der Ehe, als in deren späteren Verlauf die eingespielte Harmonie in ihrem Doppel nach und nach zerbrach.

Lars und seine Mutter setzen ihren Spaziergang an dem dicht belaubten Steilhang zur Kaiser- und Werftstraße fort. Von hier könnten sie im Winter, wenn die Bäume kahl sind, in der Ferne den Rathaus- und Sankt-Nikolai-Kirchturm und direkt gegenüber das Werftgelände sehen.

Von dem Weg zu den beiden Bärenskulpturen schauen sie hinunter auf das Planschbecken, in dem bereits einige Kleinkinder herumtapsen, sich bespritzen und Gummitierchen durchs Wasser schieben. Andere benutzen auf dem angrenzenden Spielplatz die Rutsche oder klettern in den Tauen herum. Eine Bank bei den Bären ist frei, auf der zweiten liest ein Mann in Lars' Alter eine Sonntagszeitung. Freundlich erwidert er ihren Morgengruß.

„Hier bleiben wir, Lars. Oder möchtest du lieber woanders sitzen, wo Schatten ist?"

„Auf gar keinen Fall. Ich will meine Bräune von Sylt pflegen."

„Du hast dich hoffentlich immer gut eingecremt. Annabelle hat bestimmt darauf geachtet. Sie weiß ja aus der Hautklinik von den zunehmenden Zahlen der Hautkrebserkrankungen."

„Mutti, es ist gut. Ich bin kein kleines Kind mehr." So schnell schafft es seine Mutter, ihn zu nerven. Der Zeitungsleser bekommt das doch mit! Als ob dieser seine Gedanken lesen könnte, faltet er die Seiten sorgfältig zusammen, nickt ihnen zu und verlässt den Platz. Lars atmet auf.

„Ich mag es nicht, wenn du…“, fängt er an, kann den Satz jedoch nicht beenden, weil seine Mutter ihn unterbricht und abrupt das Thema wechselt.

„Hast du dich in der letzten Woche so weit beruhigt, dass du heute mit mir reden kannst?“, fragt sie ihn. Der Tonfall ihrer Stimme ist nicht mehr der einer besorgten Mutter, sondern der einer offensiven Witwe.

„Darum bin ich hier, obwohl ich nicht weiß, was du von mir erwartest?“

„Dass du Verständnis für mich hast.“

„Verständnis wofür?“

„Dass ich es dir nicht sofort sagen konnte.“

„Du hast es mir nicht nur nicht sofort gesagt, du hast herumgesponnen, als ich konkret nachgefragt hatte. Und wahrscheinlich hättest du weiter alles abgeleugnet, hätte dir dein Unterbewusstsein nicht die schrecklichen Träume geschickt. Der Nervenzusammenbruch war Warnung genug, um mir gegenüber ehrlich zu sein. Du hast mich tief enttäuscht, weil du die Wahrheit so lange zurückgehalten hast.“

„Als ich Kurt im Badezimmer liegen sah, wollte ich es mir nicht anlasten. Ich wollte es auch nicht wahrhaben, als ich Kurt totenbleich an den Schläuchen und Geräten angeschlossen sah. Sein Zustand ist so unerträglich gewesen, dass ich nicht mehr in die Klinik konnte. Spätestens dann, als du von Kurts Erregung berichtet hattest, wäre es der richtige Augenblick gewesen, mit dir zu sprechen. Nachher ist es von Tag zu Tag schwieriger geworden. Das Einzige, was ich zu meiner Verteidigung anführen könnte, ist, dass der Schlaganfall Kurt ebenso an dem Abend beim Fernsehen hätte treffen können oder einen Monat später auf der Straße."

Ein billiger Versuch seiner Mutter, sich herauszureden, denkt Lars.

„Damit ignorierst du die Realität, Mutti. Es ist passiert, nachdem du ihn eingesperrt hast. Ich sage nicht, weil du es getan hast."

Sieht sie ihn dankbar an, oder bildet er es sich nur ein?

„Kannst du mir wenigstens jetzt verzeihen, oder verurteilst du mich auch zukünftig?" Ihre Stimme klingt müde.

„Wenn unser Verhältnis nicht auf Dauer getrübt sein soll, muss ich dir verzeihen."

„Das klingt nicht gerade überzeugt", spricht sie leise mehr zu sich als zu Lars.

Gedehnt langsam, jedes Wort betonend spricht er die drei Worte aus, die sie sehnlichst von ihm zu erwarten scheint: „Ich verzeihe dir."

Lars hat die Schnauze voll. Er will endlich seine Ruhe. Früher hatte er seiner Mutter gegenüber nie den Gedanken, dass ihm etwas zu viel sein könnte. Oder hat er solche Momente vergessen, weil er so etwas nicht denken wollte? Sie verstanden sich blendend, oft genug zum Unwillen seines Vaters. Aber seit dessen Tod und durch ihr Verhalten danach kommt es ihm vor, als hätte sich Raureif über sie beide gelegt. Unwillkürlich wendet er sich ihr zu, dreht sie zu sich und drückt sie dicht an sich. Laut schluchzend lehnt sie an seiner Schulter.

Ist sein Verhalten gegenüber seiner Mutter vor dem Hintergrund seiner eigenen Verschlossenheit überhaupt zu rechtfertigen? Es ist heuchlerisch, die Verfehlung seiner Mutter zu beklagen und sie an den Pranger zu stellen und sich selbst nicht. Müsste er nicht sein Geheimnis preisgeben? Wenn er es nicht gegenüber Annabelle schafft, sollte er nicht wenigstens seine Mutter ins Vertrauen ziehen? Und sei es nur, um den Druck auf seiner Seele zu mildern.

Ohne seine Mutter anzuschauen, berichtet Lars von dem Geschehen nach der Falstaff-Aufführung. Er sei für eine Sekunde eingenickt gewesen, mit der fatalen Folge für den Volvofahrer. Das ist zwar nur die halbe Wahrheit, aber dazu, den wahren Grund seiner Unaufmerksamkeit zu benennen, kann er sich nicht durchringen. Hingegen schildert er alles Weitere so, wie es sich zugetragen hat. Abstriche macht er wieder, was Annabelles Rolle betrifft, dass er sie rein zufällig wiedererkannt und sie im ersten Moment gar nicht in Beziehung zu dem Rentner gebracht hat. Zum Schluss macht er keinen Hehl daraus, dass er Annabelle den tatsächlichen Ablauf vorenthalten hat.

„Also bist du keinen Deut besser als ich, Lars. Und du wagst es, dich mir gegenüber zum Moralapostel aufzuschwingen? Du solltest dich schämen. Du bist so was von bigott!"

Ihre Lippen verziehen sich zu einer verächtlichen Grimasse. Lars befürchtet, seine Mutter könnte ihm ins Gesicht spucken. Doch scheint sie ihn nicht erniedrigen zu wollen oder sich nicht, oder es wird verhindert, weil sich zwei Frauen mit Kleinkindern nähern und auf dem Weg herumalbern.

„Dir oder Annabelle gegenüber keinen Deut besser?"

„Was für eine Frage! Mir gegenüber natürlich. Uns verbindet mehr als Annabelle und dich."

„Bis gestern, Mutti."

„Und was soll das bedeuten?" Ihre Miene drückt Unsicherheit aus, als erwarte sie eine Erklärung, die ihr nicht gefallen würde.

„Kannst du es dir nicht denken?"

„Nein, kann und will ich nicht. Ich will nach Hause. Ich habe Rouladen und Rosenkohl vorbereitet. Du kannst zum Mittag bleiben oder lässt es sein."

„Annabelle ist schwanger."

Nach einer kurzen Pause bricht es aus seiner Mutter heraus: „Großartig! Bravo, Lars! Wolltest du in deinem Alter beweisen, wie zeugungsfähig du bist?"

Erst langsam, dann schneller werdend, applaudiert sie ihm direkt vor seiner Nase. Die Knirpse gucken überrascht zu ihr hin. Sie freuen sich und beginnen ebenfalls in die Hände zu klatschen.

„Verschwindet." Die Stimme seiner Mutter überschlägt sich fast. Die Jungen zucken zusammen. Die eine Frau drängt sie weiterzulaufen, die andere baut sich vor Lars und seiner Mutter auf.

„Wenn du olle Schnepfe hier klatscht, musst du dich nicht wundern, wenn die Kinder es auf sich beziehen und mitmischen wollen. Bist du so alt und dement, dass du vergessen hast, wie die Lütten ticken?"

Die Antwort wartet sie nicht ab, kehrt ihnen den Rücken zu und setzt ihren Weg fort. Lars ist froh, dass die Begegnung nicht zu einem heftigen Wortgefecht ausgeartet ist.

„Habt ihr bereits einen Termin zum Schwangerschaftsabbruch ausgemacht?"

Lars starrt seine Mutter entsetzt an. Er kann nicht glauben, was sie ihn eben gefragt hat.

„Das meinst du nicht ernsthaft, oder?"

„Doch, das tue ich. Was wollt ihr in eurem Alter mit einem Kind? Ihr habt so lange allein gelebt, zudem kennt ihr euch erst vier Monate, wisst nicht, was der tägliche Umgang miteinander bedeutet. Dann deine Blutdruckprobleme. Die werden nicht weniger bei den vielen Aufregungen, die auf euch zukommen. Wie konntet ihr nur so leichtsinnig sein?"

„Mach dir nicht so viele Gedanken. Wir werden schon alles vernünftig regeln und handhaben." Auf die letzten Anmerkungen will er nicht antworten.

„Wie beim Geschlechtsverkehr! Sehr überzeugend dein Optimismus", bemerkt seine Mutter süffisant.

„Hohn ist nicht hilfreich, Mutti. Ich habe Annabelle in der kurzen Zeit so gut kennengelernt, dass ich keine bösen Überraschungen erleben werde. Dass es von Vorteil ist, wenn man sich länger kennt, bevor man heiratet, haben Vater und du widerlegt."

„Aber fast zwanzig Jahre ist unsere Ehe recht harmonisch verlaufen. Heiratet ihr wenigstens, wenn ihr das Baby unbedingt haben wollt?"

„Das haben wir nach jetzigem Stand nicht vor."

„Wundert mich das? Nein!"

„Würdest du dich gar nicht freuen, Oma zu werden?"

„Ach, jetzt willst du mich auf diese Art ködern. Wenn du früher Vater geworden wärst, ja. Nun nicht mehr. Auf meine alten Tage habe ich keine Lust darauf, für euch an den Wochenenden oder abends den Babysitter zu spielen."

„Ich bin aber nicht früher Vater geworden." Aufbrausend schreit er sie an. Am liebsten würde er seine Mutter durchschütteln. „Das lag nicht an mir, sondern an Bärbel, die abgetrieben hat. Und das von einer Hebamme privat und das, ohne mit mir gesprochen zu haben! Einfach so, als wäre es das Selbstverständlichste von der Welt."

Die beiden Spaziergänger, die vor wenigen Minuten bei ihnen vorbeigegangen sind, drehen sich um. Er ist zu laut gewesen. Er muss leiser reden, obwohl es ihm schwerfällt.

„Ich bin damals völlig fertig gewesen. Bärbels Entscheidung war der Anfang vom Ende unserer Ehe gewesen. Es hat mich angewidert, sie körperlich zu berühren. Ich konnte einfach nicht mehr mit ihr zusammenleben. Ich habe fürchterlich gelitten, verstehst du? Bärbel im Nachhinein auch."

Die Stimme versagt ihm.

„Eure Scheidung ist das Vernünftigste in euern vier Ehejahren gewesen. Ihr habt nicht gut zusammengepasst, sie als Altenpflegerin und du als zukünftiger Akademiker. Eure Verbindung wäre auch zum Scheitern verurteilt gewesen, wenn die Abtreibung nicht gewesen wäre."

„Vergisst du, dass du studiert hast und Vater Handwerker war? Trotzdem wart ihr ein Paar."

„Weil wir uns bereits als Kinder und Jugendliche gekannt und daran übergangslos die Hochzeit angeknüpft hatten. Kurt hatte großen Sachverstand, auch ohne Abitur. Du hattest an der Uni die freie Auswahl an Studentinnen. Aber nein, du hast dich in Bärbel verliebt, blind für andere Frauen, die dir hätten ebenbürtig sein können. Nach der Trennung hatte ich darauf gehofft, dass du eine Lehramtskandidatin oder eine fertige Lehrerin kennenlernen und heiraten würdest."

Er fühlt sich allerdings mehr von Frauen angezogen, die keine pädagogischen Attitüden wie Reliquien in einer Prozession vor sich her tragen. Und keine hat er so gemocht wie Bärbel, wohlgemerkt in der Zeit vor der Abtreibung. Nur eine von seinen Bekanntschaften, mit denen er später ins Bett ging, ist eine Kollegin gewesen. Sie war zwar verheiratet gewesen, war jedoch gerne zu einem Seitensprung bereit, als ihr Mann sechs Monate beruflich in Argentinien verbrachte.

Seine Mutter redet und redet. Einen Teil von dem, was sie sagt, bekommt er nicht mit.

„Ich habe eben nicht zugehört. Was meintest du?"

„Dass ich deine Zukunft nicht verbauen wollte. Du bist im Hauptstudium gewesen, und wer weiß, wie es mit einem Kind weitergegangen wäre. Vor solchen Schwierigkeiten wollte ich dich bewahren. Bärbel hat meine Bedenken eingesehen und hat auf mein Anraten hin die Hebamme, eine gute Bekannte von mir, aufgesucht."

Lars kann es nicht glauben, was er eben erfahren hat. Seine Mutter war die treibende Kraft gewesen, und Bärbel hatte dazu geschwiegen. Jetzt wird ihm klar, warum sie nach dem Abbruch kein einziges Mal mehr mit seiner Mutter zusammentreffen wollte. Jedes Mal hatte sie eine andere Ausrede, um ihn nicht begleiten. Seine Mutter hatte Bärbel nicht vermisst, und sein Vater hatte über die Abwesenheit seiner Schwiegertochter nur anfänglich sein Bedauern geäußert. Wie schändlich muss er sich jetzt mit diesem Wissen fühlen, große Schadenfreude empfunden zu haben, als Lars einige Jahre später erfahren hatte, dass sie wegen der Abtreibung keine Kinder mehr bekommen konnte.

Eine Welle aus Hass und Selbsthass bricht über Lars herein. Er springt auf, schreit wie wild herum, tritt gegen die Holzbretter der Bank. Kurz davor, seine Mutter hochzureißen und auf den Boden zu stoßen, rennt er davon, an zwei alten Leuten vorbei, die angsterfüllt schnell beiseitetreten. Während er läuft, wechselt das Bild von seiner Mutter, die er fast auf die Steinplatten geworfen hätte, hin zu Bärbel, wie sie auf dem Teppich lag, um sich herum mehrere heruntergefallene Bücher. Gegen das Bücherregal war sie bei ihrem Ausweichmanöver geprallt, als ihr Lars ins Gesicht schlagen wollte. Er hatte ihr ein Techtelmechtel mit einem ledigen Nachbarn eine Etage über ihnen unterstellt, was sie weinend bestritten hatte, er ihr jedoch nicht abnehmen wollte. Zu dem Zeitpunkt waren sie gerade ein Jahr verheiratet und seit acht Monaten in der Wohnung in der Schweffelstraße.

Nach hundert Meter kann Lars nicht mehr. Er keucht, ringt nach Luft und wird von einem heftigen Hustenanfall erfasst. Nur langsam beruhigt sich seine Atmung, und sein Puls normalisiert sich. Er steht vor dem Labyrinth aus Pfaden, die symbolisch Wege aufzeigen, die aus der Spirale der Gewalt gegen Frauen führen sollen. Es erscheint ihm, als werde er ferngesteuert, indem er ausgerechnet diese Strecke gewählt hat und an dieser Anlage zum Verpusten anhält.

Nach seinem Ausbruch gegen Bärbel schien jemand auf ähnliche Weise Einfluss auf ihn nehmen zu wollen. Er hatte nämlich zwei Karten für Verdis Othello gewonnen, mit dessen Inszenierung ihm die tödliche Konsequenz der Eifersucht vorgeführt wurde. Er konnte nicht umhin, sich mit Othello zu vergleichen. Er hatte sich sowieso schon mit seiner Scham tagelang auseinandergesetzt und Bärbel kaum in die Augen sehen können. Und dann diese Szenen auf der Bühne! Am liebsten hätte er das Opernhaus verlassen, als Othello Desdemona wüst beschimpfte, sie zu Boden warf und verfluchte. Bärbel hatte wohl Lars' Unbehagen gespürt und seine Hand

ergriffen. Aber als Desdemona die Arie von der grünen Trauerweide sang, war es mit dieser Geste des Verzeihens, wie er
diese gerne gedeutet hätte, vorbei. Bärbel nahm ihren linken
Arm von der gemeinsamen Sitzlehne und rückte von ihm ab.
Bei Desdemonas Flehen und Beteuerungen am Ende der
Oper hielt sie sich die Ohren zu, senkte den Kopf tief nach
unten. Während des weiteren Abends sprach sie kein Wort
mehr zu ihm.

Gerade als er sich entschließt, zu seiner Mutter zurückzukehren, entdeckt er sie am Geländer, von dem sie den Spielplatz
überschauen kann. Sie scheint ihn zu beobachten. Es dauert
nur kurz, und sie geht weiter in Richtung Ausgang zur Kai-
serstraße. Also rechnet sie nicht damit, von ihm nach Hause
gefahren zu werden. Was zu erwarten war. Das ist Lars lieber
so. Wer weiß, ob sie ihn nicht erneut bis aufs Blut reizen
würde.

Er nimmt den kleinen Anstieg und verweilt sitzend an
dem Hang, an dem er als Kind Schlitten gefahren ist. Wie gut,
dass am Donnerstag die Schule wieder beginnt! Das denkt er
nicht aus Freude, nach der langen Ferienpause endlich zu unterrichten und das ach so liebe Kollegium, die ach so goldigen
Schüler und deren Eltern wiederzusehen, sondern nur, weil er
dadurch von seinem persönlichen Schlamassel abgelenkt
wird.

Lars legt sich auf die linke Seite, streckt Arme und Beine
weit aus, schließt Mund und Augen und rollt den Hang hinunter, den Rasen im Gesicht spürend. Er fühlt sich auf den
Rücksitz eines Streifenwagens versetzt, der auf einem Kinder-
karussell seine Runden dreht. Vor ihm in einem Auto sitzt

Paul mit nach hinten verdrehtem Kopf. Seine milchig-trüben Augen mustern Lars fragend. Lars' Vater hängt schlaff über einem Rappen, eine Hand hat sich bereits von den Zügeln gelöst. Zusammenhanglose Worte krächzt er in Richtung der Kutsche, von der aus Lars' Mutter Bärbels Schoß mit feindseligen Augen fixiert, die sich auf einem Pony vor Schmerzen krümmt. Annabelle sitzt in einem Sanitätsfahrzeug und winkt mit einem Ultraschallfoto. Untermalt von den fanfarenartigen Takten des Walkürenritts hört Lars aus dem Lautsprecher die hämische Stimme seiner Mutter: „Lars hat seinen Platz gefunden."

Lars benötigt einige Sekunden, bis er das Schwindelgefühl losgeworden ist und behutsam aufstehen kann. Vor ihm landet ein Fußball. „Schieß zurück!" Ungeduldig wartet eine Gruppe von Kindern. Doch anstatt den Ball zu treten, hebt er ihn auf und wirft ihn mit der Hand weit über die Köpfe der Spieler hinweg.

„Blödmann", schreit ihm einer hinterher. Es kümmert ihn nicht weiter. Er eilt zu seinem Golf. Er schließt die Wagentür auf, blickt noch einmal über das Wagendach in den Park, und er ist sich sicher: Er hat einen Fehler gemacht.

11. Kapitel: Lamento

Nach dem Vormittag mit seiner Mutter will er nicht in seine Wohnung und nicht zu Annabelle. Er sagt ihr am Handy, er wolle sich ein wenig hinlegen. Das Gespräch mit seiner Mutter sei recht anstrengend gewesen. Es sei nicht der Rede wert, darüber weitere Worte zu verlieren. Immerhin freue sie sich mit ihnen über die Schwangerschaft, trotz der Skepsis wegen Annabelles und seines Alters.

Tatsächlich will er, bevor in vier Tagen die große Hektik beginnt, die Stille auf dem Schulhof und im Schulgebäude auf sich wirken lassen, durch die Räume wandeln, sich vors Pult stellen, allein, ohne zu verkrampfen und nervös seinen Puls mit dem Daumen zu spüren und dabei die Schläge 15 Sekunden lang im Kopf zu zählen. Die Verlassenheit der halbdunklen Gänge beunruhigt ihn nicht. Er genießt jeden Schritt. An den Türen hängen die Raumpläne. Auf den Tischen der leblosen Klassenzimmer stehen die Stühle. Die Papierkörbe sind ohne Abfälle, die Fensterbänke unbenutzt, die Böden und Tafeln glänzen. Die Klingel ist nicht im Betrieb. In tiefer Ruhe breitet er die Arme aus.

So könnte er ‚Schule‘ ertragen, hier alleine, sich im Selbstmitleid suhlend und sich unverstanden wohlig fühlend. So wie er sich vor einem halben Jahr bedauerte, als er sich an einem Abend in Hamburg treiben ließ, Menschen ohne Gesichter über seinen Schatten sprangen und das Echo von den Häuserwänden überhörten, gegen die er seine Worte geschrien hatte.

Er war zur Ablenkung dorthin gefahren. Der Anlass war die Personalratssitzung gewesen, auf der er Buße ablegen musste. Die Fremdsprachenassistentin von der Berkeley Universität, die einigen seiner Englischstunden beiwohnte, hatte sich bei einem Personalratsmitglied über ihn beschwert. Er mache im Unterricht ironische Bemerkungen, die ihr anstößig vorkämen. Außerdem habe er sie körperlich belästigt, als er sie mit Umarmung begrüßte. Auch lege er schon mal seine Hand auf die Schulter von Schülerinnen und Schülern. Daher wolle sie ihn nicht mehr begleiten. Wenn sie ihn erblicke, fühle sie sich unsicher. Ohne sich weiter zu rechtfertigen, bat er Colleen um Verzeihung und gelobte Besserung in seinem Verhalten, auch den anderen Kolleginnen gegenüber, obwohl sie sich nicht über ihn beklagt hatten. Immerhin hatte Colleen sich an den Personalrat gewandt und nicht gleich der Schulleiterin einen vorgeheult und einen Safe Space verlangt, in den sie vor ihm flüchten könnte. Er musste versprechen, nicht zu nahe an sie heranzutreten. Das war mehr, als er ertragen konnte. Der ganze Personalrat und fast alle aus dem Kollegium - der Vorgang hatte sich selbstverständlich wie ein Lauffeuer ausgebreitet - zeigten großes Verständnis für die Kalifornierin und hätten ihm wohl am liebsten eine große gelbe Karte an sein Fach geklebt. Immerhin hielten Wolfram, Horst und Werner zu ihm.

Schon zwei Jahre vorher hatten sie sich mit ihm solidarisiert, als sich Eltern massiv über ihn beschwert hatten. Während seiner Pausenaufsicht hatte er ihren 13-jährigen Sohn an der Jacke von hinten gepackt, als dieser einem auf dem Boden liegenden Klassenkameraden ins Gesicht schlug. Er hatte ihn an der Schulter geschüttelt und angebrüllt. Klar, er war der Buhmann und gilt seitdem als der unpädagogische Knüppel aus dem Sack. Die Gespräche mit seinen Kollegen beschränken sich daher auf das dienstlich Unvermeidbare.

Bei diesen Erinnerungen dringen weitere berufliche und private Erlebnisse, Gespräche, Bemerkungen, Gesten und Blicke in ihn ein. Zweifel, Misstrauen, Besorgnisse, Unwahrheiten und Verheimlichungen verwirbeln in seinem Kopf. Nirgends Auswege, nur Sackgassen. Er stürzt aus dem Gebäude, hinaus in das grelle Licht der Sonnenstrahlen. Er setzt sich auf eine Bank in der hintersten Ecke des Schulhofs, dorthin, wo sich gerne kleine Schülergruppen bilden, zu denen die Aufsicht führenden Kollegen einen gebührenden Abstand einhalten, um ja nicht mitzubekommen, was dort abgeht.

Dort hält er sich eine Stunde lang auf, vor ihm der vom Sonnenlicht erwärmte asphaltierte Platz. Einzig und allein für ihn, ohne umher rennende und schreiende Kinder und ohne die Zähne aufeinander zu beißen. Von den Schülermassen geht etwas Bedrohliches aus. In diesem Moment weiß er sich sicher, muss keinem aus dem Weg gehen. Er muss nicht aufpassen, dass er Verhaltensweisen erlebt, denen er hilflos gegenüber steht wie auf Klassen- und Studienfahrten, wenn er sich oftmals fremdschämte für das Benehmen der ihm Anvertrauten. Daher seit einigen Jahren seine Weigerung, mit Gruppen zu reisen.

Jedes Mal, wenn er in seiner Freizeit unterwegs ist und Schüler geballt in die öffentlichen Verkehrsmittel einsteigen, drängt er sich anfallartig und zur Seite stoßend zwischen ihnen hindurch, um schnellstens das Weite zu suchen. Er hatte sich auf Sylt am Strand extrem zusammenreißen müssen, zwischen den spielenden Schülern am Strand hindurchzugehen. Glücklicherweise war Annabelle an seiner Seite. Ihr gegenüber wollte er sich keine Blöße geben.

Wer weiß, vielleicht bekommt er ein anderes Verhältnis zu dem Kreischen und Bölken, zu der gruppendynamischen Rücksichtslosigkeit, wenn er es bei seinem heranwachsenden Kind in den nächsten Jahren miterlebt, und kann dadurch mehr Verständnis aufbringen. Obwohl er sich das in seinem Alter nicht vorstellen kann. Möglicherweise ist er nicht gewappnet für die Herausforderung, einen Sohn oder eine Tochter großzuziehen? Oder wird es ihm gut tun, weil er nicht mehr so viel über sich nachdenken muss?

Er verspürt Hunger. Bei seiner Mutter hätte er Rouladen und Rosenkohl genießen können, wenn sie ihm weiterhin die Wahrheit über den Schwangerschaftsabbruch verschwiegen hätte. Lust darauf, sich selbst etwas zu machen, hat er heute nicht. Also wird er sich auf dem Weg nach Hause zwei Burger kaufen und vor dem Fernseher während der Sportschau essen - und sich darüber ärgern. Danach wird er eine Flasche Grauburgunder öffnen und den Wein trinken zur Madrigalmusik von Monteverdi. Der heutige Tag bestärkt ihn in darin, seinen Geburtstag mit seiner Mutter, Annabelle und ihren Eltern sowie Marianne und Wolfram nicht nachzufeiern.

Obwohl der Unterricht nach den Ferien immer zur zweiten Stunde beginnt, tummeln sich bereits einige Schüler vor den Stehtafeln mit den Informationen zu den Klassen und Räumen. Einige sind entsetzt, andere begeistert, als sie den Namen ihrer neuen Klassenleitung lesen. Es kümmert sie nicht, dass Lars ihre Reaktionen mitbekommt. Er müsste sich beeilen. Er ist etwas später dran.

Doch sind die Zeiten längst vorüber, dass er sich wegen Unpünktlichkeit unwohl fühlt und es ihm peinlich ist, wenn er zu Konferenzen, Dienst- oder Lehrerversammlungen als letzter die Räume betritt. Inzwischen genießt er die Gesichtsverrenkungen der Kollegen und den mahnenden Blick der Schulleiterin. Soll sie sich ruhig eine Notiz aufschreiben und seinen Personalunterlagen hinzufügen. Es gibt für ihn an der Schule nichts mehr zu gewinnen und zu verlieren ebenso nicht. Ihm kann im Prinzip nichts passieren. Das Dienstleistungszentrum Personal überweist zuverlässig sein A13-Gehalt, die Berechnung seiner Pension begleitet seine Dienstzeit unaufhörlich.

Ihn kümmert es nicht, wenn hinter seinem Rücken über ihn getuschelt wird, weil seine frühere Euphorie in den letzten Jahren verflogen ist und sich einige über seinen Wandel wundern. Über andere, die sich von Anfang an keinen Illusionen hingegeben haben und den Dienst nach Vorschrift erledigen und damit wunderbar über die Runden kommen, zerbrechen sie sich nicht die Köpfe.

Und er muss ihnen Recht geben, wenn er die Abschaffung der Regelbeförderung, des Weihnachts- und Urlaubsgeldes und Nullrunden bei den Gehältern bedenkt, während gleichzeitig das Stundenvolumen und die Schülerzahlen in den Klassen erhöht werden.

In Anbetracht seiner inneren Kündigung dürfte er jedoch nicht überrascht sein, wenn die Schulleiterin ihn aussucht, wenn nach dem Personalbemessungsverfahren ein Kollege an eine andere Schule abgegeben werden muss. Dafür werden in der Regel Nichtverheiratete ohne Familie gerne ausgewählt. Die Versetzung wäre sicherlich an eine andere Kieler Schule oder an eine andere im direkten Umland. Insofern kein Problem, vielleicht sogar ein Vorteil. Vielleicht wäre er neu motiviert, weil er dann Vater sein wird.

Lars tritt in das Lehrerzimmer ein, grüßt kurz die Schulleiterin, welche die zwei neuen Kolleginnen und den Orientierungsstufenleiter mit einem Blumenstrauß beehrt, und geht nach hinten an seinen Tisch, an dem Wolfram, Horst und Werner sitzen und ihn angrinsen. Er hat wenig Lust, sich auf die Ausführungen der Chefin zu konzentrieren, entnimmt seiner Aktentasche drei Kursbegleithefte sowie seinen Stundenplan und beginnt die Tage und Stunden bis zu den Herbstferien einzutragen. Danach schreibt er die Namen der Klassen in seinen Lehrerkalender. Für die Oberstufenkurse macht er es noch nicht, erfahrungsgemäß gibt es im Laufe der Woche Änderungen.

Inzwischen haben die Stufenleitungen ihren organisatorischen Sermon heruntergebetet. So langsam geht es auf halb Neun zu, und eine gewisse Unruhe entsteht, wie bei den Schülern kurz vor Ende des Unterrichts. Der erste Teil der Dienstversammlung ist beendet, Fortsetzung folgt zum Unmut vieler in der siebten Stunde. Sie hatten wohl erhofft, dass alles in der ersten Stunde erledigt werden könnte. Gleich am ersten Tag bis um 14 Uhr an der Schule, eine Zumutung! Lars müsste sich ebenfalls ärgern, weil er heute nach der vierten Stunde frei hätte, denn die Fünftklässler werden erst am Montag eingeschult. Jedoch nicht einmal solche Ärgernisse dringen zu ihm durch, sie prallen ebenso wie positive Stimmungen an seinem Panzer der Gleichgültigkeit ab. Gott sei Dank sind es nur zwei Tage, dann haben alle ihr Wochenende. Das ist der Vorteil, wenn der Schulanfang an einem Donnerstag ist.

Horst und Werner haben im Unterschied zu Lars und Wolfram eine Klasse und brechen auf.

„Komm, Wolfram, wir machen einen kleinen Spaziergang zu den Sportanlagen."

Sie erheben sich und drängen sich durch das Gewusel der Lehrkräfte und der durch die Gänge strömenden Schüler. Mit der Entfernung vom Hauptgebäude klingt der Geräuschpegel ab. Lediglich die Fahrgeräusche an der nahe liegenden Straße sind zu hören. Von seiner vorzeitigen Rückkehr aus Wenningstedt und dem Nervenzusammenbruch seiner Mutter hatte Lars Wolfram telefonisch noch am selben Abend erzählt. Und nun fasst er zusammen, was danach abgelaufen ist. Am Ende bricht es aus Lars heraus: „Es gibt Neuigkeiten. Annabelle ist schwanger!"

Wolfram schaut völlig baff Lars an, scheint nicht zu glauben, was er eben gehört hat.

„Willst du mich auf den Arm nehmen?"

„Damit würde ich mir keinen Scherz erlauben."

„Du wirst also tatsächlich Vater?"

„Jaaaaaaa! Meine Güte. Annabelle hat es mir am Samstag gesagt. Sie wird es wohl wissen."

„Das ist ein starkes Ding. Andere in deinem Alter rechnen aus, wann sie Opa werden, und du errechnest den Entbindungstag deines Sohnes oder deiner Tochter."

„Wie wäre es, Wolfram, wenn du mir gratulieren würdest. Ob du es glaubst oder nicht, ich freue mich auf das Kind."

„Und ob du es glaubst oder nicht, ich mich ebenso für dich und Annabelle. Und wenn es so weit ist, sind Marianne und ich hundertprozentig bereit, euch zu helfen."

Dass seine Mutter ganz anders darüber denkt, will Lars lieber nicht ansprechen ebenso wenig wie den großen Krach.

Wolfram knufft mit der rechten Faust an Lars' Oberarm und besteht darauf, von Lars einen Kaffee ausgegeben zu bekommen. Auf dem Weg in die Kantine äußert Wolfram sich zu Mariannes Befindlichkeit, den Schulwechsel betreffend.

„Ihr grauste vor dem ersten Schultag und vor morgen. Sie war kurz davor, sich gestern Abend krank zu melden. Ich konnte es ihr zwar ausreden, aber wer weiß, wie sie nach den ersten Eindrücken heute drauf ist? Einfach wird es auf jeden Fall nicht für sie und für uns. Der Vorteil ist, dass es zum Einstieg nur zwei Tage sind und nicht gleich eine ganze Woche. Sicherheitshalber habe ich sie vorhin zur Schule gebracht. Ich wollte nicht, dass sie den Bus nimmt, es sich auf der Fahrt anders überlegt, womöglich vorher aussteigt und ins Haus zurückkehrt, um sich in ihrem Zimmer zu verkriechen. Annabelles Schwangerschaft könnte sie auf andere Gedanken bringen. Marianne und sie haben seit der ersten Begegnung im East of Dublin einen guten Draht zueinander."

Lars rät ihm, ihr eine Nachricht zu senden. „Frag sie, wie sie sich fühlt. Sie guckt sicherlich zwischendurch auf das Display."

„Ja, ich mache es. Geh' schon vor. Ich komme gleich nach."

Wolfram sieht etwas betrübt aus, als sie Kaffee in der Kantine trinken. Er hat keine SMS geschickt, sondern ein längeres Gespräch mit Marianne geführt.

„Es sieht nicht so gut aus. Sie ist bedrückt. Sie sitzt an einem Tisch mit drei viel jüngeren Lehrkräften. Sie hatte den

Eindruck, die Blicke der anderen Kollegen würden sie durchleuchten. Das Kollegium hat wohl erwartet, dass sie einige Worte sagen würde, als die Schulleiterin ihr einen Blumenstrauß überreichte. Wozu sie sich außerstande sah. Und sie meint, einige hätten vielsagend gegrinst, als nach einer kurzen peinlichen Pause die Chefin sich von ihr abgewendet hat."

„Und was sagte sie zur Schwangerschaft?"

„Tut mir leid, Lars. Das habe ich doch nicht angesprochen. Es passte nicht zu unserem Gespräch. Außerdem wollte sie nicht länger telefonieren. So, ich muss mich wappnen für meinen Auftritt in der neuen siebten Klasse."

„Wenn du willst, kannst du mich heute Abend wegen Marianne anrufen." Lars dreht sich ab und macht sich auf den Weg zum Kopierer.

12. Kapitel: Largo

Annabelle steigt aus ihrem alten Corsa. Ihre Mutter hat sie zum Abendbrot eingeladen. Sie wundert sich, dass vor dem dreistöckigen Mietshaus, in dem ihre Eltern leben, Pauls Volvo parkt. Also ist er nicht abgemeldet worden. Normalerweise stand er in einer Garage zwei Straßen weiter. So war es, als Paul noch gelebt hatte. Annabelle ist davon ausgegangen, dass dessen Kinder den Wagen inzwischen verkauft hatten. Vielleicht weiß ihre Mutter, warum er hier geparkt ist. Annabelle entdeckt sie am Fenster. Sie zeigt auf den Volvo und zuckt mit den Schultern. Über das Gesicht ihrer Mutter huscht ein Lächeln. Annabelle eilt nach oben und umarmt ihre Mutter. Ihr Vater sitzt vor dem Fernseher und sieht sich eine Vorabendserie an. Sie setzt sich neben ihn und drückt ihn an sich. Er sieht müde aus. Er streichelt über Annabelles Haar und fragt: „Wann essen wir?"

„Der Tisch ist gedeckt, der Tee ist aufgebrüht", ruft ihm seine Frau zu.

Annabelle und ihr Vater gehen in den Nebenraum, in ihr früheres Kinderzimmer, das in ein Esszimmer umfunktioniert worden ist. Annabelle hatte es gestört, dass es lange so eingerichtet gewesen war wie in ihrer Jugend, und ihre Eltern gebeten, es anders zu nutzen.

Manfred greift in den Brotkorb nach dem geschnittenen Schwarzbrot, legt sich eine Scheibe Katenrauchschinken darauf und schneidet sie auf dem Holzbrett in Häppchen.

„Nimmst du keine Butter?" Annabelle schaut ihren Vater überrascht an. „Achtest du auf deine alten Tage aufs Cholesterin?"

Einen Augenblick lang wirkt er verwirrt, dann nickt er. Ihre Mutter stößt sie unterm Tisch an.

„Du schienst überrascht, als du Pauls Wagen gesehen hast", wechselt sie schnell das Thema.

„Ja, ich hatte gedacht, er wäre längst verkauft worden. Er hatte nicht viele Kilometer auf dem Tacho. Also hätte es eigentlich genügend Interessenten geben müssen", meint Annabelle und ist froh, von ihrem Fauxpas abgelenkt worden zu sein.

„Pauls Kinder hatten genügend andere Sachen zu klären, die für sie vorrangig waren, wie den Verkauf der Ferienwohnung in Nordstrand, die ihnen zu klein war und die jetzt veräußert worden ist. Nun wollten sie eine Anzeige wegen des Wagens schalten. Das brauchten sie allerdings nicht, weil Manfred und ich ihn erworben haben. Was sagst du dazu?"

„Obwohl euer Fiesta nicht in solch einem guten Zustand wie der Volvo ist, hätte ich es an eurer Stelle nicht gemacht. Die Umstellung auf die neue Größe wird für euch beziehungsweise für dich, Mama, nicht leicht werden. "

Annabelle sieht zu ihrem Vater hinüber, der zu überlegen scheint, was er als nächstes zu sich nehmen will.

„Es wird eher für dich ungewohnt sein, wenn du ihn für deinen Corsa eintauschst. Wir haben ihn für dich gekauft. Genau genommen für dich und Lars sowie für euern Nachwuchs."

Annabelle ist verblüfft. Wie soll sie darauf reagieren? Sie wäre lieber vorher informiert und gefragt worden, wenn es sich um eine grundlegende Sache wie um den Kauf oder in diesem Fall um das Geschenk eines Auto handelt. Mit einem Wagen sollte man sich identifizieren können, und ob das mit der Länge des Kombis so einfach ist, bezweifelt sie. Solch ein großes Fahrzeug hat sie bisher nie gefahren. Sie liebt ihren weinroten Corsa. Viele Mütter benutzen einen Kleinwagen für sich und ihr Kind, mit dem sie leichter einen Parkplatz in der Innenstadt finden können. Dass sie Lust darauf hat, den Kombi für Besorgungen zu nehmen, kann sie sich nicht gut vorstellen. Und diese dunkelgrüne Farbe! Aussprechen will Annabelle ihre Gedanken nicht. Das Lächeln im Gesicht ihrer Mutter ist einer gewissen Anspannung gewichen.

„Warum so nachdenklich?"

„Es ist ein großzügiges Geschenk. Aber ich hänge an meinem Wagen und trenne mich ungern von ihm. Ihr hättet das Geld für euch nutzen können. Vielleicht entstehen Ausgaben für Papa?"

„Welche Ausgaben für mich?", will ihr Vater wissen. „Ich habe alles. Lust auf Reisen habe ich nicht. Am liebsten bin ich zu Hause. Das und die wenigen Spaziergänge reichen mir."

Er lacht. Annabelle schaut ihren Vater zärtlich an.

„Ich weiß, dass du mit allem hier zufrieden bist und dass ihr mir gerne eine Freude bereitet. Ich werde alles in Ruhe durchdenken. Erst einmal herzlichen Dank!"

Ohne zu antworten beginnt ihre Mutter, den Tisch abzudecken. Annabelle hilft ihr, während ihr Vater sich vor den Fernseher setzt, um Tennis zu sehen.

„Ich könnte mir denken, dass Lars weniger skeptisch über das Geschenk ist", ergänzt Annabelle. „Erst letztens sprach er davon, unsere beiden Fahrzeuge zu verkaufen und dafür einen größeren Ein-Jahres-Wagen anzuschaffen. Er hat bestimmt nichts gegen den Volvo, zumal er Geld spart."

Annabelles Mutter sagt nichts. Sie holt vom Schlüsselbrett im Flur den Wagenschlüssel und drückt ihn Annabelle in die

Hand. Sie besteht darauf, mit ihr eine kleine Tour durch Neumünster zu machen. „Manfred will sicherlich nicht mit."

Sie lässt sich von ihrer Mutter, die sich bestens im Vorfeld informiert hat, alles erklären und wiederholt die wichtigsten Handhabungen. Zu ihrer Überraschung stellt sie sich schnell im Stadtverkehr und auf der Bundesstraße nach Hohenwestedt auf das neue Gefährt ein. Ein kurzer Anflug von Traurigkeit erfasst die beiden, als Annabelle den CD-Player anmacht. Es steckt die letzte CD drin, die Paul gehört und ihre Mutter herauszunehmen vergessen hat. Es ist eine Edition von Largo Musik verschiedener Komponisten, die Paul auf seinen Fahrten gehört hatte, wenn er mit seiner Frau in die Oper nach Hamburg, Kiel und Lübeck gefahren war. Nach ihrem Tod nur nach Kiel, weiterhin bei dieser Musik. Er spüre dadurch die Nähe zu Margarete, wie er Annabelle und ihren Eltern einmal erzählt hatte. Sie drückt auf ‚eject' und lässt ihre Mutter die CD ins Handschuhfach legen.

Nach einer Stunde Probefahrt bringt Annabelle sie zurück nach Haus und fährt an der Anschlussstelle Neumünster-Nord auf die A7, wo die Bauarbeiten für den sechsspurigen Ausbau in vollem Gange sind. Es ist jedoch nur ein kleines Stück bis zum Bordesholmer Dreieck. Von dort geht's nach Kiel ohne Einschränkungen weiter, und sie kann ihren neuen Wagen ausfahren. Sie wundert sich über sich selbst, dass sie auf 170 km/h beschleunigt und bereits die ersten Fahrzeuge überholt hat. Eine Geschwindigkeit, die sie mit ihrem Corsa nie gefahren war. Bei 130km/h war Schluss. Im Volvo merkt sie das höhere Tempo nicht. Ein völlig neues Fahrgefühl überkommt sie. Dazu tragen die vier Lautsprecher bei, aus denen die Musik besser erklingt als in ihrem Corsa.

Annabelles Bedenken sind verflogen, auch wenn sie sich in dem großen Kasten kleiner vorkommt. Jedoch mit Lars und ihrem Kind und den einzupackenden Kindersachen würde alles ganz anders aussehen. Am liebsten würde sie sofort zu Lars. Doch sie wünscht sich einen angemessenen Anlass, zu dem sie ihm den Wagen präsentieren könnte. Das wäre das Ballett Dornröschen von Tschaikowski, die zweite Vorstellung in der neuen Saison der Kieler Oper, zu der Lars zwei Karten im zweiten Rang von seiner Mutter geschenkt bekommen hat. Mit Paul hatte sie, wenn sie ihn anstelle ihrer Mutter begleitet hatte, im Parkett gesessen. Lars hat sich leider zu spät um den Umtausch für bessere Tickets gekümmert. Es war wohl zu viel für ihn in den letzten Wochen gewesen. Das Theater mit Gerlinde, dann der Schulbeginn und nicht zuletzt ihre Schwangerschaft. Vielleicht hätte Lars sein Abonnement verlängern sollen. Dann hätten sie Dornröschen vom ersten Rang aus gesehen. Wegen des Schlaganfalls seines Vaters während der Zauberflöte wollte er partout nicht die Fortsetzung des Abos, obwohl Gerlinde die Kündigung nicht guthieß. Sie konnte wohl mit der Erinnerung an den Abend besser umgehen als er.

Kurz bevor die A215 endet, hat Annabelle sich entschieden. Also biegt sie von der Autobahn nicht nach Norden auf den Westring ab, um Lars zu besuchen, sondern fährt geradeaus über den Schützenwall weiter.

13. Kapitel: Dornröschen

Zwei Stunden vor Beginn der Ballett-Aufführung will Anna-belle kommen. Den Grund hat sie Lars nicht gesagt, nur ihm heute Mittag die Nachricht mit Smiley und roten Kusslippen gesendet. Sonst hätte er sie erst eine Stunde später abgeholt. Ihm ist es recht. Dadurch haben sie Zeit, um bei ihm Weiß-wein beziehungsweise Tomatensaft zu trinken und Käse-häppchen zu essen. Das Taxi hat er zu um 19.30 bestellt. Den Corsa soll Annabelle stehen lassen.

Die neue Saison beginnt mit Annabelle an seiner Seite, neben ihr mit leichten gegenseitigen Berührungen, mit Ge-sprächen in den Pausen und auf dem Weg zu ihr und zum Abschluss in ihr Bett oder bald in einer gemeinsamen Woh-nung. Er ist in aufgewühlter Stimmung. Auch weil er sich im Gespräch mit seiner Mutter zu der Entscheidung durchge-rungen hatte, nie mehr mit ihr in die Oper gehen zu wollen. Sie könne doch allein die Inszenierungen ansehen oder sich Rentnerpaaren, Witwen oder am besten Witwern anschlie-ßen. Er würde sich sogar die Mühe machen, im Internet Gruppen zu finden, die gemeinsame Opernabende organisie-ren. Sie könne sich an einen Reisedienst wenden, der Fahrten zur Hamburger Staatsoper anbietet. Das wäre eine schöne Abwechslung für sie. Es gebe der Möglichkeiten viele. Nach dieser Phrase bedankte sich seine Mutter für das Glas Lei-tungswasser und verabschiedete sich.

Was hatte sie anderes erwartet? Dass er sie nach der Aus-einandersetzung im Werftpark in die Arme schließen würde? Und was hatte sie geritten, dass sie so einfach bei ihm auftauchte? Na gut, er hatte alle ihre Anrufe weggedrückt, sodass sie plötzlich unten vor der Haustür stand und klingelte. Als er ihre Stimme hörte, wollte er erst nicht den Türöffner betätigen, brachte es jedoch nicht übers Herz. Schnell lockte er Kleiner in das Arbeitszimmer, legte ihm Leckerlis in den Napf und drückte die Tür zu, damit er nicht die Nähe zu seiner Mutter suchte. Sonst hätte sie ihn ständig streicheln können. Natürlich wollte sie ihm wenigstens nachträglich zum Geburtstag gratulieren und sein Geschenk überreichen, zusätzlich zu den Opernkarten einen Gutschein für ein Wellnesswochenende in Hohwacht für zwei Personen. Sie hat sofort beteuert, dass nicht sie die zweite Person sein wolle. Sie habe an Annabelle gedacht. Er auch, wie er es seiner Mutter ohne Umschweife verdeutlichte. Ihre traurige Mimik in derselben Sekunde ließ vermuten, sie hatte tatsächlich die andere Möglichkeit vor Augen gehabt. Unfassbar!

Immerhin hat er seiner Mutter eine Karte mit der Ansicht von Alt-Hohwacht eine Woche später geschickt und sich das zweite Mal artig für das Geschenk bedankt. Annabelle hat ein paar liebe Zeilen ergänzt. Er konnte sie schlecht bitten, es sein zu lassen, da er ihr nicht erzählt hatte, wie seine Mutter die Nachricht von der Schwangerschaft tatsächlich kommentiert hatte, und von den weiteren Vorkommnissen schon gar nichts.

Gerade bevor seine Mutter die Wohnungstür schließen wollte, rief er ihr hinterher, dass er überhaupt nicht gefeiert habe. Es erschien ihm so, als wirke sie daraufhin ein wenig erleichtert, sodass er sich im Nachhinein über seine Anmerkung geärgert hat. Es kam ihm wie eine nachträgliche Teilkapitulation vor. Er hätte einfach behaupten sollen, Annabelle und ihre Eltern sowie Wolfram und Marianne hätten viel gelacht, gut getrunken und gegessen und hätten sich bis morgens um drei Uhr toll amüsiert. Das hätte ihr in der Seele zweifellos wehgetan. So musste ihr seine Absage an alle nicht wie eine persönliche Niederlage vorkommen.

Er trägt die beiden Käseteller ins Wohnzimmer und gießt Saft und Wein in die Gläser. Ein Hupen ertönt. Es sind sicherlich Studenten, die ihre zwei Kommilitonen aus dem Dachgeschoss abholen wollen. Deren Besucher pflegen die Unart, sich auf diese Weise bemerkbar zu machen. Schon wieder! Nervig! Er geht ans Fenster, um zu sehen, welche Idioten es dieses Mal sind. Ein Volvo steht am Bürgersteig schräg gegenüber. Das Fenster ist heruntergekurbelt. Annabelle schaut heraus und winkt ihm lachend zu. Sie strahlt übers ganze Gesicht.

Die Scheibe gleitet nach oben. Anstelle von Annabelle taucht Pauls Körper auf, zur Fahrertür gerutscht, der Kopf bewegungslos am Seitenfenster angelehnt. Lars wird schwindlig, er krampft sich an der Kante des Fensterbretts fest. Wie durch einen Schleier sieht er sich auf der Autobahn am Fahrzeug. Er will weg davon. Die Beine versagen ihm den Dienst. Ihm wird schwarz vor Augen. Er sackt zusammen.

Was ist das für ein Geräusch? Es klingelt. Wer ist das? Erwartet er jemanden? Langsam dämmert es ihm, dass es Annabelle sein muss. Ach ja, das Hupen und der Volvo! Vorsichtig bewegt er den Kopf hin und her und richtet mühsam den Oberkörper auf. Neben ihm sitzt Kleiner. Schaut dieser ihn verwundert an? Sein Kopf senkt sich zu Lars' Hand. Ein flüchtiges Ablecken, als würde Schmirgelpapier ihn streifen, und Knabbern an Lars Fingern. Erneut das Klingeln. Warum so ungeduldig? Langsam erhebt er sich, bleibt stehen und atmet durch. Leicht schwankend geht er - Kleiner voran - durch den Flur und öffnet Annabelle die Wohnungstür. Sie reißt erschrocken die Augen auf. Schnell ist sie bei ihm und presst ihn an sich. Dann schiebt sie ihn ein wenig zurück.

„Was ist los mit dir? Du bist ja kreidebleich!"

„Ich weiß es nicht. Plötzlich lag ich auf dem Boden." Seine Stimme kommt ihm gedämpft vor, die von Annabelle klingt besorgt.

„Leg dich aufs Bett. Ich gebe dir Wasser, und danach gieße ich einen Melissentee auf. Komm' schon."

„Nicht ins Bett. Wir setzen uns ins Wohnzimmer. Ich fühle mich nicht mehr wackelig auf den Beinen und im Kopf benommen."

Annabelle beharrt nicht auf ihren Rat, bleibt dicht bei ihm, bis er sich aufs Sofa gelegt hat. Sie holt das Getränk und setzt sich ihm gegenüber hin, nachdenklich ihr Blick. Sie will wohl etwas sagen, überlegt es sich aber anders und betrachtet schweigend die gefüllten Gläser und den Käse mit den Zahnstochern. Kleiner rollt sich zu Lars' Füßen zusammen und schließt die Augen. Es ist Lars, der als erstes das Wort ergreift.

„Was hast du dir bloß dabei gedacht?" Er schüttelt den Kopf.

„Was ich mir gedacht habe? Was meinst du damit?"

„Du weißt schon."

„Ich weiß überhaupt nichts. Sag endlich, was du meinst."

Annabelle hat ihn zuerst verwirrt angesehen, nun zieht sie die Stirn kraus, und die Augen blitzen zornig auf.

„Wo ist dein Corsa?" Lars Stimme klingt wieder fest. Er nimmt die Beine abrupt vom Sofa und setzt sich aufrecht hin.

Von der Schwäche ist nichts mehr zu spüren. Dafür steigt sein Adrenalinspiegel. Kleiner springt verschreckt auf und verschwindet aus dem Raum.

„Zu Hause natürlich. Ist das der Grund für deine komische Fragerei? Dass ich mit einem anderen Wagen hier bin?"

„Genauso ist es. Mit welchem Wagen bist du gekommen?"

„Mit einem Volvo. Du hast ihn doch vom Fenster aus gesichtet. Allerdings wirktest du nicht gerade erfreut, mich zu sehen. Du hast mir auch nicht zugewinkt. Plötzlich warst du weg."

„Warum wohl? Weil mir schlecht wurde."

„Wegen des Wagens oder meinetwegen?"

„Rede keinen Stuss. Deinetwegen sicherlich nicht. Wieso fährst du Pauls Volvo?"

„Meine Eltern haben ihn mir gekauft. Um genau zu sagen, für uns."

Lars überlegt, wie er sein Missfallen äußern soll, ohne bei Annabelle Verdacht zu erwecken, dass die Umstände von Pauls Tod andere waren als die ihr bekannten. Er kann nicht mit der Wahrheit herausrücken.

„In dem Wagen ist Paul gestorben. Ich habe ihn tot auf seinem Sitz erblickt. Diese Szene sehe ich oft vor mir, ich könnte damit nicht fahren."

War es überhaupt der Anblick von dem Toten, der die Beklemmung hervorruft oder eher die Bestürzung darüber, dass er dafür verantwortlich war? War es nicht eher der auf ihm lastende Druck, weil er Konsequenzen fürchten musste oder muss? Oder Angst vor Pauls Rache, so irrational beziehungsweise lächerlich der Gedanke auch sein mag? Vielleicht würde ihn - wie immer sie auch aussähe - die Strafe Gottes ebenso in dem Volvo heimsuchen?

„Empfinden deine Eltern und du kein Unbehagen, ihn zu benutzen?"

„Nein, weil Paul es so gewollt hätte. Meinst du nicht, er sieht lieber uns am Lenkrad als irgendeinen Fremden?"

„Warum nehmen seine Kinder nicht den Volvo?"

„Weil sie selbst Kombis haben."

Lars will sich das nicht weiter anhören. Seine Stimme wird lauter.

„Ich steige niemals in dieses Auto. Nein, nein und nochmals nein! Geht das in deinen Kopf?"

Annabelles Körper scheint zu versteifen. Ihre Stimme senkt sich.

„Dein Ausbruch war nicht zu überhören. Auch von den Anderen im Haus!"

Sie löst sich aus dem Sessel und geht aus dem Zimmer.

„Willst du mir Tee aufbrühen? Den will ich nicht mehr."

Bedächtig dreht sich Annabelle um und antwortet ihm ruhig: „Nein, das habe ich nicht vor. Ich fahre ins Theater. Mit dem Volvo. Wir treffen uns nachher im Opernhaus."

Lars denkt nach. Dabei taxiert er sie von oben bis unten. Sie trägt das Kleid, in dem er sie an der Seite Pauls zum ersten Mal gesehen hat.

„Ich komme nicht nach. Es sei denn, du ziehst dich um. Mit diesem Kleid begleite ich dich nicht. Das hast du an dem Unglücksabend getragen. Hast du keine anderen Kleider fürs Theater?"

Im ersten Moment wirkt Annabelle verstört. Dann fasst sie sich an den Kopf und schaut Lars mitleidig an.

„Drehst du jetzt völlig durch?"

„Außerdem ist es zu kurz und zu eng. Und das bei deiner Schwangerschaft. Sie ist doch bereits am Bauch zu erkennen. Ich finde es aufdringlich. Du ziehst ungewollt oder sogar gewollt die Blicke der Männer auf dich. Das will ich nicht. Wechsel es. Dann komme ich nach."

„Soll ich mich etwa schämen, schwanger zu sein? Muss das verborgen sein? Das Kleid ist knielang. Und so stark ist die Wölbung nicht." Sie lächelt Lars an. „ Weißt du was? Es ist es mir egal, ob du dabei bist. Vielleicht findet sich jemand, der das Bedürfnis hat, mich wie Dornröschen wachzuküssen, falls ich vor Erschöpfung über dieses Gespräch im zweiten Rang einschlafen sollte."

„Hau bloß ab!" brüllt Lars hinterher, als sie langsam die Wohnung verlässt und leise die Tür schließt.

Lars räumt den Tisch ab. Unruhig bewegt er sich durch die Wohnung. Hinsetzen oder Hinlegen, das kann er vergessen. Musik will er nicht hören. Der Fernseher bleibt aus. Er sollte Rad fahren oder wenigstens an die frische Luft gehen. Diese scheint ihm in seinen vier Wänden knapp zu werden. Er muss ans Fenster. Er reißt es auf und beugt sich weit hinaus. Ein Passant könnte meinen, er müsse sich übergeben. Auch wenn er es nicht macht, fühlt er sich wie ausgekotzt, leer, ausgepumpt, ohne Energie, allein gelassen.

Er kapiert es nicht. Warum will Annabelle ihn nicht verstehen? Warum versteift sie sich so? Selbstsüchtig bringt sie kein Quäntchen Verständnis für ihn auf. Nur weil sie nicht den Mut hat, das Geschenk ihrer Eltern zurückzuweisen. Seinen Golf für dieses vom Tod auserwählte Auto auszutauschen! Das erwartet Annabelle tatsächlich von ihm. Mit keiner Silbe ist sie auf seine Nöte eingegangen.

Diese hirnrissige Floskel von Hinterbliebenen, der Tote hätte es so gewollt, er hätte sich gefreut, ist unerträglich. Der Verstorbene hätte meistens am liebsten in seiner Normalität weitergelebt und hätte mit den Gästen der Trauerfeier lieber zu anderen Anlässen gefeiert, anstatt nicht mehr hören zu können, was er alles nach seinem Abgang doch ach so positiv sehen würde.

Annabelle hätte ohne großen Aufwand das Kleid wechseln können. Aber nein, sie bleibt stur, weil sie sich ihre Attraktivität in den begehrenden Blicken der Männer bestätigen lassen will. Und mit der betonten Darbietung ihrer Schwangerschaft will sie sich als zukünftige Mutter herausputzen. Sie ist einfach losgefahren, obwohl es ihm schlecht ging. Ohne Rücksicht darauf, dass er erneut in Ohnmacht fallen könnte.

Sie hat doch gar nicht ihre Karte? Wo hat er sie eigentlich? Schon in seinem Jackett? Auf dem Flurschränkchen! Hastig geht er dorthin. Die Karten sind weg. Sie hat sie mitgenommen, alle beide, ihn nicht einmal informiert, einfach so. Und er hat es nicht bemerkt. Warum alle beide? Was will sie mit seiner Karte? Will sie diese für einen anderen? Hat sie den ganzen Streit provoziert, weil es für sie leicht ist, sein Verhalten zu antizipieren? Und ihr Plan ist aufgegangen. Weil er, Lars, solch ein Idiot ist und sie nicht durchschaut. Aber für wen ist die Karte? Für ihren natürlich nur befreundeten Arzt, mit dem sie sich so vertraut und launig unterhält, wie Lars ein- bis zweimal zufällig erlebt hat? Oder käme ein anderer Typ in Frage, vielleicht der junge Mann vom unheilvollen Abend der Zauberflöte? Obwohl Annabelle, darauf von Lars irgendwann angesprochen, gesagt hat, dass sie die Karte erst kurz vor Beginn der Vorstellung an ihn verkauft habe. Der hat sie doch nur genommen, weil er sich an Annabelle ranmachen wollte. Mit Sicherheit hat er ihr seine Handynummer gegeben, die sie in diesem Moment wählt, um ihn einzuladen. So wird es sein, und so lümmelt er sich kostenfrei neben sie. Vielleicht gibt's ja Gratisküsschen als Zugabe. Oder doch der Arzt?

Lars weiß, was er in dieser Situation zu machen hat. Er zieht die Anzughose aus und eine blaue Cordhose an sowie den grauen Baumwollpullover, unter dem er das weiße Hemd anbehält. Bevor er geht, füllt er Kleiners Napf nach, streichelt ihm über den Kopf und versichert ihm, nicht die ganze Nacht wegbleiben zu wollen, denn bei Annabelle wird er definitiv nicht landen. Aus der Schublade seines Schreibtisches holt er sein Opernglas. Kaum ist er an der Straße, als ein Taxi, das er völlig vergessen hat, hält. Er greift hektisch in sein Portemonnaie und reicht dem Fahrer fünf Euro, bevor der sich aufplustern kann.

Der Golf steht dieses Mal in der Howaldtstraße. Wie spät ist es eigentlich? Zehn Minuten vor sieben. Dann schafft er es in zehn Minuten zum Parkplatz an der Faulstraße. Von der Ecke Kehdenstraße/Holstenbrücke kann er die Treppenstufen zum Eingang des Opernhauses gut beobachten. Das kann nicht wahr sein. Wie kann man seinen Wagen so zuparken? Das wird mühevoll. Er umrundet sein Fahrzeug. Es ist zu schaffen, wird jedoch etwas länger dauern. Aber Annabelle muss herumtelefonieren, dadurch verzögert sich ihre Ankunft. Lars muss drei bis vier Mal vor- und zurücksetzen, bis er den Golf aus der Lücke gekurbelt hat, und touchiert dabei den Renault hinter ihm. Was soll's. Die Karre gehört verschrottet, so wie die aussieht.

Die Ampeln haben sich gegen ihn verschworen. Ständig muss er halten und warten. Endlich da! Gerade als er den freien Platz entdeckt, blinkt ein Mercedes und parkt dort ein. Lars hupt wie wild und macht Zeichen, dass er dorthin wollte. Verwundert schaut ihn der ältere Fahrer an, macht eine Geste des Bedauerns, stellt den Motor ab und steigt aus, geht auf die andere Seite seines Wagens und öffnet der Frau die Tür. Lars funkelt den Mann aggressiv an und fährt weiter. Der Parkplatz Kehdenstraße ist ebenfalls belegt. Schließlich hat er Glück. Am Seitenstreifen in der Küterstraße findet er einen freien Platz. Er greift nach der schwarzen THW-Schirmmütze, schließt ab und geht zügig, aber nicht hetzend, zur Holstenbrücke, muss jedoch nach zwanzig Metern zurück, weil er das Opernglas vergessen hat.

Als er schließlich an der geplanten Beobachtungsecke ankommt, zeigt seine Armbanduhr Viertel nach sieben. Jedoch kann er nicht den Eingangsbereich erkennen. Die sich behutsam verfärbenden Bäume am Kleinen Kiel versperren ihm die Sicht. Mist! Er muss näher ran, zu dem Häuschen auf dem Bürgersteig gegenüber. Dorthin, wo die Außenstelle der Abfallwirtschaft eingerichtet ist und - dazu passend - mit einer öffentlichen Toilette ausgestattet ist. Er muss sich hinter einem der Bäume verbergen und so tun, als warte er dort auf jemanden, mit dem er verabredet ist.

Er überquert den Martensdamm und postiert sich an einer Kastanie, von der viele Blätter an den Rändern braun geworden sind. Von hier sieht er einige Gäste in leichter und heller Sommerkleidung vor dem Eingang, mit Gläsern in der Hand.

Zeit bis zum Beginn des Balletts ist genug. Für einen Abend Ende September ist das Wetter einfach herrlich. Die Sonne hat noch Kraft genug. Allerdings kann er es nicht so genießen, denn er ist nicht dort, mit Annabelle Händchen haltend.

Annabelle ist nicht zu sehen. Ist ihr Gast bereits eingetroffen und prostet ihr im Foyer zu? So geeignet ist das Opernglas nicht für diese Entfernung. Er hätte den Feldstecher nehmen sollen, den er für den Schottlandurlaub mit seiner Mutter gekauft hatte. Dieser würde allerdings eher auffallen als das in der Handfläche zu haltende Opernglas. Er muss auch so genug aufpassen, wenn Passanten vorbeikommen. Allerdings hat er das Glas nicht permanent vor den Augen. Beim ersten Mal schon, weil er die Entfernung und Schärfe justieren musste. Nun ist es eingestellt und bereit für das Pärchen.

In diesem Augenblick erscheint sie. Er hält das Opernglas vor die Augen. Sie stolziert über den Rathausmarkt und schreitet die wenigen Stufen zum Eingangsportal hinauf. Wieso bewegt sie sich so affektiert? Sie streift mit ihrem Blick über den Hiroshimapark und den Kleinen Kiel hin zur Holstenbrücke. Er macht einen Schritt hinter den Baum. Hat sie ihn entdeckt? Sie schien zu stutzen. Vorsichtig schiebt er den Kopf und das Glas um den Stamm. Sie hat sich bereits abgewendet. Etwas anderes hat ihr Interesse geweckt. Genau genommen, jemand anderes. Das kann nicht sein. Er traut seinen Augen nicht. Doch er ist es, sein Kollege, sein Freund und dickster Kumpel. Sie hat Wolfram angerufen, und der hat wohl sofort zugesagt. Er hatte Annabelle von Anfang an gemocht. Also nicht verwunderlich! Wolfram begrüßt sie strahlend, Küsschen hier, Küsschen da. Als wenn das nicht gereicht hätte, schauen sich beiden viel zu ausgiebig an, umarmen sich fest, verharren lange Wange an Wange. Lars wendet sich ab, stützt den Kopf gegen die Rinde, würde am liebsten die Stirn gegen den Baum rammen und blutüberströmt zum Opernhaus rennen.

Das Opernglas rutscht ihm aus der Hand und kullert den kleinen Rasenhang hinunter. Angespannt hält Lars die Luft an. Er hat Glück. Das Glas landet nicht im Wasser, sondern an ein paar Steinen davor. Dennoch würde er am liebsten sofort hin und darauf herumtrampeln und die Reste im Teich versenken. Er lehnt sich mit dem Rücken gegen das Holz und rutscht wie in Zeitlupe auf den Hintern, zieht die Beine an die Brust und legt die Stirn auf die Knie. Jemand beugt sich zu ihm hinunter und erkundigt sich nach seinem Befinden. Lars winkt die Person mit der linken Hand weiter. Er versteht nicht, was sie vor sich hinmurmelt. In seinen Ohren rauscht es. Er schluckt mehrmals und fühlt die Halsschlagader. Erstaunlich, der Pulsschlag hat sich nicht dramatisch erhöht, und der Herzrhythmus ist nicht unregelmäßig. Wenigstens in dieser Hinsicht muss er sich keine Sorgen einreden, wenigstens noch nicht. Wer weiß, was der Abend obendrein alles offenbaren wird. Er könnte das Techtelmechtel zwischen den beiden unterbrechen, indem er Annabelle anriefe. Sie wüsste nicht, woher der Anruf käme. Hier würde sie ihn nicht vermuten. Würde sie sich überhaupt Gedanken machen, wie er den Abend verbringen würde, nun da sie ihn für Wolfram abserviert hat?

Wie soll er seinem Freund am Montag eigentlich begegnen. Am besten, er würde lapidar jeden Versuch Wolframs, von dem Theaterbesuch zu erzählen, mit „interessiert mich nicht" unterbinden. Wenn er überhaupt etwas sagen würde.

Vermutlich wird er es verheimlichen, wie Annabelle auch. Obwohl er gerne wüsste, was sie ihm vorgeschwindelt hat, um ihn von Marianne wegzulocken. Lars könnte diese anrufen, um Näheres zu erfahren, oder sie fragen, ob er vorbeikommen könnte. Sie verstehen sich ebenfalls gut. Oder Lars würde Marianne für eine Vorstellung um 20.30 Uhr im CinemaxX einladen. Nein, das geht nicht. Er muss nachher das weitere Geschehen beobachten. Annabelle und Wolfram haben sich ausführlich genug abgetastet und das Foyer betreten, sodass Lars sein Opernglas holen kann. Beschädigt ist es nicht. Lediglich abwischen muss er es, nicht entsorgen im Mülleimer neben der Toilette.

Er geht zum Alten Markt und setzt sich draußen auf einen Platz an einem Vierertisch, an dem zwei Männer um die Dreißig diskutieren. Sie schauen zu Lars. Einer meint ironisch anmerken zu müssen, der Platz sei frei, konzentriert sich dann wieder auf seinen Partner. Das Gespräch dreht sich um die Frage, ob die Große Koalition sich zur Homo-Ehe durchringen wird. Lars schaltet ab und winkt die junge Kellnerin herbei, um ein großes naturtrübes Bier zu bestellen. Er ärgert sich, dass er bei seinem plötzlichen Aufbruch zu Hause die Pfeifentasche vergessen hat. Eine Zigarette bei den Tischnachbarn zu schnorren, klappt nicht. Sie würden nicht rauchen. Und schon vertiefen sie sich wieder in ihrer Unterhaltung, begleitet von kleinen Streicheleinheiten für die Hände. Ein distinguiert wirkender Endvierziger raucht ein Zigarillo am Nebentisch. Als Lars ihn um einen bittet und die zwei Schritte zu ihm geht, reicht er ihm einen dunkelblonden aus einer kleinen Kiste und gibt ihm Feuer. Den einen Euro von Lars schlägt er aus.

Die Kellnerin stellt das Bier ab. Lars setzt sich seitwärts mit seinem Stuhl hin. Die Missbilligung der beiden Schwulen über sein Rauchen war nicht zu übersehen. Aus seiner kleinen Umhängetasche nimmt er das Smartphone und die Kopfhörer heraus, stöpselt sie und hört sich Klaviersonaten von Chopin an. So findet er endlich nach zwei Stunden ein wenig innere Ruhe. Ganz verdrängen kann er die Gedanken über Annabelle dennoch nicht. Dazu müsste er sich an der Unterhaltung der beiden Turteltäubchen beteiligen oder mit dem Spender seines Zigarillos reden.

Was seine Mutter zu dem Konflikt mit Annabelle sagen würde, wüsste er. Sie habe es kommen sehen. Von Anfang an sei sie skeptisch gewesen. Er finde einfach nicht die richtige Frau. Er sei zu schade für die Frauen. Ihn stört es ungemein, dass sie immer recht damit hatte. Denn er kann sich nicht daran erinnern, ursächlich für das Scheitern seiner Beziehungen verantwortlich gewesen zu sein. Vor allem das Verhalten von Bärbel, die ihn vor vollendete Tatsachen mit der Abtreibung gestellt hatte, hat das Ende ihrer Ehe herbeigeführt. Tatsächlich jedoch war seine Mutter die treibende Kraft gewesen. Das ist Schnee von gestern. Es interessiert ihn nicht mehr, nur die Frage, wie es jetzt mit Annabelle weitergehen soll? Sie war die Unnachgiebige, ohne Feingefühl ihm gegenüber. Hastig trinkt er und verschluckt sich. Er hustet wie verrückt. Das Gespräch neben ihm verstummt. Ihm schießen die Tränen in die Augen. Schließlich ebbt der Hustenanfall ab. Mit seinem Stofftaschentuch wischt er sich um den Mund den Speichel ab. Den Zigarillostummel wirft er auf das Pflaster und tritt die Glut aus. Er fängt die Kellnerin ab, als sie wieder in die Gaststätte hinein will, bezahlt und entfernt sich Richtung Nikolaikirche. Dort setzt er sich auf die beiden Stufen von Ernst Barlachs Geistkämpfer. Welcher Geist könnte ihn auf den richtigen Pfad bringen, das Böse in ihm bekämpfen, das Böse der Lüge, das Böse seiner Abgelenktheit auf der Autobahn, das Böse seines Versagens?

Er streift durch die Holstenstraße, der er überhaupt nichts mehr abgewinnen kann, legt einen Stopp an der Asmus-Bremer-Plastik ein, klopft der Leitfigur des Kieler Umschlags auf die Schulter. Sein die Zeit totschlagender Spaziergang führt Lars bis zum Bahnhof und zurück über den Ziegelteich auf die Rückseite der Ostseehalle, wie er den Heimspielort des THW weiterhin nennt, hinunter die Rathausstraße, bis er an den Parkplatz am Hintereingang des Opernhauses gelangt, wo Pauls Volvo nicht zu finden ist. Ihn sträubt es, von Anna-belles Volvo zu sprechen.

Er durchquert den Zugang auf die Parkfläche im Innenhof des Rathauses. Dort hat ihn Annabelle abgestellt. Bei seiner Größe nicht zu übersehen. Immerhin hat sie es geschafft, ihn passgenau in der abgegrenzten Zone zu parken. Lars sucht alle vier Wände des Innenhofs nach Licht in den Fenstern ab. Alles dunkel! Aus seiner Tasche nimmt er das Schweizer Messer heraus. Er fummelt den Korkenzieher heraus und zieht erst an der Fahrerseite, dann an der Beifahrerseite ein-mal hin und einmal her. Im Anschluss kratzt er je ein Toten-kreuz in die Motorhaube und unter die Heckscheiben. Das tut gut. Das Torerolied aus Bizets Carmen pfeifend, verlässt er den Innenhof. Er stutzt. Er hätte alles Mögliche eingravieren sollen, aber kein Kreuz.

Die ersten Besucher sind auf dem Weg zu den Parkplätzen oder in den Ratskeller. Zügig geht er am Restaurant vorbei bis zur Ecke an der Treppenstraße, wo er sich an die Wand lehnt. Von hier kann er verfolgen, wenn Annabelle über den Rathausplatz zu ihrem Wagen geht, mit Wolfram neben sich, vielleicht Hand in Hand oder bei ihm eingehakt, den Kopf an seine Schulter geschmiegt? Oder er hat den Arm liebevoll um sie gelegt? Sie tauchen auf. Angeregt unterhalten sie sich. Sie steuert nicht den Parkplatz an, sondern den Ratskeller. Er hält ihr die Tür auf, bleibt jedoch draußen und schaut sich suchend um. Haben sie ihn am Kleinen Kiel doch bemerkt, und Wolfram will herausfinden, ob die Luft jetzt endlich rein ist, damit sie ihr tête à tête ungestört fortsetzen können?

Wolfram winkt in seine Richtung. Lars ist irritiert. Meint er ihn? Lars dreht sich um und sieht am Eingang der Kieler Nachrichten Marianne kommen. Sie winkt zurück. Abrupt läuft er hinter das Gebäude der KN. Er atmet schwer. Plötzlich hört er seinen Namen, oder bildet er es sich ein? Es ist Mariannes Stimme. Noch einmal ruft sie ihn. Lars rührt sich nicht. Er wird sich nicht zeigen, alles später bestreiten, wenn sie ihn darauf ansprechen sollte, ihr versichern, dass sie sich getäuscht haben muss. Es ist wieder still. Wieso ist Marianne eigentlich aufgetaucht? Haben die drei etwas Wichtiges zu bereden, was er wissen sollte? War sie eingeweiht? Wieso hat sie den gemeinsamen Opernabend von Annabelle und Wolfram gutgeheißen? Lars schwirrt der Kopf. Er hat genug von dem Ganzen und will möglichst schnell zu seinem Wagen. Marianne ist weiter gegangen.

Über die Willestraße, bloß nicht am Ratskeller vorbei, kehrt er zum Golf zurück. Vielleicht erwähnt Marianne gegenüber Annabelle und Wolfram, dass sie Lars gesehen hat. Dann würden sie sich die Köpfe zerbrechen darüber, was ihn geritten hätte, Annabelle zu stalken. Dabei wäre das der verkehrte Begriff, weil sie mit ihm zusammen ist. So weit ist es nicht, dass sie sich getrennt haben und er nicht von ihr lassen kann und sie ständig belagert und belästigt. Sie sind zusammen, erwarten ein gemeinsames Kind.

Muss er sich trotzdem Gedanken machen wegen der heftigen Auseinandersetzung mit Annabelle? In ein paar Tagen wird es ad acta gelegt sein. Weitere Gedanken über eine irgendwie geartete Intimität zwischen ihr und Wolfram muss er sich nicht machen. Dagegen spricht Mariannes Erscheinen. Er muss den dreien, vor allem Annabelle, glaubwürdig vermitteln, dass er den Abend zu Hause verbracht und zerknirscht die Flasche Wein geleert hat. Erleichtert startet er den Wagen. Aus dem Radio tönt der Hit von Snow Patrol ‚Chasing Cars‘. Es ist eine sanfte Melodie mit einem wunderschönen Text. Er muss mehrmals schlucken, um nicht zu weinen.

14. Kapitel: Von Kiel nach Laboe

Eine lange Reihe hat sich vor dem Schalter gebildet. Ein Vater hält sein in einem blauen Wickeltragetuch schlafendes Baby sanft an die Brust gedrückt, während seine Frau die Fahrpreise in dem Aushang studiert. Ein Rentner schüttelt den Kopf und schaut genervt zur Kasse, wo die Mitarbeiterin ein Paar über die Einsparmöglichkeit des Ganztagstickets informiert, das es schließlich kauft, allerdings für Hin- und Rückfahrt am nächsten Tag, was den Unmut einiger Wartenden verstärkt. Mit stoischem Gesichtsausdruck gehen die beiden an der Schlange vorbei.

Weiter hinten Stehende haben den kleinen Zwischenfall nicht mitbekommen. Einige unterhalten sich über das Wetter, das einen sonnigen Tag am Strand verspricht, andere lesen Nachrichten auf ihrem Handy oder wiegen den Kopf zur Melodie aus ihrem Smartphone. Zwei junge Männer beobachten zwei Mädchen in Minikleidern und Flip Flops, die sich Kaugummi kauend über die Typen, von denen sie am Abend vorher angebaggert worden sind, lustig machen. Gerlinde steht ein wenig abseits, während Annabelle sich nach und nach dem Schalter nähert.

Sie hat Lars' Mutter angerufen und vorgeschlagen, mit dem Fördedampfer nach Laboe zu fahren, dort auf der Promenade zu schlendern, vielleicht bis zum Laboer Ehrenmal, und danach in einem Restaurant oder an einer Imbissbude Fisch zu essen. Danach könnten sie mit dem Bus zurückkehren. Gerlinde würde in Gaarden aussteigen und Annabelle am Bahnhof. Nach einer Viertelstunde Wartezeit erhält sie die Fahrkarten und stellt sich mit Gerlinde am Anleger an, wo die ‚Schilksee' vor Anker liegt.

„Wir sind falsch hier", sagt Annabelle und zeigt auf die Leuchtschrift ‚Hafenrundfahrt' am Schiff. Sie müssen weiter, an die Spitze des Piers. In Sichtweite taucht der Fördedampfer an der Seegartenbrücke auf und steuert auf die Haltestelle am Bahnhof zu. Während die ‚Heikendorf' festmacht, beginnen die ersten von hinten zu drängeln. Vom Schiff hören sie die Aufforderung, eine Lücke zu bilden, damit die Passagiere aussteigen können. Gerlinde und Annabelle gucken sich an und verdrehen die Augen, weil es einigen Leuten nicht zügig genug geht. Kaum hat der Letzte das Schiff verlassen, beeilen sich die ersten Wartenden, um auf dem Achterdeck einen Platz zu ergattern.

Sie dagegen wollen nicht in die Sonne. Nachdem sie die Fahrscheine am Automaten entwertetet haben, setzen sie sich ans Fenster an einen der langen Tische. Ihre beiden kleinen Rucksäcke legen sie neben die Füße. Draußen sind die Plätze schnell eingenommen, sodass sich nach und nach der Raum füllt. Ein Paar mit Kind macht es sich neben Annabelle und Gerlinde auf der roten Bank bequem. Annabelle hatte gehofft, wegen des Gesprächs mit ihr allein hier zu sitzen, aber das war zu optimistisch gedacht. Vielleicht ist es sogar besser so. Denn sie weiß nicht recht, wie sie das Gespräch anfangen soll und ob der kleine Ausflug nach Laboe das geeignete Beiprogramm für das ist, was sie ihr zu sagen hat.

„Eine gute Idee die Fördefahrt", bemerkt Gerlinde und legt die Hände auf Annabelles Unterarm. „Seit Lars' Kindheit bin ich nicht mehr auf dieser Strecke gefahren. Damals hatte es Lars unheimlich Spaß gemacht, aufs Wasser zu schauen, die Bugwelle zu beobachten und zu sehen, wie Segelboote von der Wasserbewegung ins Schaukeln gerieten. Bei jeder Haltestelle hat er aufgeregt gefragt, ob wir endlich am Strand ange-kommen seien. Später ist er auf dem Schiff mit Freunden, meist nach Falkenstein, unterwegs gewesen. Was war das eine schöne Zeit!"

Gerlindes wehmütiger Blick ist nach draußen auf die ver-tauten Segelboote an der Reventloubrücke gerichtet.

Annabelle war oft von Neumünster mit der Regionalbahn nach Kiel und weiter mit dem Bus nach Schilksee oder Strande gefahren. Die Busse fuhren öfter, und es ging schneller, und sie waren bei schönem Wetter nicht so voll. Sie schaut auf den ro-ten Backsteinbau der Landesregierung mit dem hässlich grü-nen Glasanbau des Landeshauses, der wie ein Fremdkörper wirkt. Ebenso wie der schwarz verglaste Bau am Opernhaus.

Das ist das einzige, was sie an der Oper stört. Denn alles andere mag sie am Gebäude, vor allem das Interieur und in den meisten Fällen die Inszenierungen. So auch den Ballett-abend ‚Dornröschen', den sie trotz Lars' widerlichen Verhal-tens an der Seite von Wolfram genossen hat. Sie war ihm dankbar, dass er nicht nachgefragt hat, warum Lars sie nicht begleitet hatte. Auch nach der Vorstellung, als sich Marianne zu ihnen gesellt hatte, verschwendete sie im Ratskeller keinen einzigen Gedanken an Lars.

Das änderte sich erst, als sie sich von ihren Freunden ver-abschiedet und die Schrammen an der Fahrertür und dann am ganzen Wagen entdeckt hatte. Sofort hatte sie es nicht mit Lars in Verbindung gebracht, sondern an irgendwelche Row-dys gedacht. Beim Anblick der Grabkreuze war sie überzeugt davon, dass nur er es getan haben konnte.

„Jetzt ändert der Kapitän den Kurs und steuert das Schiff aufs Ostufer zu, hin nach Mönkeberg und Möltenort", sagt

Gerlinde zu Annabelle und holt sie in die Gegenwart zurück. Ein leichter Wind ist aufgekommen. Der Skipper eines Boots mit dänischer Flagge zieht das hintere Segel hoch. Die Eltern und ihr Kind verlassen den Tisch und gehen nach draußen.

„Wie war eigentlich das Wochenende mit Lars in Hohwacht?", erkundigt sich Gerlinde.

„Es tut mir leid, ich habe ganz vergessen, mich bei dir zu bedanken." Annabelle ist es peinlich. Normalerweise passiert ihr so etwas nicht. Doch Gerlinde scheint nicht sauer zu sein.

„Mach dir deswegen keinen Kopf. Wenn einer sich hätte melden können, hätte es Lars sein müssen. Es war schließlich sein Geschenk." Sie greift nach Annabelles Hand und tätschelt sie. Annabelle täuscht Husten vor und entzieht sie ihr.

„Es war großartig. Das Hotel war sehr schön eingerichtet. Das Zimmer war picobello sauber. Der Service war ausgezeichnet und das Frühstück erstklassig. Wir machten lange Spaziergänge und ließen abends in der gediegenen Bar die beiden Tage gemütlich ausklingen."

„Das freut mich. Ich könnte euch bis zur Geburt noch ein Wochenende schenken. Du kannst dir aussuchen, wohin du mit Lars möchtest."

„Gerne. Das ist sehr lieb von dir. Aber ich bin mir im Unklaren, ob ich es in der nächsten Zeit überhaupt will. Um es deutlich auszudrücken, ich bin momentan nicht gut auf Lars zu sprechen. Wir stecken in einer Krise."

So, jetzt ist es raus. Plötzlich ist es Annabelle leicht gefallen, das zu sagen. Gerlindes Reaktion überrascht sie ein wenig. Kein Entsetzen, kein „Oh Gott", eher so was wie ein kurzes Aufflackern von Schadenfreude. Oder hat Annabelle es sich eingebildet. Denn nun beugt sich Gerlinde mit ernstem Gesichtsausdruck vor und flüstert: „Was ist passiert?"

Und Annabelle erzählt von dem Vorfall am Abend vor der Ballettaufführung, dass Lars ihr hinterherspioniert und Pauls Volvo zerkratzt hat. Dass er es vehement bestreitet, sie beobachtet zu haben, obwohl Marianne felsenfest davon überzeugt ist, ihn am KN-Gebäude erkannt zu haben.

„Sie hat mich am nächsten Tag angerufen, um es mir mitzuteilen. Beim Essen im Ratskeller hatte sie es taktvoll nicht erwähnt. Unabhängig davon wusste ich sofort, dass er die Kreuze ins Auto geritzt hatte. Wenn es nur die Striche an den Seiten gewesen wären, hätte ich ihn nicht so eindeutig verdächtigt. Aber die Kreuze als Symbol des Todes können nur von ihm kommen. Er assoziiert das Fahrzeug mit Pauls Tod. Er weigerte sich, in den Wagen einzusteigen. Es hatte für mich hysterische Züge, wie er wütend und unnachgiebig auf den von meinen Eltern geschenkten Wagen reagiert hat."

Sie macht eine kleine Pause. Gerlinde betrachtet sie ruhig, ohne erkennbare Emotion, und wartet.

„Er hat mir vorgeworfen, einen Keil zwischen Wolfram und ihn treiben zu wollen. Und er ist eifersüchtig auf seinen Freund und unterstellt uns ein Techtelmechtel. Völlig an den Haaren herbeigezogene Vorhaltung."

„Ja, ja, so habe ich ihn früher erlebt, wenn er sich in etwas hineinsteigert, nicht mehr für Argumente zugänglich ist und alles abstreitet. Dass er dir nachspioniert hat, überrascht mich nicht. Bevor er damals Bärbel geheiratet hat, hatte er ihr oft am Arbeitsplatz aufgelauert, um zu sehen, ob sie mit Kollegen nach der Arbeit losziehen würde. Oder er hat sich in der Nähe ihrer Wohnung versteckt, um herauszufinden, ob sie

Männerbesuch bekam. Als Bärbel schwanger wurde, hegte er Zweifel, ob es sein Kind war. Das blieb ungeklärt, da Bärbel abgetrieben hat, nach den Gründen habe ich nie gefragt. Ich wollte mich nicht einmischen. Nun ja, Lars ist nicht damit fertig geworden und hat sich von ihr getrennt, was ich nie verstanden habe. Er hätte doch froh darüber sein können, das er sich nicht weiter mit der Vorstellung plagen musste, ein Kuckuckskind großzuziehen."

Am liebsten würde Annabelle sagen, dass sie von Lars weiß, wie es tatsächlich abgelaufen und wie schäbig Gerlindes Rolle gewesen war. Auf einmal ist sie unsicher, ob es richtig war, Gerlinde einzuweihen. Aber jetzt ist es geschehen. Die Schlammlawine ist losgetreten, und wer weiß, was sie alles mitreißt.

„Solch einen Argwohn, die Vaterschaft betreffend, hat Lars glücklicherweise nicht geäußert."

Sie hält inne. Die ‚Heikendorf' legt am Falkensteiner Strand an. Eine Gruppe von zwei jungen Frauen mit Kopftüchern und von acht jungen Männern schieben ihre Fahrräder auf das Schiff. Den Abschluss bildet deren Begleiterin. Parallel zum Ufer krault ein Schwimmer mit Schnorchel und Taucherbrille durchs Wasser. Annabelle stellt sich vor, dass er sorgenfrei ist, und beneidet ihn um die Entspanntheit seiner Bewegungen. Sie überlegt, ob sie weiterreden soll. Gerlinde guckt sie aufmunternd an oder lauernd?

„Lars' Verhalten hat sich geändert. Ich bin entsetzt über seinen Mangel an Vertrauen. Dabei hat er überhaupt keinen Grund, misstrauisch zu sein. Na gut, vielleicht hätte ich Wolfram nicht bitten sollen, mich zu begleiten. Hätte ich jedoch alleine gehen sollen, nur weil Lars durchgedreht ist? Dazu hatte ich keine Lust. Schon gar nicht nach der Auseinandersetzung mit ihm. Wolfram und Marianne sind unsere Freunde. Lars ist jedoch nicht gut auf sie zu sprechen, weil sie sich auf meine Seite geschlagen haben. So redet er es sich wenigstens ein. Den gemeinsamen Urlaub mit den beiden in den Herbstferien hat er gestrichen."

Gerlindes Blick verdüstert sich. Ihr Tonfall ist verändert, von einer Sekunde auf die andere anklagend.

„Das hast du ja grandios hinbekommen, mit deiner Einladung eine jahrelange feste Verbundenheit zu zerstören. Was hast du dir bloß dabei gedacht?"

Annabelle traut ihren Ohren nicht. Sie muss schlucken. Diesen Vorwurf kann sie sich nicht bieten lassen.

„Hast du überhaupt registriert, was ich dir erzählt habe? Nach deinen Worten muss ich es anzweifeln. Dein Sohn ist die Ursache für unser Zerwürfnis, nicht ich. Ein vernünftiges Gespräch mit ihm ist nicht möglich. Ständig mahnt er mich, nichts zu verbergen. Er macht abfällige Bemerkungen und Anspielungen. Er wisse genau, was ich so treibe und dass ich in Wirklichkeit nichts von ihm halte. Das ist krank. Inzwischen bin ich nicht abgeneigt, mich von ihm zu trennen. Dann hat er endlich erreicht, was er provoziert hat. Vielleicht ist es sein Weg oder sein Kalkül, sich aus der Verantwortung fürs Kind zu stehlen?"

Annabelle ärgert sich über ihre Tränen. Sind sie der Wut oder eher der Verzweiflung oder Traurigkeit geschuldet? Sie weiß es nicht. Zornestränen wären ihr in Gerlindes Gegenwart lieber. Die blickt sie kopfschüttelnd bekümmert an.

„Du solltest dich schämen, Lars solche Niedertracht zu unterstellen. Ausgerechnet er, der sich so über die Aussicht auf sein Kind gefreut hat und sich in der pädagogischen Arbeit tagtäglich für die Kinder und Jugendlichen zerreißt."

„Gerlinde, warum geht es nicht in deinen Kopf, dass er mir alles Mögliche unterschiebt und er das Problem ist?"

„Hast du denn, liebe Annabelle, einmal erwogen, auf Lars Rücksicht zu nehmen und auf den Volvo zu verzichten? Du hättest auch das Kleid wechseln können. Fang erst einmal bei dir an, bevor du Lars permanent schlecht machst."

Annabelle will das Gespräch nicht fortsetzen und greift unter dem Tisch nach ihrem Rucksack, als Gerlinde weiterredet.

„Wenn du fest entschlossen bist, verlass Lars. Ich würde es aber sehr schade finden, denn so leicht wird Lars nicht mehr eine feste Beziehung aufbauen können. Aber für das Kind sind es keine guten Voraussetzungen, ohne den täglichen Umgang mit dem Vater groß zu werden, wobei das Umgangs- und Sorgerecht zu klären wäre. Obwohl ich deine Haltung verantwortungslos finde, bin ich selbstverständlich für dich und das Kind da. Wenn du jemanden zusätzlich zu deinen Eltern brauchst, rufe mich an. Um Lars muss ich mich dann auch kümmern. Glücklicherweise hat er ja mich."

Nach der Stimmungsschwankung zwischen Verständnis und Anklage nun das fürsorgliche Getue, das Annabelle dermaßen reizt, dass sie sich nicht zurückhalten kann.

„Als würde ihm das guttun. Hast du nicht bemerkt, dass er dich meidet? Er unternimmt nichts mit dir, spricht kaum mit dir. Wenn ich nach dir gefragt habe, hat er unwirsch reagiert und sofort das Thema gewechselt. Den Geburtstag hat er deinetwegen nicht gefeiert. Und dafür bist du allein verantwortlich. Lars hat mir empört berichtet, wie du ihm lange verheimlicht hast, was am Abend vor Kurts Schlaganfall passiert war. Wie du dich später geweigert hast, Kurt im Krankenhaus zu besuchen und ihn zu Hause aufzunehmen, wenn er ein Pflegefall geworden wäre. Und du schwafelst von Verantwortung und deiner guten Beziehung zu deinem Sohn. Das ist Vergangenheit, hörst du? Vergangenheit."

Annabelle hat sich in Rage geredet. Dabei hat sie sich vorgebeugt und versucht, nicht zu laut zu werden. Jedoch nimmt kaum jemand von den Fahrgästen im Raum Notiz von ihnen. Sie sind mit sich selbst beschäftigt, sprechen über das, was sie am Ufer der Förde sehen, geben gegenseitige Erklärungen ab, machen Rätselspiele mit den Kindern. Andere sind in ständigem Auf und Ab nach draußen, sind zur Toilette, holen sich etwas zu trinken oder machen sich zum Aussteigen fertig.

Gerlinde wirkt, als hätte sie einen Schlag in die Magengrube erhalten. Volltreffer! Im Stillen reibt sich Annabelle die Hände. Sie hat Gerlindes Schwachstelle erwischt: Lars. Gerade als sie aufstehen will, wird sie von Gerlinde zurück auf die Bank gezogen.

„Was soll das? Ich will nach unten. Wir sind gleich da, und ich will schnell raus."

Gerlindes Handdruck wird stärker, bis Annabelle sich wieder hingesetzt hat und sie ansieht.

„Was ich dir jetzt sage, meine Annabelle, wird dir nicht gefallen. Lars hat nicht nur dich informiert über das, was dem Abend der ‚Zauberflöte‘ vorangegangen war, sondern auch mich, was sich am Abend nach ‚Falstaff‘ ereignet hat."

„Den Ablauf kenne ich. Also sagst du mir nichts Neues."

„Nicht so schnippisch, liebe Annabelle."

„Lass das mit der ‚lieben Annabelle‘."

„Wie du willst, Annabelle."

Gerlindes Mundwinkel zucken spöttisch.

„Du kennst einen, aber nicht den Ablauf, das, was sich wirklich abgespielt hat."

Der Fördedampfer drosselt die Geschwindigkeit und gleitet langsam an den Pier am Laboer Hafen. Die ersten Fahrgäste von draußen gesellen sich zu denen, die im Raum aufgestanden sind, und reihen sich ein, während Gerlinde in ruhigem Ton Lars' Fahrfehler auf der A215 genüsslich vorträgt und Annabelle ungläubig den wahren Hintergrund erfährt.

„Lars hat dich von Anfang an belogen. Eure Beziehung basiert auf einer Lüge. Das steckt hinter seiner Abneigung gegen den Volvo. Sein schlechtes Gewissen holt ihn ein. Er hatte im Wagen, als er kurz die Kontrolle verloren hat, dein Bild im Opernhaus vor Augen. Das hat er mir einige Tage nach dem Werftpark auf meine Frage am Telefon, wie es geschehen konnte, zähneknirschend gebeichtet. Ich hatte Lars hoch und heilig versprochen, alles für mich zu behalten. Doch dein Verhalten lässt mir keine andere Wahl. Hoffentlich wird durch meine Offenheit dein Entschluss bekräftigt, die Verbindung zu Lars zu kappen. Ich wäre sehr froh darüber. Lars will zwar seit einiger Zeit wenig mit mir zu tun haben. Aber es wird sich ändern, wenn er dich nicht mehr hat und vielleicht ebenso Wolfram nicht. Unser Verhältnis wird sich einrenken. Das ist sicher wie das Amen in der Kirche."

Annabelle ist erstarrt, alles verschwimmt vor ihren Augen. Mühsam rutsch sie durch die Bank und stützt sich auf der Rückenlehne ab. Langsam richtet sie sich aus der gebeugten Haltung auf. Ein älteres Ehepaar betrachtet sie besorgt und lässt sie vor, und sie geht vorsichtig Schritt für Schritt zur

Treppe, die aufs untere Deck führt. Nach Gerlinde dreht sie sich nicht um. Zu sagen gibt es nichts mehr. Von beiden Gängen ordnen sich die letzten Fahrgäste auf dem Abgang von rechts und links ein. Aus den Augenwinkeln bemerkt Annabelle, wie Gerlinde schräg links von der anderen Seite auftaucht. Annabelle fasst den Handlauf fest an. Sie fühlt sich wackelig auf den Beinen. Plötzlich verliert sie das Gleichgewicht und den Halt. Die Hand löst sich, sie stolpert nach vorn, will sich an einen jungen Mann klammern, der aber selbst wegkippt, sodass sie fällt und halb auf dem Mann unten zum Liegen kommt.

„Ich bin ihre Freundin, ich mach das schon", ist Gerlindes Stimme zu hören. „ Tut dir etwas weh? Kannst du aufstehen?"

Annabelle spürt leichte Schmerzen und fasst sofort an den Bauch. Der Mann zieht sich behutsam unter ihrem Körper hervor, sodass sie sich auf die rechte Körperhälfte dreht und sich hinsetzt.

„Verzeihung!" murmelt sie ihm zu und versucht ein Lächeln.

„Bei mir ist alles ok. Hauptsache bei Ihnen auch."

„Ich glaub' schon", sagt sie leise. „Helfen Sie mir bitte aufzustehen."

„Das mache ich", schaltet sich Gerlinde ein.

„Hau ab!"

„Wie du meinst. Mein Ticket habe ich ja. Komm gut nach Hause."

Annabelle bedankt sich bei dem Mann für die Hilfe, lehnt sich gegen eine Wand und verlässt als Letzte die ‚Heikendorf'. Viele tummeln sich an der Mole und auf dem Weg zum Strand, sitzen am Eiscafé und vor dem Fischrestaurant, kramen zwischen den draußen aufgehängten maritimen Kleidungsstücken herum oder bestellen ein Fischbrötchen am Kiosk. Ein Motorboot verlässt den kleinen Hafen. Eine Passantin sagt ihr, wo sich die Bushaltestelle befindet. Annabelle schaut sich den Fahrplan an. In zehn Minuten fährt der nächste Bus nach Kiel. Sie setzt sich erschöpft auf die Bank, spürt eine Bewegung im Bauch und atmet tief durch.

15. Kapitel: Von Laboe nach Kiel

Lars stellt seine Aktentasche neben den Schreibtisch in seinem Arbeitszimmer, als das Vibrationssignal erklingt, das er an dem Handy heute Morgen eingestellt hatte, bevor er die Schule betrat.

„Gerlinde hat mir alles gesagt."

Zu diesem Zeitpunkt eine Nachricht von Annabelle? Lars wundert sich, aber hauptsächlich über die Aussage. Er schreibt: „?"

Sie antwortet: „Ich bin im Bus auf dem Weg von Laboe nach Kiel. Ich weiß Bescheid. Du hast mich unverschämt belogen."

Lars hat keine Lust zum Herumtippen und zu irgendwelchen Emoticons. Das kann sie mit Wolfram und ihren lieben Hautärzten zelebrieren. Im Wohnzimmer ruft er sie an.

„Annabelle, hör endlich auf mit deinen Verdächtigungen. Ich habe nichts in den Lack geritzt. Mariannes angebliche Beobachtung ist falsch. Möglicherweise war sie angetrunken, als sie zu euch gestoßen ist." Er wartet.

Sie sagt keinen Pieps. Nur Motorgeräusche dringen an sein Ohr. Er brüllt ins Telefon: „Rede mit mir."

Kleiner schreckt vom Sessel hoch und verschwindet aus dem Zimmer. Lars eilt ihm hinterher, nimmt ihn auf den Arm, beruhigt ihn und legt ihn neben sich auf das Sofa. Schließlich hört er laut und deutlich Annabelles Stimme.

„Gerlinde hat mir auf dem Schiff nach Laboe erzählt, wie es zu Pauls Unglück gekommen ist. Das klingt ganz anders als deine Schilderung."

Die Gelegenheit zu antworten, hat er nicht. Die Verbindung ist beendet. Lars ist geschockt: Es geht nicht um den Ballettabend, sondern um Paul. Seine Mutter hat ihn, ihren

Sohn, in die Pfanne gehauen. Das ist die Strafe für seine Redseligkeit im Werftpark und danach am Telefon. Wieso musste er ihr das anvertrauen? Weil sie mit der Wahrheit über den Schlaganfall seines Vaters herausgerückt war? Oder war es der Drang, sein schlechtes Gewissen zu erleichtern, und sei es gegenüber seiner Mutter. Besser wäre es gewesen, hätte er sich Annabelle von Anfang an geöffnet oder hätte wenige Wochen später die gute Urlaubsstimmung auf Sylt dafür genutzt. Dann wäre der Ballettabend anders verlaufen. Annabelle hätte aus Rücksicht auf ihn gar nicht erst den Volvo übernommen. Soll er jetzt wenigstens die Wahrheit sagen oder seine Mutter bezichtigen, Hirngespinste zu kreieren, weil sie partout die Beziehung zwischen Annabelle und ihm boykottieren will? Er kann nicht mehr, er hat sich verrannt. Er schreibt: „Ich hatte dir die Wahrheit verschwiegen."

Er hat's zugegeben, ohne viel nachzudenken. Was bleibt ihm letztlich anderes übrig? Erleichtert geht Lars an seine CD-Sammlung, schiebt die Aufnahmen von ‚Cavalleria Rusticana' und ‚Il Pagliacci' in die Anlage. Aus dem Kühlschrank holt er den Frankenwein und gießt sich ein Glas ein. Nachdem er seine Pfeife gestopft und angezündet hat, prostet er sich und Kleiner zu. Mit der Fernbedienung startet er die CD. Als er die ersten Takte hört, entspannen sich seine Gesichtsmuskeln, und eine eigenartige Ruhe durchströmt ihn. Er nimmt sein Handy und schreibt Annabelle: „Ich war am Opernhaus. Ich habe den Volvo beschädigt. Es stimmt, dass Marianne mich gesehen hat." Das war's. Er schaltet das Gerät aus.

Die Beziehung zwischen ihnen beiden war durch seine unwahre Version vom Vorfall auf der A215 auf Sand gebaut. War sein jetziges Eingeständnis rechtzeitig genug, sodass Annabelle bereit wäre, mit ihm dem Sand Zement hinzuzufügen und mit Wasser zu einer festen Mörtelmasse zu vermischen und so ihrer Zukunft ein tragfähiges Fundament zu geben? Das Kind allein wäre nicht das erfolgversprechende Bindemittel. Er muss Annabelle überzeugen, ihm zu verzeihen.

Die empfundene Ruhe ist verpufft. Die Musik nervt ihn. Er macht sie aus, füllt das Weinglas randvoll und leert es in einem Zug. Er würde sich gerne in die Vergangenheit in eine Studentendisco beamen lassen, würde vom dritten Halben den Rest austrinken, konzentriert den schmalen Gang zur Minitanzfläche gehen, die Herumstehenden anlächeln und zu Eric Burdons ‚House oft he Rising Sun‘ und zu ‚As Time goes by‘ von den Rolling Stones verträumt schwelgend tanzen und dabei Arme und Hände harmonisch fließend in der verqualmten Luft bewegen. Danach würde er am Tresen ein frisches Bier bestellen, einen Freund umarmen und sich vom Barmann eine Zigarette drehen lassen.

Im Augenblick hat er keinen mehr an seiner Seite. Weder Annabelle noch seine Mutter, weder Wolfram noch Marianne, nur das Wollknäuel von Kater, der sich auf dem Sofa mit dem Bauch an die Rückenlehne schmiegt. Ab 18 Uhr könnte er ins ‚East of Dublin‘ gehen, hoffend, dass Wolfram im Laufe des Abends auftauchen würde. Nein, das sähe so aus, als hätte er auf ihn gewartet. Diesen Triumph will er ihm nicht gönnen. Zweimal hatte Wolfram ihm unmissverständlich die Meinung gesagt. Er sei nicht bereit zur Fortsetzung ihrer Freundschaft, nachdem Lars ihm quasi unterstellt habe, mit Annabelle anzubandeln. Zudem unterstütze ihn Marianne darin, lediglich die Kontakte im Umfeld der Schulverpflichtungen sachlich aufrechtzuerhalten. Und dann faselte Wolfram unversöhnlich was vom durchgeschnittenen Tischtuch. Völlig überzogen! Auch wenn Wolfram und er weiterhin am selben Tisch sitzen und ab und an einen auf Small Talk tun, tuscheln die anderen im Kollegium über sie und blicken schadenfroh in ihre Richtung.

Er entkorkt den nächsten Bocksbeutel, trinkt dieses Mal langsamer und schaut ins Fernsehprogramm. Kopfschüttelnd wirft er die Zeitschrift in die Ecke und starrt auf das Ölbild, auf dem ein dunkel gekleideter alter Mann gebeugt am Stock über eine regennasse Straße geht. Allein! Er hatte das kleine Gemälde in einem unscheinbaren Antiquariat in London gekauft. Es passt zu seiner sich in jedem Herbst heranschleichenden verdüsternden Stimmung. So wie sich ein Blatt fühlen muss, das vom Wind erfasst wird, durch die Luft schwebt, sich frei und entrückt fühlt, dann aber auf dem grauen Pflaster landet, neben anderen Blättern beklommen liegen bleibt und vom Gebläse erfasst wird.

Lars wird müde und muss gähnen. Er rollt sich behutsam auf die Seite, sodass er Kleiner nicht einzwängt. Der blinzelt kurz und schläft weiter. In einem Unternehmen würden sich die Manager in einer Geschäftslage über einen Turnaround beraten, schießt ihm durch den Kopf. Sollte er Annabelle und den anderen mit diesem Vergleich kommen? Er wird von einem Lachanfall durchgeschüttelt.

Katharina und Manfred sehen ihre Nachmittagsserie ‚Rote Rosen'. Er steht auf und will auf Toilette. In dem Augenblick ertönt die Erkennungsmelodie von Annabelle.

„Ja, bitte?" meldet er sich und fummelt mit einer Hand am Rand des gestickten Deckchens herum, auf dem das Ladegerät für das schnurlose Telefon steht. Er runzelt die Stirn.

„Es ist Annabelle", sagt er, legt auf und verlässt das Zimmer.

Katharina ist inzwischen aufgestanden und ruft Annabelle zurück.

„Hallo Annabelle! Manfred hat aus Versehen wieder aufgelegt. Was liegt an?"

Das, was sie von Annabelle zu hören bekommt, hätte sie vom Hocker gehauen, säße sie auf einem. Sie sitzt aber im Sessel. Sie schüttelt abwechselnd den Kopf und drückt die Mine des Kugelschreibers, der auf dem Kreuzworträtselheft liegt, rein und raus. Manfred ist zurück und will wissen, mit wem Katharina spricht.

„Mit Annabelle. Sei bitte leise. Am Handy ist sie nicht so gut zu verstehen."

Er verschränkt die Arme und beobachtet sie beleidigt.

„Und wie geht's weiter mit euch?", fragt Katharina.

„Das, was ich von Gerlinde erfahren hatte, hat Lars vorhin am Telefon bestätigt. Ich sehe ihn richtig vor mir, wie er zu Hause rumhängt, bekümmert seinen Kater anblickt und sich einbildet, die Opernarien könnten die Wunden heilen. Bei mir würden die Narben immer spürbar bleiben."

„Was bedeutet das konkret?"

„Dass ich mir weiß Gott nicht vorstellen kann, mit ihm weiter zusammen zu leben. Das, was vorgefallen ist, sind keine Kleinigkeiten. Stimmst du mir darin zu?"

„Und euer Kind?"

„Du bist meiner Frage ausgewichen."

„Auch wenn ich es so beurteile wie du, bleibt die Ungewissheit, wie es mit dem Kind weitergeht."

„Ich ziehe es allein groß. Lars wird sich damit abfinden müssen. Unterhaltspflichtig ist er. Ob ich bereit bin, ihm über das Umgangsrecht hinaus das Sorgerecht einzuräumen, weiß ich noch nicht."

Katharina spürt einen Kloß im Hals. Sie sieht zu Manfred, der sie auffordert, weiter die Sendung zu verfolgen. Sie räuspert sich und geht auf den Flur, bevor sie weiterspricht: „Aber denk daran, dass es mit deinem Vater nicht einfacher wird. Wenn ich mich ab und an in Kiel um das Kind kümmere, wer sorgt sich um ihn? Dennoch will ich zuversichtlich bleiben, dass wir alles geregelt kriegen. Melde dich krank und bleib für ein paar Tage bei uns, damit wir alles in Ruhe abklären."

„In Ordnung, Mama. Bis heute Abend!"

Die Folge von ‚Rote Rosen' ist zu Ende. Katharina beugt sich zu ihrem Mann hinunter, küsst ihn auf die Wange und streichelt ihm über den Kopf.

„Mit Gerlinde hast du dich unterhalten, einfach so, ohne Lars?" Wolfram ist überrascht.

„Bei dem, was ich ihr aufzutischen beabsichtigte, wollte ich ihn nicht dabei haben. Das, was sie mir daraufhin erzählt hat, ist der eigentliche Hammer."

„Warte kurz, Annabelle! Marianne, unterbrich die Korrektur der Klassenarbeit. Annabelle ist am Telefon. Es ist wichtig."

Er stellt auf ‚laut'. Beide verfolgen ungläubig Annabelles Zusammenfassung des Gesprächs.

„Ich habe vorhin Lars angerufen. Er hat es - vermutlich zähneknirschend - bestätigt und darüber hinaus eingestanden, am Ballettabend am Opernhaus gewesen zu sein. Marianne, ich schäme mich für ihn, dass er dir die Unwahrheit unterstellt hatte."

Wolfram legt einen Arm um Mariannes Schulter und drückt sie an sich.

„Was gedenkst du zu tun?", fragt er Annabelle.

„Ich werde mich von ihm trennen. Etwas anderes kann er nicht erwarten. Für das Kind finden wir hoffentlich eine einvernehmliche Lösung. Dabei zähle ich auch auf euch, wenn ich eine Betreuung benötige, das Kind nicht bei Lars ist und ich wegen des Dienstes abwesend bin."

„Marianne nickt. Du kannst dich auf uns verlassen."

„Vielen Dank für euer Verständnis. Ich melde mich in einer Woche bei euch."

Wolfram legt das Telefon nachdenklich beiseite. Er schaut resigniert zu seiner Frau.

16. Kapitel: Messa da Requiem

Gerlinde zieht die langen Streichhölzer aus der Dose, zündet die zehn weißen Wachskerzen an der Nordmann-Tanne an. Die beiden schmiedeeisernen Wandlampen hat sie heruntergedimmt. Sie nimmt die Sopranflöte, stellt sich neben die Tanne mit dem Rücken zur Loggia und spielt ‚Ihr Kinderlein kommet', ‚Es ist ein Ros entsprungen' und ‚Stille Nacht, heilige Nacht'. Ihre Augen glänzen nicht nur vom Kerzenlicht. Verbittert hatte sie jahrelang auf das in Lars' Kindheit übliche, später von Kurt verpönte Flötenduett, das Lars und seine Mutter gerne gespielt hatten, verzichtet. Damals waren Mutter und Sohn ein Herz und eine Seele gewesen. Ihre Enttäuschung darüber, dass er es vor zwei Wochen abgelehnt hat, Noten und seine Altflöte, die sie aufbewahrt hatte, mitzunehmen und die drei Lieder zu Hause einzuüben, scheint sie überwunden zu haben, denn sie strahlt ihn glücklich an.

„Wollen wir wenigstens gemeinsam ‚Oh du Fröhliche' singen?", fragt sie erwartungsvoll.

„Verschone mich damit. Ich bin so froh, mir nicht mehr den Massengesang zum Abschluss des Weihnachtskonzerts an unserer Schule anzuhören. Seit Jahren bin ich nämlich nicht mehr in der geschmückten Sporthalle gewesen. Die tagelangen Proben sind nervig genug und zum Abgewöhnen ebenso wie jeden Morgen in den Klassenräumen das Ausschalten des Lichts und das ständige Kerzenanzünden, das Geschnatter, das Herumkauen an Printen, Stollen, Lebkuchen und ausgestanzten Plätzchen und danach die Krümelkonfetti

auf Bänken, Stühlen und Boden, vermischt mit den als Wurf-
geschosse umfunktionierten Wachskügelchen.“

Lars muss sich zusammenreißen und gute Miene zu ihrer
festlichen Stimmung machen. Wenigstens bis zur Umsetzung
seines Plans. Immerhin summt Lars die drei Strophen mit.
Dankbar streichelt Gerlinde seine Wange, ohne Rücksicht darauf, es könne ihm lästig sein.

„So, und nun hole ich den Baumkuchen und die Eierlikör-
torte. Bleib sitzen. Ich mach das alleine.“

Sie stellt den Porzellanserviertteller mit dem Dekor aus
Tannengrün auf den Couchtisch, auf dem bereits die Etagere
mit Marzipankartoffeln, Keksen und Pralinen steht. Die Kuchenstücke hat sie gleichmäßig verteilt. Ein wenig wundert es
ihn, dass er die Abwesenheit seines Vaters nicht so vermisst,
wie er es mit Beginn der Adventszeit befürchtete. Auch heute
will sich keine Weinerlichkeit bei ihm einstellen. Dennoch ist
es befremdlich, hier zu zweit den Kuchen zu verzehren, ohne
die burschikosen Bemerkungen seines Vaters schmunzelnd
mit zu verdauen.

„Kurt hat so gerne die beiden Kuchen gegessen“, betont
seine Mutter, als wenn er es vergessen hätte. Jahr für Jahr waren Appetit, Geschmack und die Abläufe festgelegt, so auch
zum Abend der Kartoffelsalat mit Würstchen, den sein Vater
zubereitet hat. Das einzige Mal im Jahr, an dem er den Koch-
löffel geschwungen hat. Und nach der Mahlzeit spielten sie
Pfennigskat, den Lars meistens verloren. Er ist nie den Verdacht losgeworden, dass sie sich heimliche Zeichen gaben,
wenn er den Skat bekam und spielen wollte oder musste,
wenn sie nicht höher gereizt hatten, obwohl einer von ihnen
ein besseres Blatt besaß.

Heute muss dieser Programmpunkt ausfallen. Dafür hat sich Lars eine Überraschung ausgedacht, die allerdings seiner Mutter nicht gefallen wird. Während er den Kuchen genießt, begutachtet er den Baumschmuck mit Vögelchen auf Vogelnestern, mit zarten Rauscheengeln, mit Blattgold verschönten Kieferzapfen, Nüssen und Tannenäpfeln, mit viel Gold- und Silberlametta und an der Spitze einen ausladenden Goldstern.

„Alle Achtung, Mutti. Du hast sogar getrocknete Feigen auf eine Schnur gezogen und angehängt und drei Papiernetze gebastelt."

Sie strahlt ihn an.

„Ich habe sofort die Ähnlichkeit mit dem Weihnachtsbaum im Husumer Theodor-Storm-Museum erkannt. Der Ausflug mit euch zwischen Weihnachten und Silvester im letzten Jahr war wunderbar harmonisch gewesen. Schade, dass Vati dein Meisterwerk nicht bewundern kann. Wenigstens hast du dich an seine Anregung erinnert, den nächsten Weihnachtsbaum bei uns so zu verzieren."

Sie seufzt: „Da waren wir eine kleine intakte Familie. Nun ist Kurt nicht mehr unter uns, und du machst dich rar. Schön, dass du mir wenigstens an Heiligabend Gesellschaft leistest, wenn schon nicht an den Adventssonntagen wie früher."

Lars ist kurz davor, ihr seine Motive zum zigsten Mal herunterzuleiern, lässt es jedoch sein. Dass sie Annabelle seine Unfallbeteiligung verraten hatte, hat das Fass zum Überlaufen gebracht. Wenn sie es nicht schnallen will, ist es ihr Problem. Er macht sich keinen Kopf mehr. Genauso wenig wie über Annabelle. Hat er deren Namen etwa laut ausgesprochen, denn seine Mutter fragt ihn gerade nach dem Stand der Dinge zwischen Annabelle und ihm, als hätte er das Stichwort zur Fortsetzung des Dialogs erteilt?

„Es ist alles geregelt. Zur Geburt richte ich einen Dauerauftrag für die Überweisung auf ihr Girokonto ein, wahrscheinlich im Februar oder März. Genaues weiß ich nicht, ich erfahre ja nichts."

„Lässt sie dich ebenfalls im Ungewissen, ob es ein Junge oder Mädchen wird?"

„So ist es!"

„Beantrage unbedingt das Sorgerecht", fordert seine Mutter Lars auf.

„Ich will es nicht. Mir reicht nach der Geburt die Einigung über die Zeiten, zu denen ich mein Kind sehen und mit ihm etwas unternehmen kann. Wenn Annabelle keinen Wert mehr auf eine gemeinsame Zukunft mit mir legt, soll sie gefälligst die Verantwortung allein übernehmen. Sie kann ihre Mutter und ihren dementen Vater, Wolfram und dessen labile Frau um Rat bitten. Ich bin raus."

„Es ist deine Entscheidung. Ich werde mich nicht einmischen."

Seine Mutter klingt beleidigt.

„Das hättest du dir früher sagen sollen. Aber du konntest dich nicht zurückhalten."

„Ach Lars, schaffst du es nicht einmal am Weihnachtsabend ohne Vorwürfe? Wir sollten das Thema lassen und mit der Bescherung beginnen. Komm' her und umarme mich."

Widerwillig erhebt sich Lars und legt die Arme um sie. Sie drückt den Kopf eng an sein Jackett und fängt leise an zu weinen. Er hält still und sagt nichts. So stehen sie für einen Moment wie vereint, als wären sie nicht mehr im Hier und

Jetzt, sondern in einem Paralleluniversum, in dem Honig und Milch fließen und jede Bitterkeit sich darin auflöst. Gerade als Lars seine Mutter von sich schieben will, löst sie sich aus der Umarmung, als wollte sie ihm zuvorkommen, und geht schnell ins Badezimmer.

Lars holt aus dem Rucksack im Flur die CD „Messa da Requiem" von Guiseppe Verdi, das Buch „Der nächtliche Lehrer" von Klaus Böldl sowie den Fotoband, den er mit einigen Familienfotos am Computer gestaltet hat, und legt die drei Geschenke auf das Flurschränkchen.

Seine Mutter hat sich frisch gemacht. Sie wirkt gefasst. Als sie eine CD mit plattdeutschen Weihnachtsliedern in den Player schieben will, hält Lars sie zurück.

„Dann ohne musikalische Untermalung." Beschwingt fasst sie Lars an den Arm und dirigiert ihn an den Beistelltisch, auf dem drei kleine Päckchen in buntem Weihnachtspapier liegen. Wie früher bestimmt sie die Reihenfolge der Übergabe. Er ahnt bereits, was sie ihm gekauft hat. Und es trifft zu: drei Garnituren Unterwäsche.

„Ja, ja, Mutti, kann man gut gebrauchen."

‚Man' vielleicht, aber er nicht. Was er als Kleidung in nächster Zeit überhaupt nicht benötigt, sind Unterhosen und Unterhemden. Das zweite Geschenk wird ein Buch sein. Tatsächlich! Es ist ‚The Sympathizer' von Viet Thanh Nguyen. Auf der Titelseite nicht zu übersehen ist der Hinweis ‚Winner oft the Pulitzer Prize for Fiction 2016'. Seine Mutter ist sich treu geblieben. Zu jedem Weihnachten der Originalroman des jeweiligen Pulitzer-Preisträgers. Sie überreicht ihm das dritte Präsent. Zwei gelbgrüne Strampelanzüge hält er in der Hand, auf denen Clowns abgedruckt sind, die mit bunten Bällen jonglieren. Auch die Babykleidung überrascht ihn nicht angesichts der nahenden Geburt. Er dagegen hat für seine Mutter etwas Außergewöhnliches zu bieten, womit sie sicherlich nicht rechnet.

„Zufrieden, Lars?"

„Natürlich. Zum Roman habe ich bereits zwei Kommentare im Feuilleton der New York Times und Washington Post gelesen, weil ich es geahnt hatte, von dir das Buch zu erhalten. Danke! Ebenfalls für die Unterwäsche. Süß die beiden Anzüge. Weitsichtig von dir, dass du zwei unterschiedliche Größen gekauft hast, weil die Lütten schnell wachsen."

Lars muss sich anstrengen, freundlich zu reagieren. Dieses Brimborium mit den Geschenken geht ihm seit langem dermaßen auf den Geist, dass er alles am liebsten zusammen auf einen Haufen werfen möchte, um erst darauf herum zu trampeln, dann all den Kram anzuzünden und schließlich die Asche und verkohlten Reste in die Mülltonne zu werfen. Er macht es selbstverständlich nicht, sondern schraubt die Flasche Sherry auf, gießt den Alkohol in die beiden Likörgläser, die seine Mutter bereithält, und stößt mit ihr an.

„Mit dir hätten wir gerne zusammen angestoßen, Vater, aber du hast dich davon gemacht."

Als Lars nachfüllen will, überreicht ihm seine Mutter einen Briefumschlag. Lars öffnet das Kuvert. Er liest die Bestätigung für ein Wochenende in Verona, inklusive AIDA-Aufführung in der Arena di Verona sowie Hin- und Rückflug.

„Wow, Mutti, das haut mich um."

Seine Mutter genießt sichtlich diesen Augenblick, Lars so verblüfft zu sehen.

„Wenn du dich weigerst, mich in die Kieler Oper zu begleiten, muss ich dir eine attraktive Alternative offerieren, die nicht durch Kurts Schlaganfall belastet ist."

„Großartige Idee! Ich hoffe für dich, dass nichts Unvorhergesehenes den Aufenthalt in Verona verhindert."

„Warum hoffst du es für mich? Was ist mit dir?"

Schnell drückt Lars seine Mutter an sich und bedankt sich mehrmals bei ihr. Ihre Frage lässt er unbeantwortet, indem er zum nächsten Bescherungsszenario überleitet.

„Bleib hier und hab ein wenig Geduld. Ich muss etwas vorbereiten."

Er schließt die Wohnzimmertür, macht die Würstchen warm und trägt von der Küche die beiden Stühle ins Badezimmer. Das Tablett mit der Schüssel Kartoffelsalat, den er bei ALDI gekauft hat, mit dem Senf sowie mit Tellern und Gabeln stellt er auf das Waschbecken, die drei Flaschen Dithmarscher Pils und ein Bierglas für seine Mutter auf den schmalen Handtuchschrank und den Rahmen mit dem Foto seines Vaters auf die Ablage unterhalb des Spiegels. Zum Schluss nimmt er aus dem Küchenschrank eine Tischdecke, legt sie über den Toilettendeckel und darauf seine Geschenke und kehrt zu seiner Mutter mit dem Badezimmerschlüssel in der Hosentasche zurück. Er bittet sie, die Augen zu schließen, was sie nach anfänglichem Zögern macht. Zuerst führt er die CD mit Verdis Requiem ein, und als Chor und Orchester mit dem Introitus beginnen, führt er sie an der Hand ins Badezimmer.

„Was soll das denn? Bist du völlig übergeschnappt? Ich will hier raus!"

Lars versperrt ihr den Ausgang.

„Ganz ruhig, Mutti! Es ist Weihnachten. Dieses Mal ohne Vater. In diesem Raum ist er zuletzt gewesen, also sollten wir ihn hier an diesem Abend einbeziehen, ihm noch einmal zuprosten und gemeinsam wenigstens das Essen aufleben lassen."

„Das ist makaber."

Sie macht keine Anstalten mehr, sich an ihm vorbei zu zwängen. Resigniert lässt sie sich auf den Stuhl nieder. Lars lässt die Flaschen ploppen und gießt ihr das Glas zur Hälfte voll. Er hält seine Flasche hoch und prostet seinem Vater auf dem Foto und seiner Mutter zu. Sie wendet sich nicht dem Bild zu und trinkt keinen Schluck, ganz auf Lars fixiert. Den mit dem Salat und den Würstchen aufgefüllten Teller platziert er für seinen Vater neben der Aufnahme und für seine Mutter auf ihre Oberschenkel.

„Guten Appetit allerseits!"

Ihm schmeckt es. Stumm sieht sie Lars zu. Sie rührt keinen Biss an. Als er fertig ist, knallt sie ihren Teller in die Badewanne, das Bier kippt sie hinterher. Sie fleht ihn an, sie hinauszulassen.

„Hast du deine Geschenke vergessen?", fragt er gespielt empört und zeigt auf den Toilettendeckel. Sie bewegt sich nicht. Als er das Buch und den Fotoband überreichen will, schlägt sie ihm beides aus der Hand.

„Schade. Ich dachte, du würdest dich darüber freuen. Wenn nicht jetzt, dann eben nachher."

Blitzschnell ergreift er die Klinke, zieht die Tür zu und verschließt sie. Seine Mutter ist nicht aufgesprungen. Als er sie fragt, ob sie anstelle des Requiems lieber Mozarts ‚Zauberflöte' hören wolle, ist das einzige, was er wahrnimmt, ihr heftiges Schluchzen.

Im Wohnzimmer löscht er die Kerzen, steckt Wohnungs- und Badezimmerschlüssel in einen Briefumschlag, auf den er ‚Gerlinde Bach' geschrieben hat. Als auf der CD der Beginn der Sentenz, der Dies Irae, erklingt, dreht Lars die Anlage voll auf. Er schnappt seinen Rucksack, in den er die Strampelanzüge stopft, und verlässt - wohl das letzte Mal - die Wohnung seiner Kindheit, die Wohnung seiner Eltern, die Wohnung seiner Mutter. Den Briefumschlag steckt er in den Briefkasten der türkischen Nachbarsfamilie.

Zu Hause schneidet Lars für Kleiner die gedünstete Hühnerbrust klein, der sich sofort darüber hermacht, ohne Lars' Streicheln zu beachten. Den Napf mit dem Trockenfutter füllt er auf. In den Rucksack packt er die CD mit ‚Peter und der Wolf' von Sergie Prokovieff und mit der ‚Kindersinfonie' von Leopold Mozart. Das Kuvert mit seinem Wohnungsschlüssel hat er in die Innentasche seines Jacketts gesteckt.

Während er nach Neumünster fährt, tauchen stroboskopisch Bilder auf, die seine Mutter zeigen, wie sie erst fatalistisch auf dem Stuhl hockt, dann jedoch in abgehackten Bewegungen sich dem Foto seines Vaters nähert, das Glas zerschmettert, das Foto zerreißt, es in die Toilette wirft, die Spülung betätigt und schluchzend die im Wasser kreisenden Papierschnipsel verflucht.

Als Lars das Mietshaus erreicht, ist die Haustür ist angelehnt. Er braucht also unten nicht zu klingeln. Wer weiß, ob man ihn hereingelassen hätte. Drei Mal muss er den Klingelknopf drücken, bis ihm geöffnet wird. Annabelle stutzt, schließlich lässt sie ihn eintreten.

„Wer ist da?", ruft Manfred.

„Es ist Lars, Papa. Er war einige Monate mein Freund und ist der Vater deines Enkels."

„Und was will er hier?"

„Das möchte ich auch gerne wissen. Was willst du?" Ihr Tonfall ist schneidend.

„Fröhliche Weihnachten wünschen und meine Geschenke für mein Kind abgeben. Ich danke dir, dass du dich verplappert hast, also für meinen Sohn."

„Das hätte bis nach der Geburt gereicht."

Als er das Wohnzimmer betritt und Annabelles Eltern zunickt, zeigt Katharina aufs Sofa.

„Willst du dich einen Augenblick zu uns setzen?"

Entsetzt reißt Annabelle die Augen auf.

„Nein Danke, meine Mutter wartet bestimmt mit der Bescherung auf mich. Ich will lediglich die Geschenke herbringen."

Er fummelt sie aus dem Rucksack heraus.

„Schaut sie euch an. Ich gehe zur Toilette, bin gleich wieder zurück, um mich zu verabschieden."

Das hat er nicht vor. Tatsächlich will er den Autoschlüssel vom Volvo haben. Hastig wühlt er in Annabelles Umhängetasche an der Garderobe. Vergeblich! Sein Blick fällt auf das Schlüsselbrett. Da ist einer mit Volvo-Anhänger, vielleicht ein Zweitschlüssel, den die Eltern aufbewahren. Er nimmt ihn ab.

Das Kuvert legt er in Annabelles Tasche und eilt aus der Wohnung. Er rennt die Treppen hinunter und stößt im Hauseingang gegen eine ältere Frau, die strauchelt und von Lars aufgefangen wird, gerade rechtzeitig, bevor sie auf die Stufen fällt. Er läuft die Straße entlang, begleitet von wüsten Beschimpfungen. Mit dem anderen Schlüssel am Anhänger öffnet er die Garage. Er schließt den Volvo auf, zündet den Motor, fährt langsam ein Stück vor, steigt wieder aus und kehrt zu seinem Wagen zurück, um ihn in der Garage abzustellen.

Erleichtert darüber, an den Wohnungsfenstern von Annabelles Eltern niemand gesehen zu haben, macht er sich auf den Weg zur A215, auf dieser erst einmal in Richtung Kiel, dann in Blumenthal runter und auf der anderen Seite wieder rauf und hält auf dem Seitenstreifen an der Unglückstelle. Aus dem Handschuhfach zieht er Pauls Largo-CD und spielt sie laut ab. Das Holzkreuz, das er in einer Tischlerei in Wellingdorf hat anfertigen lassen, zurrt er mit Draht an der Seitenplanke fest. Mit seiner Taschenlampe leuchtet er es an und liest die drei Wörter laut vor „Paul", „Verzeihung" und „Lars". Er verharrt und lauscht der Musik, die begleitet wird von den Motorgeräuschen der vorbeirauschenden Fahrzeuge. Schließlich wendet er sich ab, wechselt die CD und öffnet das Fenster auf der Fahrerseite. Als der Song ‚Spring' von Rammstein erklingt, nähert er sich der weißen Linie und stellt sich vor, wer zu der voyeuristischen Masse gehören würde, die lüstern und geifernd nicht den Sprung, aber diesen einen Schritt von ihm auf die Fahrbahn ersehnt. Ihm wird kalt. Er denkt an den Schock für den Fahrer, an die verstreuten Körperteile, an die zerquetschten Organe und das Blut, das sich innen ansammelt und nach außen verströmt, an die Schwierigkeiten für den Leichenbestatter, ihn vorzeigemäßig herzurichten. Für wen eigentlich? Wer würde sich von ihm verabschieden wollen? Keiner. Es sei denn, einige möchten sich überzeugen, dass er tatsächlich das Zeitliche gesegnet hat, und würden sich händereibend davonschleichen.

Ein heftiger Regenguss rauscht nieder. Er setzt sich in den Volvo. Nur kurz, denn ihm wird es zu eng. Der Hals fühlt sich wie zugeschnürt an. Er muss raus. Die Autoschlüssel lässt er stecken. Er reißt den Rucksack vom Sitz und hängt ihn sich auf den Rücken. Die Tropfen prasseln platzend auf den Asphalt. Bloß weg von hier. Kleine Rinnsale bilden sich. Die entgegenkommenden Fahrzeuge blenden ihn. Er schließt zwischendurch die Augen oder schaut nach unten. Das Wasser spritzt von der Fahrbahn an die Anzughose. Sie klebt an den Beinen. Einige Fahrer blenden auf oder hupen, wenn er von den Scheinwerfern erfasst wird, die ihn schwindlig machen. Der Rucksack ist ihm zu schwer. Er wirft ihn auf die Böschung ebenso wie das Jackett. Den Schlips schmeißt er hinterher. In dem Rucksack sind die Tabletten und das Handy. Es ist ihm gleichgültig. Er schiebt sich die Slipper vom Fuß, bückt sich und zieht die Strümpfe aus. Er geht weiter. Schritt für Schritt, erst langsam, dann schneller. Die Fahrzeuge verschwimmen, die Geräusche verstummen. Er fängt zu laufen an, reißt die Arme hoch und schreit staccatorhythmisch in den düsteren Himmel.

Epilog/Prolog: Falstaff

Auf Pauls Stirn bilden sich Schweißtropfen. Er fühlt sich zittrig. Seine feuchten Hände klammern sich am Lenkrad fest. Gerade hat er das Bordesholmer Dreieck in Richtung Kiel passiert. Er drosselt die Geschwindigkeit. Wenn es ihm früher eingefallen wäre, hätte er über die Ausfahrt Neumünster-Nord zurückfahren können, um die Herztabletten zu schlucken und die Herztropfen mitzunehmen. Er konzentriert sich auf ‚Air' aus Johann Sebastian Bachs dritter Orchestersuite. Würde seine Frau noch leben, hätte sie ihn an die Medikamente erinnert. Der Gedanke an seine liebevolle und geradlinige Frau beruhigt ihn. Sie hätte von ihm erwartet, dass er sich zusammenreißt. Er erhöht die Geschwindigkeit. Die Besorgnis weicht der Vorfreude auf die Begegnung mit Annabelle und auf die Aufführung von ‚Falstaff', der letzten Opernkomposition von Guiseppe Verdi.

Danksagung

Mein besonderer Dank gilt meiner Tochter Birte, die in vielen anregenden Gesprächen und in der Korrektur den Roman begleitet hat. Meine Frau Sabine hat auf Spaziergängen und im Garten die Geschichte mit Interesse und Vorschlägen verfolgt. Danke dafür!

Hilfreich waren das Korrekturlesen und die schriftlichen Anmerkungen durch meine von mir geschätzten ehemaligen Schülerinnen Susanne Kühn und Dr. Isabelle Pantel, die in vertauschten Rollen ihrem damaligen Lehrer Fehler anstrichen und Impulse gaben. Ich bin Euch sehr dankbar.

Gefreut habe ich mich über meinen von mir geachteten Ex-Schüler Dr. Mirco Bohmeyer, der seine Eindrücke zu den Kapiteln in Kurzrezensionen formulierte und seine medizinischen Kenntnisse einbrachte. Auch Dir gilt mein Dank!

Quellen:

https://www.golyr.de/wolfgang-amadeus-mozart/songtext-die-zauberfloete-der-hoelle-rache-kocht-in-meinem-herzen-1122169.html

http://www.operone.de/libretto/verdfade.html

MIX

Papier | Fördert
gute Waldnutzung

FSC® C083411

Zeitfracht Medien GmbH
Ferdinand-Jühlke-Straße 7
99095 Erfurt, Deutschland
produktsicherheit@kolibri360.de